Du même auteur :

*Annie Dunne*, 2005.
*Un long long chemin*, 2006.
*Le testament caché*, 2009 (« Folio » n° 5172).
*Du côté de Canaan*, 2012 (« Folio » n° 5687).
*L'homme provisoire*, 2014.
*Des jours sans fin*, 2018 (« Folio » n° 6627).

# Des milliers de lunes

COLLECTION DIRIGÉE PAR JOËLLE LOSFELD

Ce livre a été publié avec l'aide du Literature Ireland.

LITERATURE IRELAND
Promoting and Translating Irish Writing

Titre original : *A Thousand Moons.*



ISBN : 978-2-07-288137-4

**Sebastian Barry**

# Des milliers de lunes

Roman

Traduit de l'anglais (Irlande)
par Laetitia Devaux

**ÉDITIONS JOËLLE LOSFELD**

*À C*

Vivre, ce qui souvent aussi est un acte de courage.

SÉNÈQUE

# *Chapitre un*

Je suis Winona.

Auparavant, j'étais Ojinjintka, ce qui veut dire rose. Thomas McNulty a longtemps essayé de prononcer mon nom, mais il n'y arrivait pas alors il m'a donné celui de ma cousine morte, c'était plus simple pour sa bouche. Winona signifie première-née. Je n'étais pas une première-née.

Ma mère, ma sœur aînée, mes cousines, mes tantes ont toutes été tuées. Ces âmes lakotas qui peuplaient autrefois les vieilles plaines. Je n'étais pas trop jeune pour m'en souvenir – j'avais peut-être six ou sept ans – mais je ne m'en souvenais pas. Je sais que ça a eu lieu parce que ensuite les soldats m'ont conduite au fort et que j'étais orpheline.

Une petite fille peut connaître bien des bouleversements. Quand je suis revenue parmi les miens, je ne savais plus leur parler. Je me revois assise sous le tipi avec les femmes, incapable de répondre à leurs questions. À l'époque, j'avais environ treize ans. Au bout de quelques jours, j'ai retrouvé les mots. Là, les femmes se sont précipitées sur moi pour me serrer dans leurs bras comme si je venais d'arriver. Elles ne m'ont vraiment vue que lorsque j'ai pu m'exprimer dans notre langue. Puis Thomas McNulty est venu me chercher et il m'a ramenée au Tennessee.

Même quand on a réchappé à un bain de sang et à un désastre, au bout du compte, il faut quand même apprendre à vivre. Il faut ouvrir les yeux, comprendre les choses, les faire pousser ou les acheter, selon les cas.

Au Tennessee, la petite ville la plus proche de chez nous s'appelait Paris. La ferme de Lige Magan se trouvait à une dizaine de kilomètres. Ça avait beau être quelques années après la guerre, la ville était encore pleine de rudes soldats de l'Union qui y traînaient leurs guêtres, tandis que les sudistes défaits demeuraient une sorte de présence secrète, même s'ils ne portaient pas l'uniforme. Il y avait des vagabonds partout sur les routes. La milice des volontaires les tenait à l'œil.

C'était de toute façon une ville où beaucoup de gens vous tenaient à l'œil – un endroit déconcertant.

Pour effectuer des achats dans une épicerie, il valait mieux avoir un anglais parfait, sinon ça vous attirait des ennuis. Mme Neale m'avait appris mes premiers mots d'anglais au fort. Par la suite, John Cole m'avait dégoté deux livres de grammaire. Que j'avais étudiés de long en large.

C'est déjà assez dur comme ça d'être indienne, inutile de parler comme un corbeau. Les Blancs de Paris ne maîtrisaient pas tous bien l'anglais. Certains venaient d'ailleurs. Des Allemands, des Suédois. Il y avait aussi des Irlandais comme Thomas McNulty qui ne s'étaient mis à l'anglais qu'à leur arrivée en Amérique.

En tant que jeune Indienne, je me sentais le devoir de m'exprimer comme une impératrice. Bien sûr, j'aurais pu me contenter de tendre ma liste d'articles rédigée par Rosalee Bouguereau, qui travaillait à la ferme de Lige, mais c'était mieux que je parle.

Sinon, j'aurais été battue chaque fois que je me rendais en ville. C'était mon anglais qui me sauvait. Un garçon de ferme dégingandé pouvait toujours remarquer votre peau sombre, vos cheveux noirs, et s'imaginer que ça lui donnait le droit de vous jeter à terre pour vous rouer de coups. Personne ne dirait rien. Pas même le shérif ou un adjoint.

Ce n'était pas un crime de s'attaquer à un Indien, voilà tout.

John Cole, alors même qu'il avait été soldat, et qu'il était un bon fermier, se faisait maltraiter en ville parce que sa grand-mère, ou la femme qu'il y avait avant sa grand-mère, était d'origine indienne. Ça se voyait un peu sur sa figure. Même son anglais ne le protégeait pas. Et, peut-être parce que c'était un grand gaillard, il ne pouvait pas tout le temps implorer la clémence. Il avait un beau visage, enfin, surtout selon Thomas McNulty, mais les habitants de la ville voyaient sans doute parfois l'Indien en lui. Ils le battaient si fort qu'ensuite il n'était plus qu'une planche de douleur dans le lit et Thomas McNulty jurait qu'il allait se rendre là-bas pour en tuer quelques-uns.

La faiblesse de Thomas McNulty, c'est qu'il était pauvre. On était tous pauvres. Lige Magan était pauvre, lui aussi, alors qu'il possédait la ferme, et nous, on était plus pauvres que Lige.

Bien plus pauvres que Lige.

Quand un pauvre fait quelque chose, il doit le faire de façon discrète. Par exemple, quand un pauvre tue, il doit le faire très discrètement puis courir aussi vite que les petites biches qui jaillissent des bois.

Et puis, Thomas avait été emprisonné à Leavenworth pour désertion, alors les uniformes en ville le rendaient nerveux, même s'il affirmait toujours aimer l'armée.

Je comptais moins que Rosalee Bouguereau. Une sainte à la peau noire, laissez-moi vous le dire. Elle allait souvent tuer des lapins à la lisière des bois derrière la ferme de Lige avec le fusil de son frère. Dans la célèbre bataille contre Tach Petrie – célèbre pour nous, en tout cas –, le jour où il était venu pour nous piller avec ses complices, tout au long de leur progression implacable sur nos terres, Rosalee s'était distinguée en rechargeant les fusils plus vite que personne, c'est ce que racontait John Cole.

Mais avant la guerre, elle était esclave, or une esclave, évidemment, ça n'est pas grand-chose aux yeux des Blancs.

Moi, je comptais encore moins que ça.

Aux yeux de la ville, je n'étais que les restes d'un bûcher indien. Les Indiens avaient depuis longtemps quitté en masse le comté de Henry. Les Cherokees, les Chicachas. Et les gens n'aiment pas voir une braise ressurgir.

Aux yeux du Grand Mystère, nos âmes se valent toutes. Il faut faire en sorte d'avoir une âme assez discrète pour se glisser au paradis. C'est ce que ma mère disait. Toutes les choses que je me rappelle de ma mère sont contenues dans ce baluchon où une petite fille range ce qui lui est précieux. Lorsqu'un tel amour est rattrapé par la Mort, quelque chose d'encore plus profond que la Mort grandit dans votre cœur. Ma mère ne nous laissait jamais tranquilles, ma sœur et moi. Elle voulait voir à quel point on courait vite, à quel point on sautait haut, et elle ne se lassait jamais de nous dire combien on était jolies. Nous n'étions alors que des petites filles dans la plaine sous la lumière des étoiles.

Parfois Thomas McNulty aimait me dire que j'étais aussi jolie que ces choses que lui, il trouvait jolies, comme les roses et les rouges-gorges, tout ça. Il avait des paroles de mère pour moi, puisque je n'avais plus de mère. C'était étrange que dans les guerres passées, en tant que soldat, il ait tué tant de gens de mon peuple. Il avait peut-être même tué une partie de ma famille, il l'ignorait.

« J'étais trop jeune pour me souvenir », je lui répondais. Ce n'était bien sûr pas vrai, mais ça revenait au même.

Au début, c'était très étrange pour moi de l'entendre évoquer tout ça. Un feu se mettait à brûler au centre de mon corps.

J'avais un petit revolver à crosse en nacre offert par le poète McSweny de Grand Rapids. J'aurais pu tuer Thomas avec. Parfois, je me disais qu'il fallait que je tire sur quelque chose, sur quelqu'un. C'est vrai, j'avais tué l'un des hommes de Tach Petrie – pas au cours de la célèbre bataille mais un autre jour, quand ils nous avaient accostés sur la route. Une balle en pleine poitrine. Il m'avait tiré dessus lui aussi, mais ce n'étaient que des contusions, pas une vraie blessure.

Ma blessure, c'était d'être une enfant perdue. Et l'histoire, c'est que Thomas McNulty et John Cole m'avaient guérie. Ils avaient fait de leur mieux, je crois. Ils avaient tous les deux causé ma blessure puis ils l'avaient guérie, ce qui n'est pas une chose simple, quand on y pense.

Je n'avais guère eu le choix. Une fois qu'on vous a retiré votre mère, vous ne pouvez plus jamais la rattraper. Vous ne pouvez pas crier « Attends-moi » quand le vent se fait froid sous la lune du loup et qu'elle s'est éloignée dans les herbes pour aller chercher du bois.

Ainsi Thomas McNulty m'a secourue deux fois. La seconde, c'est quand il s'était aventuré à travers le champ de bataille avec moi déguisée en petit tambour et que Starling Carlton avait voulu me tuer. On était tombés sur lui par hasard. Il agitait son épée en hurlant. Il disait qu'il fallait tuer tous les Indiens, que c'étaient les ordres du major, et qu'il comptait bien les suivre. Alors c'est lui que Thomas McNulty avait dû tuer. Ça l'avait rendu très triste. Ils avaient été longtemps soldats ensemble.

Je me souvenais assez bien de tout ça.

Souvent, quand j'étais petite fille, je pleurais sans raison. Dans ces moments-là, j'allais me réfugier dans un coin. Je laissais mes larmes couler au point qu'il se mettait à faire si noir contre mes paupières que c'était comme si j'étais aveugle. John Cole venait me chercher, et il avait la bonne idée de passer un bras autour de moi sans rien demander car je n'avais de mots pour ça ni en anglais ni en lakota.

John Cole. La plus grande partie de son amour pour moi s'exprimait de façon pratique. J'ai dit qu'il m'avait trouvé ces livres de grammaire, et il avait entrepris de me donner des leçons, aussi, même s'il ne possédait guère lui-même d'éducation. Il m'avait enseigné non seulement les lettres, mais aussi les chiffres.

Lorsque Lige Magan m'a jugée prête, il est allé demander du travail pour moi à son ami l'avocat Briscoe. Ce travail, je l'ai fait un bon moment, j'écrivais et je comptais pour lui. J'en étais si fière.

L'avocat Briscoe avait une jolie maison avec un jardin et des fleurs qui ne venaient pas du Tennessee, des roses d'Angleterre, surtout. Il avait écrit sur ses roses un ouvrage par la suite imprimé à Memphis. Qui trônait à une place d'honneur dans son bureau.

Comme je l'ai dit, Ojinjintka, ça signifie rose. Je ne sais pas quelle rose. Peut-être une rose perdue des prairies.

Pas une vraie rose comme celles de l'avocat Briscoe. Une rose de mon peuple.

L'avocat Briscoe me mettait dans les bras des livres auxquels il tenait beaucoup, je les rapportais à la maison et je les lisais dans le salon près du poêle. Le petit vent qui venait du pâturage caressait sans cesse les pages. Ces soirées agréables où il n'y avait rien d'autre à faire qu'écouter Tennyson Bouguereau, le cher frère de Rosalee, chanter toutes ces vieilles chansons qu'il connaissait. Moi plongée dans mes pensées. Des pensées inspirées par les livres.

Tout ça, c'était bien sûr avant Jas Jonski. Un garçon qui n'avait jamais lu un seul livre, quand on y pense. À peine capable d'écrire une lettre.

C'était dans les années 1870, après la guerre, et après la

libération de Thomas. Peut-être l'année de la mort du général Custer. Ou juste avant.

Toutes ces années s'écoulaient et filaient comme des poneys qui galopent dans l'herbe sans fin.

## *Chapitre deux*

Jas Jonski travaillait à l'épicerie. Il était l'unique employé de ce misérable fantôme fait homme du nom de M. Hicks. La première fois que je suis entrée, j'ai vu qu'il m'appréciait.

« T'es la fille de John Cole, il a dit sans manifester la moindre peur.

— Comment qu'tu sais que j'suis la fille de John Cole ? » j'ai demandé.

Moi, même l'idée d'être reconnue m'inquiétait.

Il m'a dit qu'à l'automne précédent il était venu chez nous en chariot livrer des articles lourds et qu'il s'étonnait que j'aie oublié les compliments qu'il m'avait faits alors.

« T'es encore plus jolie maintenant », il a dit, courageux à souhait.

Je ne savais pas quoi répondre. D'une certaine façon, ça ressemblait presque à un piège. J'étais prête à me défendre. Thomas McNulty disait qu'une fille doit savoir se défendre avec son couteau, avec son petit revolver, tout ça. J'avais un couteau à fine lame en acier dans l'ourlet de mon jupon, au cas où l'arme à feu me fasse défaut. De l'acier anglais. Thomas McNulty m'avait montré tous les endroits où planter un couteau quand on veut arrêter quelqu'un.

Mais chaque fois que je me rendais en ville pour les courses, Jas Jonski était gentil avec moi. Alors peut-être que j'avais maintenant là-bas quelqu'un à qui faire confiance. Il se passait quelque chose entre nous que je ne savais pas exprimer. Ça ressemblait à une chose agréable. Je me suis mise à attendre ma prochaine visite avec impatience et j'ai pris l'habitude de hâter mes mulets en chemin, à leur grand mécontentement.

Jas Jonski avait le béguin pour moi et, au bout de six mois à peser mon sucre de canne, sans oublier le reste, un jour où mon chariot avait perdu une roue, il m'a raccompagnée chez Lige Magan et il a discuté avec Thomas McNulty. Thomas McNulty serait capable de discuter avec le diable, donc Jas Jonski n'a eu aucun mal avec lui. Thomas McNulty et John Cole savaient qui il était, maintenant. Je n'avais jamais vu John Cole regarder quelqu'un avec moins d'admiration.

Mais Jas Jonski, qui était soit aveugle, soit amoureux, n'a pas eu l'air de le remarquer. Il a commencé à venir régulièrement à la ferme et, lorsqu'il a découvert que Thomas McNulty adorait cette mélasse hors de prix en provenance de la Nouvelle-Orléans, il s'est mis à lui en apporter un pot de temps à autre. Il s'asseyait, il parlait, il souriait, Thomas picorait la mélasse avec une brindille comme un ours et John Cole grognait sans dire un mot. John Cole ne s'intéressait pas à la mélasse, à part cette variété bon marché qu'on ajoutait au tabac après la moisson. Jas Jonski souriait comme un soleil qui refuse de se coucher malgré la soirée obscure.

« J'aime la ville, disait Jas Jonski à John Cole, mais pour sûr, j'aime aussi bien la campagne. »

John Cole ne disait rien.

Le maximum que John Cole tolérait en matière de cour, c'était que Jas m'emmène me promener dix minutes dans les bois. Je n'avais même pas le droit de lui tenir la main. La modeste ambition de Jas Jonski, c'était de posséder sa propre boutique, même s'il évoquait aussi parfois vaguement l'idée d'aller vivre à Nashville, où il avait de la famille. Souvent, il m'arrêtait face à lui et il me faisait des déclarations. C'était extrêmement agréable de voir son visage rougir sous ses discours fervents. Comme dans les histoires des livres, il me *déclarait* son amour.

Jas Jonski en a conclu qu'il avait tout intérêt à m'épouser, et il m'a fait sa proposition. Je ne connaissais pas mon âge mais je ne devais pas encore avoir dix-sept ans. J'étais née par une nuit de lune du cerf, c'était la seule chose que je savais. Il prétendait avoir dix-neuf ans. Il était roux, alors il avait le visage brûlé par le soleil tout au long de l'année, pas seulement au cœur de l'été.

Là, John Cole est devenu tout rouge, lui aussi. Il était furieux comme un poisson-chat.

« Pas question, mam'zelle », il a dit.

Je travaillais pour l'avocat Briscoe, ce qui était une occupation inhabituelle pour une fille, encore plus pour une Indienne. Je crois que John Cole rêvait que je devienne le premier Indien président des États-Unis.

Moi, ça me plaisait bien, l'idée d'épouser Jas Jonski. Rien que la façon dont ça sonnait. Je me le représentais presque. J'avais une image dans la tête. Je ne l'avais même pas encore embrassé, mais je voyais mon visage s'incliner vers son baiser. On s'était pris la main hors de la vue de John Cole.

Mais John Cole était un sage qui voyait bien d'autres choses. Il ne se faisait aucune illusion. Il connaissait le monde, il savait ce que le monde dirait et ce qu'il ferait. Et il avait raison, la plupart du temps.

Moi, j'avais presque dix-sept ans, peut-être même déjà dix-sept ans, et que savais-je, eh bien, rien du tout. Quoique si, je savais certaines choses. Tapi au fond de mon esprit, il y avait un tableau sombre de cris et d'effusions de sang. La peau douce couleur bronze de ma sœur, de mes tantes.

Parfois, je me rappelais vraiment certaines choses, en tout cas, je le pensais. Peut-être que je prétendais ne pas me souvenir parce que je ne le voulais pas. Pour moi, déjà. Les Tuniques bleues qui nous piétinent, les baïonnettes, les balles, le feu, les gens assassinés au milieu de toute cette violence. Je l'ignore. Peut-être que c'était uniquement le récit de Thomas McNulty. Un tableau noirci. Mais après, il n'y avait que le long et limpide souvenir de tout ce que Thomas McNulty et John Cole avaient fait pour moi, de tous ces efforts pour m'être agréable et me protéger.

Thomas McNulty n'était pas une vraie mère, mais presque. De temps en temps, il enfilait même une robe.

Je pensais que Jas Jonski pouvait continuer l'œuvre de Thomas McNulty et de John Cole, en m'étant agréable et en me protégeant.

Il ne ressemblait pas à grand-chose avec son visage rougi. On aurait dit le dessous d'une bûche qu'on soulève de terre. Par contre, à vingt pas, je vous promets qu'il avait belle allure. Certes, c'était un garçon ordinaire, un garçon simple, un descendant de Polonais ayant émigré en Amérique, mais ce qui comptait pour les gens de Paris, c'est qu'il était blanc. C'était un Blanc. Peut-être que l'amour est aveugle, en revanche les habitants de Paris ne l'étaient pas. Ça non.

Quand on vous répète sans cesse la même chose, ça finit par vous atteindre. Je savais que, selon M. Hicks, Jas Jonski avait perdu la tête. Qu'il le pensait peut-être même vicieux. Vouloir épouser un être plus proche du singe que de l'homme. Voilà comment M. Hicks voyait les choses. Jas Jonski m'a raconté ça, il était très en colère, mais il avait peut-être aussi un peu peur. Jas Jonski avait une mère à Nashville, pourtant il ne m'avait jamais emmenée lui rendre visite, rien de tout ça.

O

Le jour est venu où je suis rentrée à la ferme toute meurtrie. Rosalee Bouguereau a hurlé en me voyant et m'a conduite au lavoir derrière la maison parce qu'elle avait des choses secrètes à me faire qu'elle ne voulait pas que les hommes voient. Puis elle m'a ramenée à la maison et elle a préparé une mixture d'herbes qu'elle a frottée tout doucement sur mon visage en miettes.

Quand les hommes sont rentrés du travail, Thomas McNulty a juré et grincé des dents.

« Je sais pas pourquoi vous laissez une p'tite fille aller seule dans cette ville, a déclaré Rosalee Bouguereau.

— Toi, tais-toi, maint'nant », a dit son frère Tennyson, mais même lui ignorait pourquoi il disait ça. Sa belle figure était recouverte d'un linceul de peur.

J'avais le sentiment que tous les os de mon visage étaient fêlés à la manière d'une assiette qu'on vient de faire tomber. Quelques jours plus tard, alors que j'allais me rincer la figure au tonneau, même dans l'eau tremblante j'ai vu que je n'étais pas belle à regarder. C'est ce jour-là que je me suis mise à trembler, exactement comme l'eau. J'ai tremblé pendant deux semaines et même quand j'ai arrêté, ensuite, j'ai senti quelque chose en moi, profondément enfoui en moi, continuer à trembler pendant longtemps. Comme une balle dont le ricochet résonne dans une ravine rocheuse.

O

Ma robe de mariée n'était qu'à moitié prête, à l'époque, alors Thomas McNulty avait l'habitude de la suspendre sur une chaise à haut dossier pour la récupérer facilement et y travailler dès qu'il avait une heure de liberté. On aurait dit une vraie personne, blanche comme un fantôme.

« J'veux plus me marier, range cette robe pour une aut' fois, j'ai dit.

— Par pitié », a dit Thomas avec la fureur d'une couturière qui a déjà consacré tant d'heures à son ouvrage.

Une forme de désespoir régnait dans la maison. C'était comme si le ciel s'était effondré et que personne n'avait ni les mulets ni les cordes pour le redresser.

John Cole a dit qu'il voulait aller voir le shérif Flynn.

« Sois pas stupide », a dit Thomas McNulty. Il a dit ça doucement, gentiment.

Mais ça démange, de faire quelque chose. En ce monde, s'il y avait une mauvaise action, on avait le sentiment qu'il fallait la contrebalancer sans attendre. La justice. Avant même l'arrivée des Blancs, je pensais déjà comme ça. Ma mère me racontait souvent des histoires de mon peuple qui s'étaient déroulées plusieurs siècles plus tôt. Un groupe qui parlait notre langue s'était séparé de la tribu et mis à manger ses ennemis après la bataille. Ils visitaient les endroits où nous enterrions nos morts pour les manger, eux aussi, ils volaient les cadavres au cours de la nuit. Ils essayaient de capturer les nôtres pour les manger. Comme je tremblais en écoutant cette histoire. Notre tribu avait fini par partir en guerre contre eux et elle en avait tué un bon nombre. Les rescapés avaient trouvé refuge dans une vaste grotte. Les miens avaient empilé du bois à l'entrée en les avertissant que s'ils n'arrêtaient pas de manger des gens, ils y mettraient le feu. Ils avaient refusé, alors ceux de ma tribu avaient enflammé le tas de bois. Qui avait brûlé pendant une semaine là-haut dans la montagne.

Cette histoire avait beau être terrible à raconter à une enfant, il y était aussi question de justice. La justice. Faire quelque chose pour la rétablir. On avait envie de ça, même si ça impliquait de tuer. Sinon, il se produirait bientôt quelque chose de bien pire encore. Thomas McNulty et John Cole le sentaient, eux aussi, ça faisait partie de ce monde où on tentait de vivre. Ils avaient un jour défendu la ferme contre Tach Petrie et sa bande armée, comme j'ai dit, qui venaient nous voler l'argent gagné avec le tabac cette année-là. Ils étaient tous les deux plus courageux que n'importe quelle personne ayant jamais foulé cette terre.

Mais on était pauvres, et deux d'entre nous étaient indiens.

Et comme j'ai dit, ce n'était pas un crime de frapper un Indien. Lige Magan avait consulté l'avocat Briscoe, bien sûr, car c'était son ami et l'ami de son père, pour en avoir confirmation, et l'avocat Briscoe le lui avait confirmé.

Lige Magan était revenu d'humeur sombre et pensive.

Thomas McNulty et John Cole n'avaient presque rien, à part moi. Rien sans quoi ils ne pouvaient vivre. Rien pour quoi ils auraient donné leur vie. En tout cas, c'est ce qu'ils disaient. C'était terriblement douloureux de les entendre dire ça, parce qu'ils se sentaient mal que la seule chose de valeur qu'ils possédaient ait été meurtrie, et qu'ils ne savaient pas quoi faire. Et comme l'avait découvert Lige Magan, même s'ils avaient su quoi faire, le droit n'était pas de leur côté.

Dans l'Ouest, s'ils avaient mis la main sur le coupable, ils n'auraient eu qu'à lui tirer dessus.

Thomas McNulty a demandé si c'était utile d'arpenter Paris à la recherche de vagabonds et autres mendiants, et peut-être de parcourir les routes avec la même idée. John Cole a répondu que, de nos jours, il n'y avait plus sur les routes que des vagabonds et autres mendiants. Thomas McNulty a soupiré en disant qu'ils l'avaient eux-mêmes été plus d'une fois.

Ils ne cessaient de me poser des questions : « Mais t'as vraiment pas vu qui t'a fait ça ? Un type errant ? Quelqu'un qu'tu connaissais ? » Je répondais : « J'sais pas trop. »

Je me tenais près de la jambe de John Cole comme un chien qui ignore s'il a fait une bêtise.

J'aurais dû savoir et je me demandais, au fond de moi, si c'était le cas. Je me voyais très vaguement me débattre puis quitter la ville en boitant comme un poney blessé jusque chez l'avocat Briscoe où Lana Jane Sugrue, sa gouvernante, avait appelé ses deux frères qui m'avaient ramenée à la ferme de toute urgence dans le boghei de l'avocat Briscoe. Peut-être que je pleurais, peut-être pas. Joe et Virg, les frères, osaient à peine me regarder. Je les voyais échanger des coups d'œil nerveux. Je me souviens des champs et des terres en friche qui défilaient alors qu'ils faisaient écumer le petit poney. À chaque bosse sur le chemin, je sentais la dureté de l'essieu. Ils m'avaient déposée presque sans un mot derrière chez Lige.

Ils ne m'avaient pas laissée descendre devant.

## *Chapitre trois*

« C'est Jas Jonski qui m'a abîmé la figure » aurait pu être mon histoire. Bien sûr que ça aurait pu. Mais ce n'était pas ce qui me venait en tête. Or c'est de la tête que les histoires doivent sortir. Aussi clair qu'un ruisseau qui coule là-haut dans les collines. Jas Jonski, cet homme que j'avais même pas embrassé. Il faisait trop sombre pour que je voie. La petite tempête de tremblements continuait à me secouer de la tête aux pieds. Quelqu'un s'était introduit de force en moi, aussi, parce que je n'étais plus que haillons et déchirures en bas. J'aurais pu leur dire que c'était lui mais j'ignorais quels chevaux sauvages auraient alors pu les empêcher de le tuer. Ça n'aurait plus eu aucune importance que John Cole soit un ange ou un Indien, rien ne l'aurait arrêté. Il serait parti en ville avec le feu de la vengeance en lui, et rien n'aurait pu sauver Jas Jonski.

Je ne voulais pas que John Cole soit pendu. Et puis l'histoire que j'avais en tête clochait.

Quand on était pauvre, en Amérique, il suffisait de donner l'impression d'avoir fait quelque chose de mal pour être pendu.

Alors peut-être que j'avais l'intention d'arranger les choses à ma manière. Je me souviens avoir pensé ça. C'était la bravoure de ma détresse. Je me souviens de m'être dit que jusqu'à un certain point c'est à vos parents de se battre pour vous, puis qu'il faut se battre pour soi, et je pensais avoir atteint ce point.

Je l'avoue, je ressentais une honte terrible. J'avais terriblement honte que Rosalee ait dû me laver là. J'étais anéantie par la honte. J'étais incapable d'exprimer ce qui s'était passé, même pour moi. Alors au lieu de parler, je me suis dit : je vais régler cette affaire moi-même. C'était assez courageux, je crois. Mais des pensées comme ça, ça ne peut durer qu'un temps, parce que comment on fait pour les mener à bien ensuite ?

## O

Il se pourrait que les événements que j'évoque se soient produits dans le comté de Henry, Tennessee, en 1873 ou 1874, à ce détail près que je n'ai jamais été très forte en dates. Et s'ils se sont vraiment produits, personne ne les a consignés à l'époque. Il y avait d'un côté des faits bruts, un corps, et puis il y avait ce qui s'était vraiment passé, que tout le monde ignorait. Le fait brut, c'est que Jas Jonski avait été tué. D'autres avaient été tués aussi, mais eux, on connaissait leurs assassins. Qui avait tué Jas Jonski ? Ça a été la grande question en ville pendant un moment. Plus longtemps que vous pourriez le croire. Peut-être qu'ils continuent à en parler à Paris, Tennessee. Si je prétends que ce qui suit, ce sont les véritables événements, n'oubliez pas qu'ils sont décrits bien après le moment où ils ont eu lieu. Et qu'il n'y a à présent plus personne pour appuyer ou contester mon témoignage. Parfois, je suis encline à me méfier de moi-même. Je me dis : s'est-il vraiment passé ceci, ai-je réellement fait cela ? En général, il n'y a qu'un seul chemin pour franchir le bourbier du souvenir.

À part pour l'avocat Briscoe et peut-être quelques autres, dans l'esprit des habitants de la ville, je n'étais pas une humaine mais une créature sauvage. Plus proche de la louve que de la femme. Ma mère avait été tuée comme un berger tuerait un loup. Ça aussi, c'est un fait. Il y avait donc deux faits. Et moi, j'étais moins que le moins important de ces gens. J'étais moins que les prostituées du bordel, pour eux, j'étais peut-être uniquement une prostituée en devenir. J'étais moins que les mouches noires qui suivent tout le monde en été. Moins que la merde qu'on balance à l'arrière des maisons.

J'étais tellement moins que tout ça qu'on pouvait faire tout ce qu'on voulait de moi, m'abîmer, me frapper, me tuer, m'écorcher.

Ce n'était pas parce que John Cole m'avait élevée comme si j'étais en or, à tel point que même le soleil était jaloux de moi, il disait, qu'il y avait quelqu'un d'autre dans le vaste monde qui pensait comme lui.

L'avocat Briscoe était un individu que Thomas McNulty qualifiait d'« original ». Quand j'entends la voix de Thomas McNulty dans ma tête, j'ai plutôt envie d'écrire « riginal ». Lige Magan disait qu'il n'y en avait pas deux comme lui sur les terres d'Amérique. Pas qu'il connaissait, en tout cas.

« Parce que, c'est vrai, disait Lige Magan, j'ai pas rencontré tout le monde en Amérique. »

L'avocat Briscoe – je n'ai jamais entendu personne l'appeler autrement – avait une soixantaine d'années à l'époque où je travaillais pour lui. Il avait une tête couverte de cheveux hirsutes qu'il domptait avec un flacon d'huile pour le crâne. Cette huile. Elle puait comme du chou pourri. Mais ce qui m'émerveillait toujours, c'était à quel point il avait les mains propres. Certes, il n'avait pas à travailler la terre. Il possédait de petites pierres ponces dont il se servait pour arrondir ses ongles, et il retirait la moindre saleté avec une pointe en argent.

Il était trop âgé pour avoir combattu pendant la guerre, mais c'était sans doute une bonne chose, il disait, parce que, comme bien des habitants du Tennessee, sa tête tournait comme une girouette sans savoir à qui elle devait allégeance. Peut-être que son parti à lui, c'était la vie.

Le parquet dans le bureau de sa maison brillait tellement qu'on avait l'impression qu'il était couvert d'une eau qui s'agitait et frissonnait sans cesse. Il m'a installée à une petite table dans un coin pour que je fasse les comptes, près d'une fenêtre qui donnait sur la grand-route. Il voulait que je voie tous les gens qui allaient et venaient, et parfois il me demandait de noter leur nom, si je les connaissais. C'étaient pour la plupart les mêmes chaque jour. Il y avait par exemple Felix Potter le charretier avec son nom peint sur sa charrette. Si je voyais une nouvelle tête, je demandais à l'avocat Briscoe de vite s'approcher de ma petite fenêtre. Je devais alors faire de la place à son ventre protubérant. C'est comme ça que j'ai appris à connaître presque tous les gens de Paris qui passaient sur la route. Ainsi, lorsque quelqu'un entrait demander ses services, je savais en général de qui il s'agissait et, s'il y avait déjà des documents concernant cette personne, j'allais les chercher dans le placard.

Ces documents étaient parfois parlants, parfois silencieux comme la neige. Il y avait là le recensement de toutes les âmes noires achetées et vendues dans le comté de Henry par le Bureau des nègres, qui avait été tenu par le père de l'avocat Briscoe. L'historique financier du magasin de M. Hicks, aussi, ainsi que de quatre autres magasins généraux – soixante-dix ans d'approvisionnement, des années et des années de contrats gouvernementaux pour alimenter des Indiens disparus, et cinquante vieilles pages qui contenaient les comptes des milices ayant aidé à chasser les Chicachas et les Cherokees du Tennessee.

Selon ces documents, il s'était révélé impossible de nous

civiliser. Je pleurais en lisant de telles choses. Il n'y avait rien de plus civilisé que les seins de ma mère et moi nichée contre elle.

Mais les chiffres ne pleuraient pas, et on a besoin d'eux en toutes choses.

L'avocat Briscoe tenait beaucoup à ce que je garde un œil sur cette route. Avant tout pour lui permettre de rester en vie, parce que, dans ces temps après la guerre, les étrangers au Tennessee n'étaient pas du genre à qui on pouvait faire confiance. Les visions de l'avocat Briscoe se rapprochaient en réalité beaucoup de celles de l'est de l'État, pour un homme qui habitait à l'ouest. Le Tennessee de l'est abritait un bon nombre de gens n'ayant pas voulu faire sécession. Je voyais souvent des groupes de soldats, et aussi des hommes mystérieux vêtus de noir qui étaient peut-être autrefois soldats, mais qui avaient perdu leur statut. Au crépuscule, la circulation était parfois très dense sur cette route. Tout ça malgré le nouveau gouverneur qui ne jurait que par les anciens rebelles, à qui il avait rendu le droit de vote, alors que le précédent, qui était pour l'Union, le leur avait retiré. Ou alors justement à cause de l'oscillation de la danse du temps.

L'avocat Briscoe était quant à lui installé à un grand bureau arrivé au Tennessee par les tout premiers chariots. Près de cent ans plus tôt, disait-il, avant que le Tennessee ne devienne le Tennessee. Son arrière-grand-père avait été le premier Briscoe sur place. L'avocat Briscoe avait un fort attachement à cet État. Il aimait parler de ses débuts et il utilisait souvent cette vieille expression du Tennessee, « entre les montagnes et le fleuve ». C'était ça, le Tennessee, selon l'avocat Briscoe, un État entre les Appalaches et le Mississippi, je crois bien que telle était sa situation. « Entre les deux eaux » était une expression du Tennessee de l'ouest, parce que, pas de doute, il était situé entre la rivière Tennessee et le Mississippi.

L'avocat Briscoe avait ce qu'on pourrait qualifier de

grandes idées sur le monde en général. Il s'enthousiasmait pour ce qu'il appelait « des causes peu en vogue ». Je devais sans doute en faire partie. Il pensait que le vieux président Andrew Jackson avait par le passé commis une terrible injustice envers les Chicachas en les déplaçant vers les terres indiennes. Quant à Ulysses S. Grant, l'actuel président, l'avocat Briscoe soupirait beaucoup à son sujet. Un bon soldat peut-être, mais est-ce qu'être bon soldat, ça faisait de vous un bon président ?

L'avocat Briscoe avait épousé une dame de Boston, ils avaient eu sept enfants, puis son épouse était repartie chez elle avec les enfants. Alors à la place il avait Lana Jane Sugrue pour entretenir la maison, et ses deux frères, Joe et Virg, qui m'avaient ramenée chez Lige ce fameux jour. Lana Jane était originaire de Louisiane, si bien qu'elle employait des mots français comme *couture**[1] et *coiffure**. Elle était minuscule et elle portait un chapeau dedans comme dehors parce qu'elle n'avait presque pas de cheveux.

Assise à ma petite table, je faisais les comptes. Puis à six heures du soir, John Cole venait me chercher en charrette parce que la maison de l'avocat Briscoe était située au sud de Paris et que ça m'évitait le danger d'avoir à traverser la ville. Dans le silence du trajet, John Cole parlait de la Nouvelle-Angleterre où il était né et de toutes ses aventures de par le monde avec Thomas McNulty, et il y en avait eu beaucoup. Parfois, il était d'humeur assez joviale pour faire des récits amusants mais, la plupart du temps, John Cole était une personne qui aimait dire des choses sérieuses.

« C'qui compte le plus en c'monde, il disait, c'est que si quelqu'un t'fait du mal, l'a toutes les chances de mourir. »

Les saisons s'écoulaient en arrière-fond de son discours. Si

1. Les mots en italique suivis d'un astérisque sont en français dans le texte. (*Note de la traductrice.*)

c'était l'hiver, il était boutonné presque jusqu'aux deux étincelles noires de ses yeux, et moi aussi, mais il parvenait toujours à parler, allez savoir comment, même par les jours glacials.

Quand il était à côté de Thomas McNulty, ce qui était le cas le plus souvent possible, il prononçait à peine un mot.

Lorsque Thomas s'habillait comme une maman, il restait le même. Sa voix ne changeait pas, ni le reste. Après son retour du Kansas, il ne portait plus très souvent des robes. L'avocat Briscoe était peut-être un « riginal », mais lui aussi. Thomas McNulty disait toujours qu'il venait de rien. Au sens propre. Toute sa famille était morte là-bas en Irlande, comme la mienne au Wyoming. Sa famille était morte de faim, et bien des Indiens étaient morts pour la même raison. Thomas disait ne venir de rien mais vivre maintenant en compagnie de rois et de reines. Il ne se disait jamais que nous, nous n'étions rien.

Il avait cette façon d'avancer la tête quand il parlait de John Cole et d'agiter le menton de haut en bas comme le piston d'une machine. John Cole était toujours dans les bonnes grâces de Thomas McNulty. Il rougissait encore quand il parlait de lui. Même des petites choses ordinaires, ses joues devenaient rouges quand il les disait.

« J'crois qu'on va demander ça à John Cole », lui arrivait-il de proposer en cas de désaccord. Et il avançait la tête. Il ne cherchait pas à être drôle, pourtant je riais. Je suis certaine qu'il me voyait rire, mais il ne s'arrêtait pas là-dessus. Il ne me demandait jamais ce qui m'amusait. Même s'il l'avait fait, je ne le lui aurais pas dit.

Je pouvais parler de tout à Thomas McNulty sans difficulté, jusqu'à ce que je tombe sur un sujet qu'il m'était impossible d'aborder avec lui.

◐

Rosalee Bouguereau avait peut-être elle aussi éprouvé de la tristesse lorsque la robe de mariée avait été rangée, parce que c'était elle qui dirigeait les opérations telle une princesse de l'ombre, elle qui s'était donné la peine de découper des centaines de petits bouts de tissu blanc pour les entortiller en forme de rose et les coudre tout autour du col. Rosalee Bouguereau avait été une véritable esclave jusque tard, comme j'ai dit, mais si elle y pensait encore, ça ne se voyait pas, à part dans son inclination à ce qu'on pourrait peut-être appeler le bonheur.

Elle n'était pas heureuse le jour où j'étais rentrée avec toutes ces meurtrissures. Elle était profondément peinée en me nettoyant. Elle avait dû aller jusqu'entre mes jambes. Elle avait dû voir souvent ce mal fait aux femmes à l'époque où elle était esclave.

Bien sûr, quel que soit leur camp dans la guerre, les gens à l'ouest du Tennessee n'aimaient pas les Noirs.

« Z'aiment pas qu'un Noir y l'ouvre, disait Lige Magan. On est en terres sudistes ici. »

Lige avait l'attitude du soldat victorieux qui sait que la victoire ne va pas sans périls.

« L'est du Tennessee, il disait, était un pays dévoué à Lincoln pendant la guerre, z'ont combattu sous le drapeau bleu comme nous aut', mais l'ouest du Tennessee, c'étaient que champs de coton et vestes grises de Confédérés. » Il secouait la tête en racontant ce bout d'histoire comme s'il s'agissait d'une chose étonnante et troublante, ce qui était le cas.

« Moi, je trouve que ce Grant, l'est pas si mal, disait Thomas McNulty. Pas un ami des sudistes. »

Rosalee Bouguereau n'en avait vraiment rien à faire d'Ulysses S. Grant et, vu comme les choses ont tourné par la suite, elle avait peut-être raison. Elle cherchait simplement à ce que ses tourtes soient cuites à son goût et que nous soyons à notre aise par les soirées d'hiver où le temps gardait tous les rêves à l'intérieur. Elle aurait préféré ne pas avoir eu à me nettoyer à la suite de ce qui m'était arrivé, j'aurais parié une belle somme d'argent là-dessus.

Son frère Tennyson essayait de cultiver un champ pour lui et sinon il travaillait pour Lige, et Lige donnait à Rosalee des gages en échange de ce qu'elle faisait dans la maison, ainsi Rosalee avait l'impression de ne dépendre que d'elle-même. Ou presque.

Tant d'années plus tard, je ne vais pas dire qu'elle était bien accueillie à Paris, pas plus que John Cole ou moi, elle devait marcher les yeux baissés en ville. Mais elle s'y rendait quand même et elle se glissait par l'arrière dans la mercerie avec toute la prudence nécessaire. Elle était selon moi plus forte en couture que la vieille Ma Cohen, la femme du mercier.

Ce jour-là, elle m'a nettoyée avec la gentillesse et la tendresse d'une mère.

Pour une femme qui n'avait jamais été mariée, elle en savait plus à bien des égards sur le mariage que Thomas McNulty. J'ignorais tout à ce sujet. J'imagine qu'un pasteur blanc aurait préparé une fille pour le mariage mais je doutais qu'une telle instruction me soit fournie, puisqu'on ne m'avait même pas autorisée à aller à l'école quand j'étais petite. Ce qui n'avait aucune importance parce que Rosalee avait pourvu à ça. Elle m'avait expliqué le fonctionnement des moteurs de l'amour, ce qui allait où et comment canaliser tout ça, que les hommes aimaient sans doute ci et sans doute pas ça. C'était là que ses connaissances atteignaient leurs limites, selon moi. Elle n'avait aucun modèle pour sa sagesse, à part le fait qu'elle-même était une femme qui, dans ses premières années, avait connu les remises pour esclaves qui se dressaient encore au nord-ouest de la grande propriété de Lige, désormais attaquées par les mauvaises herbes et le temps. Il y avait là à l'époque trois douzaines d'esclaves. « Là-dedans, elle disait, l'humanité était un livre qui a perdu sa couverture. »

Elle était allée chercher un petit récipient en émail avec de l'eau chaude et un chiffon propre pour me tamponner à cet endroit. Par pitié. Elle savait très bien ce qui s'était passé mais ni l'une ni l'autre n'avions de mot pour ça, je m'en souviens. Les mots qu'elle utilisait étaient tendres, elle m'avait nettoyée puis elle m'avait prise dans ses bras et bercée en disant que j'étais une bonne fille et que je ne devais pas m'inquiéter. Bien sûr que je m'inquiétais, terriblement, même. Et elle le savait. Les yeux de Rosalee avaient cette couleur bizarre un peu jaune, un peu orange de la lune des moissons. Je n'ai jamais revu ces yeux chez quelqu'un d'autre. C'était une femme douce qui avait pendant longtemps été traitée comme si elle ne comptait pas. La théorie de Lige, c'est qu'elle était une reine. Il adorait dire ça.

« Allez savoir, c'est p't'être une reine », il disait.

Jusque-là, Jas Jonski s'apprêtait à épouser une fille heureuse. Même si la ferme de Lige, d'après Lige, ne valait pas deux cents après la guerre, elle comblait tous nos besoins immédiats. Et j'avais un bon travail. C'étaient aussi de bons jours pour Thomas McNulty et John Cole, parce que ça se passait après le grand drame qui avait failli se produire pour Thomas à Fort Leavenworth, jusqu'à ce que son ancien capitaine le major Neale vole à sa rescousse et lui épargne le gibet.

Je me souviens très bien du jour où il est rentré à la maison après ce long moment en prison et je ne crois pas que, dans toute l'histoire du monde, il y ait eu une tête plus heureuse sur un corps que celle de Thomas McNulty. Il avait parcouru tout seul à pied les sept cents kilomètres depuis le Kansas.

Pour notre part, John Cole et moi, on avait parcouru à pied la moitié de la route vers la ville parce qu'on savait que Thomas McNulty passerait par les bois pour éviter Paris et qu'il apparaîtrait comme un cerf à l'orée des arbres.

J'ignore si vous avez déjà assisté au spectacle d'un homme qui en prend un autre dans les bras, mais je peux vous assurer qu'il est touchant. Les hommes se doivent d'être froids et courageux. Peut-être que cela s'appliquait à Jas Jonski, mais pas aux deux miens. Ils s'étaient empoignés près des arbres nus, peut-être que Thomas McNulty était moins bien couvert qu'une mauvaise herbe dans la forêt et que John Cole était aux yeux d'un étranger aussi abrupt qu'un fossé, pourtant, même si je connaissais bien leur histoire, je pouvais à peine soupçonner la force féroce qui brûlait en eux, d'une poitrine à l'autre, dans la fièvre de cette embrassade.

J'imagine que si j'avais eu une ambition pour Jas Jonski, ça aurait été qu'il m'aime autant que ça.

Puis Rosalee m'avait prise dans ses bras.

Je pense que le monde peut être bien triste parfois.

## *Chapitre quatre*

On entendait parler de gens qui, ailleurs, avaient faim. Le Sud avait entièrement brûlé au cours de la dernière année de guerre, et on dit parfois qu'après ça il n'y a plus que les mauvaises herbes qui poussent. Puis le monde entier a plongé en enfer. Plus d'argent dans les banques. Mais à quoi sert une banque, si ça n'est pas à y mettre de l'argent ? Le *Paris Invigilator* évoquait des comtés où erraient de grandes bandes d'esclaves affranchis, racontant dans le détail enlèvements et autres meurtres, et personne ne semblait savoir quand tout irait mieux. Nous avions eu un président du nom d'Andrew Johnson qui n'avait cessé de prétendre qu'il était l'émissaire sur terre du pauvre et regretté Lincoln, mais en vérité il adorait ces bons vieux rebelles vaincus. C'est ce que disait Thomas. Et les rebelles vaincus reprenaient des forces, ils reprenaient toujours plus de forces.

Ce n'était pas la première fois que je voyais le monde à feu et à sang, ni que je vivais de belles journées. Ce n'était pas la première fois non plus que l'extérieur se fracassait contre le bonheur. Quand j'étais toute petite, ma mère cherchait toujours à me couvrir de bonheur. C'était si bon d'être un enfant parmi mon peuple. Les femmes gardaient le camp, les hommes partaient à la chasse et à la guerre, et notre tâche à nous autres enfants, c'était de nous promener et d'être heureux. De cela je me souviens très bien. Nous courions entre les tipis et il n'y avait rien pour nous arrêter, à part peut-être un chien irascible. L'hiver, le terrible blizzard nous cantonnait à de tout petits espaces, mais quelle importance ? Nous avions de la viande séchée en longues bandes et de la neige à faire fondre sur le feu. Dans les moments les plus sombres de l'année, notre tipi n'était plus qu'un cône secret enfoui sous la neige, seule la volute de fumée qui s'échappait à la surface trahissait l'endroit où nous étions tapis. La tête de ma mère regorgeait de bonnes histoires, qu'on écoutait blottis entre ses jambes pour avoir chaud. Nous parlions notre langue à l'époque et je sens encore sa voix murmurer, son souffle comme une petite tempête sur mon visage quand je le tournais vers elle. Ses bras reposaient dans notre dos comme des branches d'arbre tombées et oubliées tandis qu'elle racontait ses histoires. Des histoires de temps merveilleux et étranges. En faisant de chaque moment de notre enfance un bon moment, elle nous permettait d'effleurer du bout du doigt le pays de l'éternité. Plus d'une fois j'ai pleuré contre ses genoux tant je me sentais heureuse.

Ma mère avait dans notre tribu une réputation de grande bravoure. Un jour, en l'absence des hommes, un groupe de nos ennemis, les Crows, s'était approché du village. Il n'y avait là que les femmes, les enfants et les vieux. Ces Crows allaient prendre tout ce qu'ils pouvaient et nous tuer, ou faire ce qu'ils voulaient de nous. Ma mère s'était alors détachée de notre petite tribu pour s'avancer jusqu'à l'endroit où se tenaient les Crows. Elle les avait accueillis chaleureusement, ils avaient entamé une discussion, et bientôt ils conversaient de façon agréable. Ainsi, par la magie de son courage, le désastre avait été évité. Mon peuple évoquait ce jour-là comme un jour sacré, et depuis, on la vénérait. Trois ou quatre fois, on lui avait demandé de prendre un cheval pour accompagner les hommes au combat parce qu'on lui attribuait des pouvoirs spéciaux. Ils l'habillaient en guerrier et elle partait avec eux. Elle savait repérer l'ennemi dans le paysage, même s'il se cachait. Aucun homme sur cette terre n'aurait pu la surprendre. Ils étaient nombreux à me dire qu'il n'y en avait pas deux comme elle. En ce sens, elle était une histoire à elle toute seule.

Une autre histoire qu'elle racontait, c'était celle de la Chute. Une terrible maladie s'était abattue sur nous, disait-elle, mille lunes plus tôt. Presque tous avaient succombé. Les gens s'écroulaient et quelques heures après, ils étaient morts. Comme cette histoire nous faisait peur. Mille lunes plus tôt, c'était sa plus grande unité de temps. C'était l'équivalent des « cent ans » de Thomas McNulty. Un pasteur itinérant lui avait un jour demandé : « Quand es-tu donc arrivé en Amérique, Thomas ? » « Y a cent ans », telle avait été sa réponse. Ma mère voyait le temps comme une boucle, un cercle, et non comme une corde tendue. À condition de marcher assez longtemps, disait-elle, on pouvait rejoindre des personnes ayant vécu il y a longtemps mais qui vivaient toujours. « La boucle des mille lunes », elle appelait ça. C'était impossible de marcher aussi loin, expliquait-elle, mais ça ne signifiait pas que ces personnes n'étaient pas là. Ma mère avait toutes sortes de notions qui nous plaisaient, en tant qu'enfants, mais qui nous terrifiaient, aussi.

Pourtant les soldats l'avaient tuée comme ils avaient tué mon père et mes oncles. Ils avaient tué ma sœur, mes tantes, et beaucoup d'autres encore. Ça ne pouvait être que ça, puisque mon peuple avait entièrement disparu. Apparemment, il ne restait plus que moi.

Pour eux, nous n'étions rien. Je repense à la grande valeur que nous nous accordions et je me demande ce que cela signifie lorsqu'un autre peuple juge que vous valez si peu que vous méritez uniquement la mort. Comment la fierté pour tout ce que nous étions avait-elle pu être broyée au point de finir en particules balayées par le vent ? Qu'était devenu le courage de ma mère ? Avait-il lui aussi été réduit en poussière ? Nous croyions que le monde s'appelait l'Île de la Tortue, ce qui n'était pas le cas. Qu'est-ce qu'une telle découverte fait à votre cœur, et qu'a-t-elle fait au mien ?

Rien, rien, rien, nous n'étions rien. Quand je pense à ça, je me dis que c'est le summum de la tristesse.

Mais peut-être que c'est pour ça que Thomas McNulty et John Cole m'aimaient – parce que j'étais l'enfant de rien.

Apparemment seuls quelques jeunes comme moi avaient réchappé au carnage pour être arrachés à cette vie telles des épines et projetés dans une autre. Puis Mme Neale m'avait appris un peu d'anglais au fort et confiée à Thomas McNulty quand il m'avait réclamée. Mme Neale m'avait demandé mon avis. J'avais beau être une enfant perdue et lui un rude soldat, je l'aimais bien. Je me revois assise là, toute petite et bien sage devant Mme Neale pour lui annoncer ma décision. Oui. Ils allaient m'emmener comme servante. Peut-être qu'elle m'aurait quand même donnée à eux quelle qu'ait été ma réponse. Je l'ignore, puisque j'ai accepté. Mme Neale avait de l'affection pour Thomas, elle lui faisait confiance. Je sais désormais que beaucoup de petites Indiennes ont été prises dans des buts dévoyés. Ce cinglé de Starling Carlton, par exemple, qui était connu comme voleur d'enfants, allait chercher des Indiens en pays sauvage et les apportait à des gens pour des raisons si sombres qu'aucune saison, aucune nuit de tempête ne peut rivaliser.

Non, je pense que c'est vrai, je ne me souvenais pas du massacre. Je crois sincèrement que c'est impossible de se souvenir de ça.

Il y avait autre chose dont je ne pouvais pas me souvenir, qui venait pourtant de m'arriver.

Au milieu de tout ça, Jas Jonski était revenu au bout de deux semaines. Il avait remonté à grand bruit le chemin sur une vieille monture. Il avait sans doute supplié son ami Frank Parkman à la pension de chevaux en ville pour l'obtenir. Bien sûr, je n'y étais pas retournée, et il devait m'avoir attendue. Allez savoir comment fonctionnait son esprit. C'était un jour vers la fin du printemps avec de maigres rayons de soleil, mais encore empli de froid. À l'œil nu, je ne tremblais plus, en revanche, voir Jas Jonski perché sur cette pauvre bête, son visage rougeaud qui s'agitait, ça ne m'a pas fait du bien. Je n'avais pas du tout envie de le revoir. Loin de moi cette idée. Je suis restée dans le salon obscur, et de là je l'ai regardé planter ses éperons dans les flancs de la jument grise pour la faire avancer. Les hommes étaient partis à cinq heures du matin, mais uniquement pour la grange à tabac située à cent mètres de la maison, parce qu'il y avait du travail à faire là-bas.

Rosalee nettoyait le fusil de Tennyson. L'arme était en plusieurs morceaux sur la table de la cuisine, et il flottait dans la pièce une forte odeur d'huile.

« Qui c'est qui remonte le chemin ? » elle a demandé sans lever la tête.

Elle avait sans doute entendu le claquement des sabots. Comme je dis, tout étranger pouvait être une source d'ennuis.

« C'est ce gars, Jas Jonski », j'ai répondu.

Rosalee a abandonné le fusil de son frère pour s'approcher de la fenêtre. Elle a lancé un regard féroce, puis elle s'est retournée vers le fusil démantelé comme si elle risquait d'avoir à s'en servir.

« Tu veux l'voir ? elle a demandé.

— Pas tant que ça.

— Tu lui as dit, pour le mariage ?

— Je lui ai pas dit un mot, sur rien.

— Tu veux qu'je lui dise de revenir un autre jour ?

— Je veux que tu lui dises qu'il revienne jamais. »

En passant près de moi, elle a gentiment posé une main sur

mon dos et elle est sortie dans la fraîcheur du matin. Elle a descendu les marches en tapant des pieds. Jas Jonski était peut-être à quarante pas d'elle, je le voyais tenter d'attacher sa jument au poteau. Mais cette jument diabolique ne cessait d'agiter la tête. Rosalee a eu le temps de le rejoindre avant qu'il ouvre la bouche.

Rosalee était une grande femme, on aurait dit qu'elles étaient deux à côté du maigre Jas Jonski. J'ai vu Jas faire son sourire et lâcher son petit rire en fer-blanc, je l'ai vu poser une main sur le dos de Rosalee comme elle venait de le faire avec moi. Un geste insouciant, qui indiquait pourtant la possession. Mais, contrairement à moi, Rosalee a reculé d'un pas ferme en écartant les bras et je ne sais pas ce qu'elle a dit, mais j'ai vu Jas Jonski faire la moue en la regardant comme si elle lui avait pissé sur la chaussure. Elle avait beau ne plus être une esclave, pour lui elle restait méprisable. Malgré sa petite taille, il l'a repoussée d'un geste impérieux et s'est dirigé vers la maison. La maison, et moi dedans.

Alors j'ai traversé le salon pour filer par la cour derrière et, enhardie par ma peur, j'ai couru à travers les herbes folles rudoyées par l'hiver. J'ai manqué d'arracher le loquet de la petite porte dans le grand double battant de la grange. Lige Magan se trouvait à quelques mètres à l'intérieur. Avec l'immense râteau, il récupérait la poussière de tabac et cette poussière qui envahit tout sur terre. J'ai vu Thomas McNulty et John Cole au sommet des séchoirs à tabac occupés à combler les fissures avec de la boue et du mortier qu'ils récupéraient dans de lourds seaux. Lige ferait ensuite brûler toute la poussière pour chasser la moisissure et les petits champignons qui se nichent toujours dans une récolte de tabac. Je ne voyais pas Tennyson Bouguereau. Puis je l'ai aperçu, il affûtait les herses dans un coin. Jusque tard dans l'hiver, ils avaient labouré la terre gelée à en faire protester les lames de la charrue. Ce serait bientôt au tour des herses.

Sous ma robe, j'étais en sueur. Tremblante, j'ai escaladé la grande échelle jusqu'à John Cole comme si j'étais encore une petite fille et je me suis enveloppée autour de lui. Et voilà comment je réglais les choses toute seule. Ses mains, ses jambes et ses bras étaient couverts de boue. Il s'est imprimé sur moi. Les dix mulets blottis sous l'échelle bien au chaud dans la grange se sont agités au bout de leur longe et ont reculé de quelques pas sur le sol dur.

John Cole m'a supplié de lui dire ce qui n'allait pas, je lui ai répondu que Jas Jonski était là.

« Tu dois le chasser, j'ai dit.

— Et pourquoi ça ? » a demandé John Cole.

Je lui ai répondu que je ne savais pas bien mais que je lui serais terriblement reconnaissante qu'il dise à Jas Jonski de partir, et aussi de ne plus se donner la peine de revenir.

Thomas McNulty était lui aussi couvert de boue des pieds à la tête. Il a frappé de ses deux mains sur son torse, il a frappé ses deux jambes et il a frappé son dos mais il n'a pas vraiment réussi à chasser la boue, et ensuite il m'a regardée.

« J'vais lui parler, il a annoncé de la voix la plus sombre que je lui avais jamais entendue.

— Vas-y, Thomas », a dit John Cole.

Lige Magan m'avait suivie sur l'échelle. Le père de Lige faisait asseoir Rosalee à côté de son propre fils à l'école. Ce n'était que dans les temps anciens de l'esclavage que de telles choses se produisaient, il y avait bien des années. Peut-être que Rosalee était la seule Noire du Tennessee à avoir appris le latin, le grec et l'hébreu. Son frère Tennyson ne savait ni lire ni écrire, et les talents de Rosalee étaient des talents rares. Je n'ai jamais vu Lige Magan lire un livre de tout le temps où je l'ai connu, mais il devait bien avoir acquis un peu de sagesse, comme Rosalee. En tout cas, il n'a pas voulu que Thomas y aille.

« Vaut mieux que ça soit moi que je lui donne ses ordres », il a dit.

Pour Lige, tout était toujours des ordres, comme à l'armée.

Quand j'y pense, notre situation était bien dangereuse au comté de Henry, avec trois hommes qui s'étaient battus pour l'Union. La bataille, c'était justement l'idée. Ils continuaient à être des soldats. Tach Petrie avait appris à ses dépens qu'il ne pouvait pas les déloger, or il avait cinq ou six hommes avec lui, des hommes endurcis qui portaient l'uniforme de la cavalerie du Sud.

Lige Magan est redescendu dans le boyau poussiéreux de la grange et il a attrapé son fusil. Après un coup d'œil rapide dans notre direction, il s'est faufilé par la petite porte, qu'il a fait claquer. La pénombre a de nouveau envahi la grange. Nos visages étaient tournés vers l'image qu'on se faisait de Lige Magan traversant la cour vers Jas Jonski.

Une minute, puis deux ont passé. Avons-nous même respiré ? Puis il y a eu un grand bruit, Thomas McNulty a eu l'air stupéfait, il a regardé John Cole, il s'est demandé ce qu'il devait faire puis il a dû se dire qu'il fallait aller voir, au cas où Jas Jonski ait un fusil. Il est parti en toute hâte.

Il y a eu un long silence. Aucun son pour nous indiquer ce qui se passait.

## *Chapitre cinq*

« C'est lui qui t'a fait ça ? » a demandé Lige Magan.

Nous étions assis à cette table si familière dans notre maison en bois, Rosalee Bouguereau à côté de moi, Thomas McNulty de l'autre. Thomas McNulty avait les bras croisés et il ne me quittait pas des yeux en hochant sa barbe grise. John Cole était debout à la fenêtre mais, s'il regardait quelque chose dehors, l'étrange vide de ses yeux disait le contraire. Tennyson Bouguereau se trouvait ailleurs, dans la buanderie avec Jas Jonski.

« Y dit que non, a dit Thomas McNulty. Y dit que c'était pas lui. Y dit pourquoi diable y serait là si c'était lui. C'est ce qui vient de dire. Même quand t'as mis ton fusil sous son menton, Lige, l'a juré que c'était pas lui.

— Alors j'vais le tabasser jusqu'à ce qu'y dise vrai », a dit Lige Magan, qui s'est embrasé d'un coup. « Pour moi, l'est coupable. L'était prêt à filer quand y m'a vu. À filer comme seuls les coupables font. Quand j'ai tiré, y s'est figé comme une statue. Puis y se retourne, l'est tout blanc. T'arrives, Thomas, j'lui pose la question, y dit rien et la pisse mouille sur son pantalon, et là j'lui redemande, avec le fusil cette fois, et là, y dit qu'il a rien fait. Y dit qu'y savait même pas qu'y s'était passé quelque chose.

Qu'y a attendu dix jours des nouvelles de Winona, sans rien. Sa *fiancée*, l'a dit. Alors l'était venu voir ce qu'y se passait. »

Lige Magan a regardé Thomas McNulty avec cet air de « qu'est-ce que tu penses de ça ? ».

Mais Thomas McNulty n'a pas répondu. Il a posé une main sur mon dos en sueur. Mes larmes tombaient comme une pluie de printemps. Je tremblais. J'avais recommencé à trembler. Je me sentais aussi mal que si on m'avait empoisonnée. Thomas McNulty faisait attention à cette façon que j'avais de parler, cette étrange façon de parler sans mots qui se déversait de moi. Je ne m'étais jamais sentie aussi triste, aussi mal, aussi apeurée. Même sur le chemin du retour avec les frères de Lana Jane Sugrue. Je ne savais pas ce qui m'arrivait, je ne savais pas l'expliquer. Je ne voulais plus jamais en entendre parler. Je voulais que tout soit comme avant, la robe blanche, moi qui travaillais pour l'avocat Briscoe et qui rêvais d'embrasser Jas Jonski.

« Bon, faut décider c'qu'on fait, bon sang », a dit Lige Magan, sa colère envolée aussi vite qu'elle était apparue. « On peut pas le laisser ligoté comme ça dans la buanderie s'il a rien fait.

— Si on le croit, faut le relâcher, a dit John Cole d'un ton ferme. Mais je sais pas si j'ai envie de le croire. C'est qu'un putois.

— T'as pas envie non plus qu'le shérif Flynn se pointe ici avec vingt adjoints et qu'ça déraille pour de bon, a dit Lige Magan. On doit savoir ce qu'y s'est passé. »

Il me regardait, je le voyais à travers ma cascade de larmes. J'ignorais ce que Rosalee Bouguereau leur avait dit. Au sujet de mes blessures. Tout ça. Je n'avais même pas embrassé ce garçon. Était-ce lui qui m'avait abîmée comme ça ? Lui qui m'avait fait ça ? Je hurlais en moi, je hurlais si fort. Même si personne ne le voyait. Mais Thomas McNulty était vieux et sage, il était capable de sentir ce qui se passait chez quelqu'un, je le crois vraiment.

« Même si on s'souvient de rien, a dit Thomas à Lige Magan, ça signifie pas que c'est pas arrivé, c'est comme ça.

— Moi, je vais mett'e cette fille au lit avec une soupe de lapin », a dit Rosalee Bouguereau, elle aussi d'un ton furieux, en faisant grincer sa chaise. « R'gardez-la. Elle tient même pas assise. »

J'avais l'impression de fondre. J'étais comme de l'eau sans récipient pour la contenir. Je me sentais si petite. Tout le monde se moquait de mon sort, je le savais. Tout le monde en dehors de chez Lige. Le monde souhaitait de mauvaises choses aux Indiennes. C'était ce que je pensais, quand je pensais à ça. J'essayais surtout d'empêcher ma tête de fondre. D'empêcher mes bras, mes jambes, de fondre. Vous comprenez, je n'étais qu'une fille. Et j'étais tellement heureuse que Rosalee soit là, une femme aussi gentille qu'elle.

Mais ils étaient tous gentils. C'était simplement qu'ils ne savaient pas quoi faire, alors qu'un millier de fois auparavant, ils avaient su. C'est pour ça qu'ils étaient encore en vie, que j'étais encore en vie. J'étais en vie mais maintenant, j'avais peur d'être morte en moi, d'une certaine manière. J'avais l'impression que quelqu'un m'avait tuée. Comment allais-je pouvoir me relever de ça ? Comment allais-je retrouver l'usage de mes jambes ? Comment allais-je à nouveau être heureuse, stupidement heureuse comme il faut l'être sur cette terre ? Sortir sur le porche par un matin de printemps et sentir le froid malgré les rayons du soleil, mais aussi l'été à venir ? Quelle enfant stupide j'étais. Pourtant c'était le meilleur trait de caractère à posséder dans l'histoire du monde. Une petite fille stupide aimée par tous ceux qui la connaissaient sauf un garçon de ferme ignorant qui s'était contenté de remarquer une Indienne aux cheveux noirs en ville. Peut-être que c'était ce stupide garçon de ferme qui m'avait fait du mal, peut-être que c'était lui. Je cherchais désespérément en moi. Si ce n'était pas Jas Jonski, peut-être qu'alors il restait un espoir.

« J'ai pas dit que c'était Jas », j'ai dit.

Puis je n'étais plus là. C'est Rosalee qui m'a raconté la suite. J'étais évanouie par terre. Thomas McNulty m'a ramassée et Rosalee a dit qu'on m'a portée jusqu'à mon lit, ce lit profond et chaud que je partageais avec elle. On m'a dit que Lige Magan avait pris mes mots pour parole d'évangile et qu'il était allé libérer Jas Jonski dans la buanderie. Que Jas Jonski était parti récupérer son cheval en tremblant et qu'il avait décampé.

◑

L'avocat Briscoe est arrivé un peu plus tard. Joe Sugrue l'avait conduit en boghei.

C'était le plus beau boghei du comté de Henry. Selon moi, il avait bien fallu ça pour sa grande dame et maintenant, la seule chose qui restait d'elle à l'avocat Briscoe, c'était ce grand boghei qui avait un jour promené la grandeur de son épouse.

J'ai fondu en larmes quand je l'ai vu arriver, parce que tel était l'état où je me trouvais.

Il a passé la porte comme une cuiller qu'on plonge dans du gruau de maïs. L'obscurité dans la pièce a chassé le miroitement sur son visage. Rosalee Bouguereau a posé la cafetière sur le fourneau avec une maladresse inhabituelle.

Elle était tout excitée de voir un homme si important.

Ça ne l'a pas dérangé de s'asseoir dans un vieux fauteuil en chêne que Lige Magan avait placé pour lui près du fourneau. Pendant la nuit, le givre avait envahi les pâturages à l'herbe brûlée. L'avocat Briscoe a gardé son chapeau en fourrure et son manteau en fourrure. Il a un peu discuté du temps, il a demandé à Lige Magan comment se déroulaient les plantations, il a commenté les événements inquiétants dans le comté de Henry, et Dieu seul savait si tout cela s'apaiserait un jour puis, après avoir déroulé ces politesses, il a dit ce qu'il était venu dire. Il a dit qu'il avait entendu des nouvelles troublantes sur son « commis », comme il m'appelait, et qu'il s'était dit qu'il se sentait un devoir et une obligation envers moi de venir voir ce qui se passait.

« Eh bien, dit Lige Magan, pas de doute, l'a eu une grosse frayeur.

— C'est ce qu'on m'a raconté. Quand Joe Sugrue me l'a dit, j'ai été très ennuyé d'apprendre ça. Mais les chiffres ne vont pas s'additionner tout seuls et je serais ravi que Winona revienne travailler *sans plus tarder*. »

J'étais debout, quoiqu'un peu perdue au centre de la pièce, je faisais tous les efforts possibles pour bien me comporter. On ne peut pas passer sa vie comme un geyser de larmes.

« Elle doit pouvoir avoir une réparation en matière de loi, a dit Lige Magan.

— Un Indien n'étant pas un citoyen, la loi ne s'applique pas à lui comme aux autres, a déclaré l'avocat Briscoe.

— C'est vraiment c'que vous pensez ? » a demandé très calmement John Cole, mais avec une pointe de menace dans la voix.

Les hommes s'observaient en réfléchissant, je suppose, et après cette menace, John Cole donnait l'impression d'être prêt à s'enflammer à tout instant.

« Le temps est venu de la paix et d'une vie paisible. Vous êtes des hommes d'âge, tout comme moi, a dit l'avocat Briscoe. Quel âge as-tu, Lige, est-ce que même Dieu le sait ?

— Je crois bien que non », a répondu Lige avec une envie de rire qu'il a contenue comme il a pu.

John Cole, qui restait un peu en retrait de cette conversation, s'agitait dans ses bottes comme un cheval à l'écurie qui passe son poids du corps d'un membre sur l'autre.

« J'ai même pas quarante ans », a dit Thomas McNulty, même si, en vérité, il ne savait pas quel était exactement son âge. « Et j'crois ben qu'une mauvaise personne..., il a continué en bafouillant.

— Vous croyez quoi ? a demandé sèchement l'avocat Briscoe.

— J'crois qu'y a quelqu'un de mauvais qui doit répondre de c'qui a été fait à Winona, a déclaré Thomas. Puisque vous m'posez la question », retrouvant tout à coup les mots.

« J'le crois, moi aussi », a dit Rosalee Bouguereau.

L'avocat Briscoe l'a observée un instant. Était-il surpris ? Non. À cet instant, Rosalee avait réussi à obtenir le café qu'elle souhaitait et elle a apporté la cafetière avec une tasse qu'elle tenait d'un doigt passé dans l'anse.

« Moi, j'dis qu'on découvre qui c'est qu'a fait ça et qu'on tue le type », a dit John Cole.

Thomas McNulty et Rosalee Bouguereau avaient l'air d'accord. Thomas McNulty a écarté les mains comme pour dire : qu'en pensez-vous, monsieur Briscoe ?

« Je suis le seul à boire du café ? » a demandé l'avocat Briscoe.

Personne n'a répondu, et il a laissé Rosalee remplir sa tasse.

« Vous avez de la mélasse ? » il a demandé tranquillement, comme s'ils étaient tous les deux ailleurs, comme si nous autres n'étions pas là.

« T'as pas de c'te mélasse de la Nouvelle-Orléans ? » a demandé Lige Magan à Thomas McNulty, car malgré tout il voulait honorer son visiteur.

« J'l'ai balancée, a répondu Thomas McNulty d'un ton rude.

— Juge, vous aimez le sucre de canne ? a proposé Rosalee.

— Oui, oui, a répondu l'avocat Briscoe. Et je vous remercie, mademoiselle Bouguereau. Mais, vous savez, je ne suis pas juge. »

Puis Rosalee a attrapé le sucre, en a versé un peu, et l'avocat Briscoe a bu son café.

Il n'a rien dit tant qu'il buvait. Personne d'autre ne parlait. Nos cerveaux se concentraient sur ce qui avait été dit et ce qui ne l'avait pas été.

Je ne savais pas ce que j'avais besoin d'entendre. Lorsqu'une inondation envahit les terres d'une ferme, elle couche bien des arbres, ainsi que ses récoltes, si elles sont déjà sorties de terre. La pire des inondations, c'est quand tous les champs doivent être à nouveau labourés puis hersés, et peut-être qu'alors c'est trop tard dans l'année pour semer. Suite à une telle inondation, après avoir séché vos vêtements, vous savez que vous ne mangerez pas aussi bien l'année prochaine que l'année qui vient de s'écouler. Ce qui ne fait aucun doute, c'est que vous devez affronter l'inondation, la tornade ou la tempête, avec une force comparable. Rebâtir ce qui a été mis à terre, remettre à sa place ce qui a été déplacé ou arraché de sa base.

L'avocat Briscoe a continué à boire son café en silence.

## *Chapitre six*

Je dois dire quelques petites choses sur Tennyson Bouguereau. Parce que c'est lui qui a été passé à tabac. En rapport avec le fait qu'il avait surveillé Jas Jonski le jour où on l'avait gardé un petit moment prisonnier. C'est ce qui a été raconté plus tard : un Noir qu'osait s'en prendre à un Blanc. Ce que les ignorants appelaient être présomptueux. Beaucoup de gens dans le comté de Henry étaient incapables d'entendre une chose pareille sans envisager une punition. Et ils savaient y faire.

Je ne doutais pas que Jas Jonski se ferait passer pour innocent en ville. Il appartenait à une bande de garçons qui n'a pas manqué de répandre la rumeur. Qui a répandu la rumeur et raconté des absurdités.

Je me souviens, dans les plaines autrefois, de quelle manière les jeunes garçons lakotas aimaient se regrouper, eux aussi. Les Blancs faisaient certainement pareil. Une fille est un être plus solitaire. Pourtant, je me rappelle aussi les trois jours de chants et de danses quand une fille atteignait enfin sa « lune ». J'ai oublié le mot en lakota, mais il veut dire lune. Je me souviens des chants, des danses et de la fierté des jeunes femmes. Quand j'ai eu ma première lune, j'avais environ douze ans, je n'étais plus parmi mon peuple, je me trouvais à Grand Rapids avec le poète McSweny parce que Thomas McNulty et John Cole étaient repartis à la guerre. Le poète McSweny était une personne de couleur, tout comme Rosalee, il avait été le portier bien connu du théâtre là-bas mais quand j'ai eu ma première lune j'ai cru que j'allais mourir, et lui aussi. Il devait avoir quatre-vingt-dix ans à l'époque, il aurait pourtant dû savoir. Nous étions, dans cette demeure qui était la sienne, deux créatures ignares. Il était parti en courant chercher Doc Ganley qui habitait à quelques rues de là. Le doc était revenu avec lui en courant et quand il avait compris ce qui se passait, il avait éclaté de rire. Le poète McSweny avait été informé de cet aspect du monde et il avait dû découper des bandes de tissu dans un vieux drap pour moi. Voilà comment ça s'était passé. Il n'y avait eu ni danses ni chants, ni femmes qui savaient quoi faire.

Jas Jonski était jeune comme tous les jeunes, qu'ils soient blancs, noirs ou rouges. Sur le moment, j'ignorais si c'était lui qui avait aperçu Tennyson Bouguereau en ville. Je supposais que oui. Le chariot avait été retrouvé à moitié couché dans les bois, cette pauvre Jakes, notre meilleure jument, tremblante et résignée dans son harnachement. Je m'en souviens, ça n'était pas loin de la maison de l'avocat Briscoe, si bien que des hommes avaient conduit le chariot et le cheval là-bas, considérant alors, je pense, avoir fait leur devoir. Ils n'avaient pas eu la moindre attention pour le pauvre homme noir étendu sans connaissance sur la route.

Si vous vouliez voir une représentation du chagrin, un photographe itinérant aurait pu faire un daguerréotype de la figure de Rosalee Bouguereau quand elle a appris la nouvelle. Je me suis précipitée sur elle pour la serrer dans mes bras. Elle pleurait tellement.

« Ça va, ça va, Rosalee, arrête, disait Lige Magan. Au moins, l'est pas mort. »

John Cole et Lige Magan avaient ramené son frère ce soir-là. Ils étaient montés sur des mulets à l'annonce de la mauvaise nouvelle par les frères Sugrue et ils revenaient avec ces mêmes mulets attachés à l'arrière du chariot ainsi que la grosse lampe en fer-blanc qui répandait sa lumière tout autour. Jakes la jument tremblait encore. Un cheval, c'est une vraie personne. Le corps brisé de Tennyson Bouguereau était couché dans le chariot, sa belle tête couverte de blessures et de sang, et ses vêtements, qu'il avait toujours si propres, comme les haillons d'un mendiant.

C'est pour ça que je veux dire quelques petites choses sur Tennyson. Il était célèbre, au moins parmi nous, pour ses talents au tir. Lige Magan racontait souvent que Tennyson choisissait un brin d'herbe, puis reculait de cinquante pas, se retournait et avec son Spencer, coupait le brin d'herbe en deux. Lige Magan était en mesure d'apprécier ce talent parce que lui-même avait été une fine gâchette dans l'armée, mais pas aussi bon que Tennyson. Tennyson Bouguereau avait un talent inné pour ça. Bien sûr, en tant qu'ancien esclave, il ne pouvait porter une arme que dans le plus grand des secrets. Pendant un temps, tout avait paru aller mieux pour les esclaves. Ils avaient déposé leurs outils dans les fermes où ils ne désiraient plus travailler. Ils avaient obtenu le droit de vote, les hommes, en tout cas. Ils pouvaient soutenir le regard d'un Blanc et lui parler aussi droit que le tir d'une flèche. Ça avait duré un temps. Maintenant, tout allait en sens inverse. Les fermiers des environs n'avaient plus personne pour travailler dans leurs fermes si les Noirs ne le voulaient pas, et ça les rendait fous. On entendait parler d'explosions de violence, de choses atroces dites et faites. Alors que Tennyson Bouguereau était un prince. Il aurait donné un coup de main à n'importe qui lui aurait demandé ou aurait eu besoin de son aide.

Il ne savait ni lire ni écrire, mais il pouvait dessiner votre visage sur le joli papier de Rosalee, il aimait aussi dessiner des rouges-gorges dans la cour, et la seule raison pour laquelle je savais à quoi ressemblait l'engoulevent bois-pourri qui dort toute la journée, c'est parce que Tennyson en avait capturé un – sur le papier.

Les hommes qui l'avaient blessé ne se souciaient pas de tout ça. La plupart des Blancs ne voient que l'esclave ou l'Indien. Ils ne voient pas une âme. Ils ne voient pas que ce sont des empereurs pour qui les aime.

On a dû se contenter de restes en guise de repas ce soir-là. Rosalee a nettoyé son frère puis elle a demandé à Lige Magan de l'aider à le transporter dans la petite chambre qu'il occupait à l'arrière de la maison. Je l'ai vue lui mettre sur les cheveux de la pommade qui appartenait à John Cole. Tennyson ne disait pas un mot. On lui avait volé tous ses mots. Elle le suppliait de lui révéler qui avait fait ça, mais il se contentait de la regarder à la manière d'un enfant apeuré. J'ai vu une longue blessure noire comme la terre tout juste labourée là où un outil lui avait fracassé le crâne, la fente en train de devenir encore plus sombre. Rosalee m'a fait écraser des fleurs de jacinthe qu'elle avait cueillies et fait sécher au printemps de l'année précédente, celles qu'elle me donnait toujours quand j'avais ma lune, et elle a mis ça dans l'eau avec laquelle elle a lavé son frère, alors il sentait un peu le printemps. Elle essayait de le laver de toute cette violence.

◑

À présent, c'était Rosalee qui était triste et moi qui préparais la soupe. L'attention que je portais à Rosalee a presque opéré comme de la magie en moi. Une personne peut tirer son réconfort de la tristesse d'une autre. Ça a été mon cas. Mais ce n'est pas si étrange, tant ce monde est mystérieux.

Rosalee n'en revenait pas que son frère ait été maltraité comme ça. Ça ramenait en eux la terreur des temps anciens, lorsqu'ils ne savaient pas s'ils seraient à jamais dans la servitude ou un jour libres. Pas de doute, il y a toujours des vérités amères à avaler.

Je suis issue de la plus triste des histoires sur terre. Je suis l'une des dernières à savoir ce qu'on m'a pris, et ce qui existait avant qu'on me le prenne. Le poids de cette tristesse a fracassé bien des têtes. Avez-vous jamais vu un Indien ivre, avez-vous jamais vu un Indien en haillons ? C'est ce qui se produit lorsqu'un roi est submergé par la tristesse. Mais pas seulement. Nous croyions n'être que richesse et merveille. Nous le savions, c'était comme ça. Nous savions combien il était possible d'être heureux en tant qu'enfant. Un monde bon pour un enfant est un monde bon, tout simplement. Ce n'était pas juste que ce monde nous avait été pris, c'était cet ordre si souvent hurlé, « Tuez-les tous ! ». Posez la question à Thomas McNulty, qui l'avait si souvent entendu. Et qui y avait obéi. John Cole aussi. Ce cinglé de Starling Carlton. Et Lige Magan. Peu importait que ça soit un bébé, une petite fille ou une mère.

Rien qu'une apparition de l'homme blanc, rien que son approche, c'était le sceau de la mort.

Nous accordons tous une grande valeur à la vie. Mais les Blancs avaient leur propre échelle de valeurs. Comme nous n'étions rien, nous tuer, c'était tuer rien, donc ça ne signifiait rien. Ça n'était pas un crime de tuer un Indien parce qu'un Indien, ça n'était rien.

Je sais toutes ces choses, c'est pour ça que je les écris.

◐

Mais Tennyson Bouguereau était tout de même un peu un citoyen maintenant, alors peut-être que s'attaquer à lui, c'était un crime. N'y avait-il pas eu une guerre pour ça ? C'est ce qu'on croyait, en tout cas. C'est pour ça que le poète McSweny avait dit à Thomas McNulty et John Cole qu'ils devaient faire cette guerre. Ou peut-être que Thomas, rien qu'en voyant le poète McSweny, savait à quel point il était une âme remarquable. Un roi, lui aussi, un roi abandonné, mais avec un halo doré autour de sa vieille tête. Il était comme ces vieilles représentations de Jésus surmonté d'un cercle doré. Le poète McSweny. Thomas et John Cole étaient partis depuis longtemps, et j'avais besoin d'eux. Je n'étais pas encore guérie à l'époque, je ne le suis peut-être toujours pas. Mais à l'époque, je ne l'étais pas, c'est sûr. Et le poète McSweny, avec son visage sombre et fin, ses yeux de pierre de rivière, s'était mis en quatre pour moi, il m'avait éduquée, grondée, il avait rempli le rôle d'une mère.

Pourquoi avais-je la chance d'avoir auprès de moi des hommes bons comme des femmes ? Seule une femme sait comment il faut vivre, je le crois bien, parce qu'un homme est trop empressé, et son canon s'enraie trop souvent. Or une arme enrayée blesse souvent au hasard. Mais dans le cœur de mes hommes je n'ai trouvé qu'une féminité féroce. Quelle chance. Quel cumul de vraies richesses.

Avec Tennyson Bouguereau au lit, peut-être encore plus à cause de ça, les hommes étaient dehors à herser une terre qui n'attendait que d'être aérée pour le printemps. Les mulets avaient droit à leur ration de force, puis on les attachait à la vieille herse noire et ils progressaient acre par acre pour soulever la terre sombre. Un mulet est un garçon heureux s'il a l'estomac plein d'avoine. On s'attendrait presque à le voir sourire.

La seule personne qui pouvait encore se rendre à Paris pour les courses, c'était Lige, en tout cas pour le moment. Heureusement, il y avait cinq magasins d'alimentation à Paris, alors M. Hicks nous a perdus comme clients.

« Je peux juste pas voir ce faux jeton de Jas Jonski, a dit Lige.

— Parce que tu risquerais de le tuer », a dit calmement John Cole.

J'étais sur le porche à récupérer les sous-vêtements de

Rosalee mis à sécher quand j'ai aperçu par-delà l'acre à nu un cheval et son cavalier. J'ai aussitôt ressenti un pincement d'inquiétude. Rosalee et Tennyson n'étaient pas les seuls à être nerveux. S'il y avait une cible facile à cet instant, je me disais que c'était bien nous.

Qui que ce soit, le cavalier n'était pas seul mais escorté par quelques individus qui talonnaient leurs poneys. Mes hommes étaient à deux champs de là, bien plus au nord. Si j'étais montée sur le toit, j'aurais pu apercevoir les mulets noirs tout petits et leurs silhouettes de la taille de charançons. Le fusil de Tennyson était toujours dans le salon. C'était une si belle arme que quelqu'un avait gravé le nom LUTHER sur sa culasse, une marque mystérieuse mais distinguée. Je m'en suis emparée puis j'ai repris position sur le porche avec le Spencer comme acolyte. Je savais assez bien tirer au fusil même si c'est une grosse arme pour une fille.

Le shérif Flynn chevauchait en tête. Je ne savais pas si c'était une bonne ou une mauvaise chose. Je ne le connaissais pas bien. Je le voyais parfois en ville faire claquer ses bottes sur la promenade en bois. Là, il était accompagné de trois gars. Trois gars mal nourris. Il avançait tranquillement en tête. Il n'avait pas l'air pressé. Pas le moins du monde l'air pressé.

Le shérif Flynn a fini par s'arrêter face à moi. Sur le dos de son cheval, il était à ma hauteur sur le porche.

« Va chercher Elijah, ma chérie », il a demandé.

Je n'avais jamais de toute ma vie entendu Lige appelé par son prénom complet. Je n'avais jamais de toute ma vie été appelée ma chérie. Le shérif n'avait même pas l'air d'avoir remarqué le Spencer. Je le tenais en travers de ma main gauche, mais il n'y a accordé aucune importance. Je n'étais même pas certaine que l'arme soit chargée. Je me disais : peut-être que ce n'est pas le cas, parce que, eh bien, je n'en savais rien. Je savais que ces gars pouvaient m'abattre comme un lapin à l'orée des champs. Aussi simplement que ça. Je sentais la pisse couler le long de mes jambes sous mes jupons. Je ne voulais pas que quelqu'un le voie. Mon corps avait peur, mais mon cœur était courageux. J'étais en colère à cause de Tennyson, ce qui me rendait courageuse, et je me disais que le fusil de Tennyson contenait peut-être un bon remède. C'était la grande fierté de Tennyson que de posséder ce fusil et rien que de le toucher, ça me donnait du courage.

Je n'ai rien dit au shérif Flynn. Parce que je ne savais pas s'il fallait parler ou pas.

Le shérif Flynn était un homme sombre et rude mais il avait les joues rasées autour de sa moustache. Il devait avoir une quarantaine d'années et les femmes en ville le trouvaient sans doute assez beau. Ses adjoints n'étaient qu'une petite bande de minables. J'en ai reconnu un, en les voyant de plus près. Frank Parkman, un ami de Jas Jonski.

C'était étonnant de voir tout ce à quoi je pensais en restant là à ne pas répondre au shérif Flynn.

Le shérif Flynn a mis pied à terre et il a monté les marches. En arrivant à ma hauteur, il a levé la main droite, je pense maintenant que c'était pour serrer la mienne. Mais c'était un geste tellement inattendu que j'ai cru qu'il allait me frapper, alors j'ai bondi en arrière, j'ai trébuché sur le fusil et je suis tombée. Je me suis tout de suite relevée. Il faut toujours montrer à un ours ou à un coyote qu'on n'a pas peur. Le fusil avait glissé sur le plancher. Je me suis dit que si j'essayais de le récupérer, le shérif me tuerait. Il avait encore son revolver bien huilé à la ceinture, il était certainement ce que Thomas McNulty appelait un *kittoge*, un gaucher.

« Elijah est là ? a demandé le shérif Flynn.

— Elle croit qu'elle va avoir droit au fouet, a dit Frank Parkman en riant.

— Ferme ta mauvaise bouche, Parkman, a dit le shérif Flynn. Sinon c'est toi que je fouette, crétin. »

Mais il en est resté là. Parce qu'à cet instant Thomas McNulty et John Cole ont contourné la maison d'un côté, et de l'autre est apparu Lige Magan. Ils étaient tous les trois couverts de terre noire à force d'avoir hersé. Ils portaient des bottes de terre noire, qui bien sûr n'étaient pas de vraies bottes. Ils rentraient pour le souper après de bien longues heures de travail.

« Ça va, Elijah ? a dit le shérif Flynn.

— Ça va », a dit Lige Magan.

L'air à son aise, le shérif Flynn a posé les coudes sur la rambarde du porche et il a fait signe à ses hommes de se détendre. Frank Parkman a mis pied à terre et, ses rênes au creux du bras, il a commencé à bourrer une pipe en argile sortie de son manteau. Je ne savais pas ce que pensaient Thomas McNulty et John Cole, mais ils ont décidé d'enfourcher des vieilles chaises sur le porche et Lige Magan a pris une position de sentinelle dans l'embrasure sombre de la maison. Il a fermé la porte avec sa main libre sans regarder.

« Vous plantez encore du tabac cette année ? » a demandé le shérif Flynn, ce qui n'était pas vraiment une question, plutôt un constat.

Il désignait de la tête la terre noire dont ils étaient couverts.

« Ouais, a dit Lige.

— Vous faites du tabac, moi j'le fume, a dit Frank Parkman en inspirant une bouffée.

— Y a pas de marché pour la betterave ou les histoires comme ça, a dit Lige. J'me tâte à faire un peu de maïs. J'pourrais en tirer quarante cents du boisseau. Dieu seul sait si j'vais le faire. Ou va savoir qui. »

Le shérif n'a rien dit pendant un long moment et Frank Parkman est resté à téter sa pipe avec ce petit sourire.

Ça me démangeait de récupérer le Spencer par terre.

« C'est toi qu'étais à Leavenworth », a dit le shérif Flynn à Thomas McNulty avec une certaine sympathie, comme si c'était une question qu'on posait souvent dans le comté, comme si c'était quelque chose d'aussi banal que la pluie qu'il se contentait de mentionner.

Thomas McNulty a dû considérer que le silence était la réponse la plus sage à cette question.

« L'a un papier de décharge et tout ce qu'y faut, a dit John Cole.

— J'dis pas que c'est pas le cas », a dit le shérif Flynn.

Frank Parkman a éclaté de rire, et sa pipe a craché des bulles de salive.

« Vous serez surpris d'apprendre que j'viens vous aider, a dit le shérif Flynn. Vous serez surpris d'apprendre que l'avocat Briscoe est venu me rendre visite. Vous serez surpris d'apprendre que Mme Flynn l'aînée allait en classe avec Rosalee Bouguereau, et qu'elle a un tendre souvenir d'elle.

— Ça fait beaucoup de surprises, a dit John Cole.

— En effet, a dit le shérif Flynn. Je veux découvrir qui a fait du mal à Tennyson Bouguereau et qui a fait du mal à Winona Cole. C'est pour ça que j'ai parcouru les dix kilomètres jusqu'ici sous ce soleil. »

Il s'est mis à régner une autre sorte de silence. J'étais ahurie, mais aussi effrayée. Je ne pensais plus à tirer avec le Spencer, mais comment pouvais-je fournir des réponses alors que je ne connaissais pas l'histoire de ce qui m'était arrivé ?

« Personne ne se soucie d'une Indienne », a dit John Cole. Il parlait comme un pasteur qui lit la Bible. « Pourquoi vous avez fait tout ce chemin, en vrai ? On peut s'débrouiller tout seuls. À la minute où Tennyson nous dit qui l'a amoché, on selle les mulets et on va tuer les types.

— Je n'aime pas cette idée, a dit le shérif Flynn. Les temps sont troubles. Il faut savoir enfiler le costume de Salomon.

— Nous ça nous va, comme on est, a dit John Cole. On n'a pas besoin d'insignes et d'hommes de loi. On fait le boulot par nous-mêmes. Si un jour Winona peut nous dire qui lui a fait du mal, on sellera de nouveau les mulets et on ira tuer le type qu'a fait un acte aussi diabolique.

— Vous êtes pas dans l'Ouest, a dit le shérif Flynn. Ici, c'est le royaume de la propriété, des poires en bocal et de la paix, et avec ça, viennent la raison et les shérifs.

— Mais nous, a dit John Cole, on n'est pas vraiment d'accord avec tout ça. Parce que personne en a rien à foutre d'une Indienne et d'un Noir.

— Vous faites ce que vous dites et vous autres, vous êtes finis au comté de Henry.

— C'est vrai qu'y a des troubles partout dans le comté, et que j'sais pas comment on va tenir ici si on en rajoute », a dit Lige Magan, comme s'il tentait d'enfiler ce fameux costume de Salomon.

« Pourtant, il doit y avoir de la justice en ces temps troublés et je compte bien vous l'apporter, a dit le shérif Flynn.

— Shérif, je ne sais pas pourquoi vous voulez... », a commencé Frank Parkman, tout à coup furieux.

« Je te l'ai déjà dit, Parkman, tu fermes ta gueule », a dit le shérif Flynn.

Mais Frank Parkman n'était pas de cette humeur.

« Cette fille, elle est rien du tout, il a dit avec un étrange gémissement dans la voix. Ces gens, c'est des moins-que-rien. »

Le shérif Flynn s'est approché de lui et il l'a giflé si fort que son chapeau a volé. Il attendait que Parkman dise un mot de plus, la main sur le Colt. Mais l'adjoint s'est contenté de frotter sa joue rouge.

Il flottait maintenant un étrange silence pourtant si parlant. Même notre hôte d'hiver, l'engoulevent bois-pourri, qui entamait d'habitude son curieux chant dès le début de la soirée, se retenait. Je savais depuis toujours que Thomas McNulty et John Cole étaient des hommes réfléchis, mais leur réflexion se limitait à la survie. Thomas McNulty et John Cole vivaient et pensaient comme un seul homme. Si l'un devait mourir, alors plus aucune vie n'était possible. Leurs véritables pensées étaient réservées à m'éduquer comme leur fille. Ils trouvaient des gens pour m'estimer, et s'il n'y avait pas d'estime ils se débarrassaient de l'individu comme d'un chancre. Le shérif Flynn était un homme d'une quarantaine d'années qui se mouvait dans un marais de violentes haines, d'innombrables mutilations et toute l'histoire de la guerre et toute l'histoire de ce que la guerre fait à des âmes et de tout ce qui suit la guerre. Ça donne des envies de meurtre, de violence et de mutilation, sauf s'il y a un cœur pour apaiser tout ça ainsi qu'une volonté d'aimer. Comme chez Thomas McNulty, et aussi John Cole. Et comme chez un shérif un peu rude et seulement à moitié rasé qui prononçait des paroles à la fois nouvelles et étonnantes.

J'étais en train de penser que si j'avais eu plus de courage, je l'aurais abattu avec le Spencer. Que ça aurait mis fin à tout ça, et que nous n'aurions jamais entendu cet étrange discours. La rivière prend parfois un virage plein de remous. Bien sûr, les coudes, les hauts-fonds, les rapides mènent toujours à la mer. L'histoire de la vie file toujours en direction de la côte. Si j'avais tué le shérif Flynn, mon histoire aurait tout à coup pris une autre tournure.

Mais comme la rivière, au bout du compte, tout rejoint toujours le même point.

## *Chapitre sept*

Je craignais de m'aventurer à nouveau sur la route mais je considérais avoir une telle dette envers l'avocat Briscoe que ça me donnait le courage d'affronter ma peur malgré l'accusation que j'avais subie. C'était la première fois que je prenais la précaution d'enfiler le « meilleur » des pantalons que Thomas McNulty m'avait prêtés. Je n'avais pas eu besoin de raccourcir les jambes parce qu'il n'était guère plus grand que moi. J'ai enfilé une petite veste qu'il mettait autrefois pour travailler et aplati ma poitrine avec une bande de tissu. J'avais un corsage en coton qui pouvait passer pour une chemise. Je n'ai pas regretté mes longs cheveux noirs, même si je me rappelais que chez une Lakota, seul le chagrin la poussait à les couper. Mais n'était-ce pas le cas ? John Cole a récupéré ma chevelure et l'a enveloppée dans du papier qu'il a rangé dans un tiroir. J'ai mis mon revolver pour dame à l'arrière de ma ceinture et j'ai glissé mon couteau dans ma botte gauche. Je n'étais pas la seule à l'époque à vouloir calmer le regard des hommes avec l'apparence d'un garçon, et j'avais appris quelle folie c'était de ne pas le faire. Non que j'aie grand-chose en matière de poitrine. Contrairement à Rosalee, dont une partie du charme résidait en cette immensité de douceur. Je connaissais cette immensité, puisque nous devions partager le même lit. Il ne faisait qu'un mètre vingt de large, donc par les grands froids nocturnes qui recouvraient le Tennessee à la manière d'une couverture, on se blottissait l'une contre l'autre. Rosalee Bouguereau ne possédait pas grand-chose à part son caractère chaleureux, mais c'était quelque chose de précieux. Sinon, elle avait deux robes. Et une boîte de papier à lettres en provenance de l'usine au bord de la rivière Tennessee que Lige lui avait procurée pour ses listes. Elle en était très fière. Quand bien même elle n'avait personne à qui écrire.

Je n'ai pas pris le chariot, mais le plus rapide de nos mulets. Prête à donner de l'éperon pour me mettre à l'abri si nécessaire, je me disais. Et comme j'avançais tremblante sur la route dans mon nouvel accoutrement, sous ces arbres qui tous cherchaient à se débarrasser de l'hiver, je me sentais si seule, malgré mon arme et mon couteau. Le petit vent qui préfère les bois ressemblait aux murmures des assassins, quelle que soit leur couleur de peau.

« Dieu du Ciel, a dit Lana Jane Sugrue, qu'as-tu fait de ta magnifique *coiffure** ? »

Elle a ri en ouvrant grand la bouche et en sautillant tout autour de moi, désireuse de m'examiner sous tous les angles.

Je pense que j'ai fait peur aux frères Sugrue, qui ne me comprenaient déjà pas avec une robe, mais l'avocat Briscoe a grogné son assentiment à mon apparence et de toute façon, son souci principal, c'étaient les chiffres délaissés et la liasse de documents qui nécessitaient d'être classés. Les cessions de terre en jachère, personne pour travailler les arpents de ce pays en ruine, des esclaves galvanisés par leur liberté, des « fermes détruites par le feu et la guerre » qui n'étaient toujours pas reconstruites, disait l'avocat Briscoe avec de la colère sur le visage autant que des larmes, et ces vieux soldats aussi déglingués par la vie que par la mort, ces rebelles matés un jour qui ressurgissaient le lendemain. Quel était le devoir d'un homme loyal ? Loyal à quoi, d'abord ? Et pas un habitant au Tennessee aussi bon qu'il croyait être, et peut-être personne d'aussi mauvais non plus. Le Tennessee avait été sur le point de devenir quelque chose, le meilleur État de l'Union, mais avec ce nouveau gouverneur, ça prenait une tout autre tournure. Auparavant, le gouverneur Browlow était prêt à réprimer tout mauvais sentiment envers les esclaves, alors qu'à présent un crétin essayait de faire replonger le Tennessee dans la haine et les souffrances. Puisque les anciens rebelles avaient récupéré le droit de vote, il n'y aurait plus jamais de gouverneur républicain au Tennessee, selon l'avocat Briscoe. C'était comme ça qu'il voyait les choses, or il avait encore une sacrément bonne vue.

La plume de l'avocat Briscoe grattait et réduisait en miettes ce mauvais papier qui était le seul disponible à l'époque. La guerre avait eu raison de la fabrique au bord de la rivière, et le mauvais papier était devenu un papier « correct ». Mais le travail devait être malgré tout accompli.

◐

Il n'y avait pas moyen de tirer un seul mot, joli ou pas, de Tennyson Bouguereau. Il était aussi doux et facile qu'avant, mais avec une pièce de moteur cassée. Il n'était pas resté au lit un instant de plus que nécessaire, il allait et venait entre la grange et la cour comme toujours, il était capable d'effectuer tous les travaux que lui demandait Lige. Cet homme connaissait autrefois une centaine de chansons qui gisaient désormais silencieuses en lui. Je le voyais lutter pour émettre un son, mais aucun son ne lui obéissait. La plaie sur son crâne avait cicatrisé, en revanche quelque chose de plus profond en lui était toujours abîmé.

◐

C'était agréable de travailler chez l'avocat Briscoe en ce sens que les nouvelles passaient par là. Le shérif Flynn était allé consulter le commandant des soldats de Paris, qui lui avait conseillé de s'adresser au chef de la milice. Uniquement au sujet du passage à tabac de Tennyson, pas celui de ma pauvre petite personne.

L'avocat Briscoe s'intéressait beaucoup à la milice parce qu'elle avait été créée par le précédent gouverneur du Tennessee afin de lutter contre les troubles causés par les rebelles, ces cavaliers de la nuit qui faisaient du grabuge un peu partout. Désormais, on ne savait plus trop qui la milice devait protéger ni quelle était sa mission. À sa tête, le colonel Purton luttait pied à pied contre les cavaliers de la nuit, et plus généralement tous ceux qui enfreignaient la loi. Le comté de Henry était depuis longtemps un comté de rebelles, ces gens y pullulaient. L'idée qu'un Noir obtienne sa liberté leur échauffait l'esprit pire que tout. L'avocat Briscoe pensait que c'est ça qui était arrivé à Tennyson. Un nègre était supposé pouvoir exhiber un certificat de travail, sinon on le considérait comme un vagabond. Tennyson conduisait un joli chariot avec une belle jument. Qu'il aurait pu avoir volés. Pourquoi ? On ne sait jamais, avec un nègre. L'avocat Briscoe pensait que c'est ce qui s'était passé. Mais il ne pouvait en être certain. Il ne pouvait pas non plus être certain que les coupables aient un lien avec Jas Jonski, mais il avait trouvé un moyen de le découvrir. Il allait tout simplement interroger Jas.

En fait, Jas Jonski a parlé assez librement. Il a dit qu'il avait été désolé d'apprendre la nouvelle pour Tennyson Bouguereau, mais en même temps il n'avait pas hésité à raconter ce qui lui était arrivé dans cette bon sang de ferme de Lige Magan. Il s'était senti offensé, il disait que Tennyson Bouguereau l'avait traité de façon insultante. Un homme qui était encore un esclave dix moissons plus tôt. J'ai dit à l'avocat Briscoe que je n'imaginais pas que Tennyson ait fait davantage que garder ses liens bien serrés pour éviter qu'il se détache, puisque c'étaient les consignes de Lige Magan. Jas Jonski a dit qu'il n'avait pas hésité à raconter l'histoire à quiconque voulait bien l'entendre. Les gens avaient eu vent de cette insulte qui lui était faite, de comment il avait été chassé alors qu'il voulait simplement rendre visite à sa fiancée. L'avocat Briscoe en avait conclu que le message était parvenu aux oreilles de ces gens vêtus de noir appelés les cavaliers de la nuit que la milice essayait de punir. On savait que les cavaliers de la nuit débarqueraient bientôt, maintenant que le climat leur était plus favorable. Même si certains de ces renégats aimaient sûrement vivre dans les bois. C'était mieux qu'être marié à une femme pénible, d'après l'avocat Briscoe. Il a demandé à Jas Jonski s'il avait désigné Tennyson à quelqu'un quand il était en ville, et Jas Jonski avait éclaté de rire. Ce rire était une plus grande preuve que des mots.

Alors l'avocat Briscoe avait eu l'impression de faire progresser son enquête, et il ne doutait pas que certes, le comté vivait des temps difficiles et troublés, mais que son cher Tennessee ne pourrait se sortir de la guerre et jouir des suites de ladite guerre – communément appelées paix – qu'à la seule condition que la justice y règne.

« Ces temps sont tellement dangereux que l'application de la loi y est presque impossible. »

Voilà ce qu'il disait. Peut-être qu'il donnait un peu l'impression de s'embraser dans ses propos, peut-être que son visage rougeaud semblait gonfler légèrement dans la pénombre du bureau. Dès que l'avocat Briscoe évoquait le Tennessee de cette manière, il était sujet aux larmes. Je ne me sentais pas larmoyante quand il parlait comme ça, je me sentais dévastée. Chaque fois qu'il prononçait le nom de Jas Jonski, mon cœur se brisait et mes genoux se dérobaient sous moi. Je pensais à la douleur entre mes jambes et j'avais envie de demander à l'avocat Briscoe qui me rendrait justice, à moi. Mon problème, c'était que j'ignorais quelle part Rosalee avait révélée aux hommes, et je me rendais compte que j'étais incapable de décrire ce que j'avais subi. J'aurais peut-être réussi le premier jour, quand j'étais rentrée chancelante, mais le temps avait cristallisé ces mots en autant de petites pierres et j'étais à court de vocabulaire, comme Tennyson était à court de tout. J'ignorais si l'avocat Briscoe s'intéressait à Jas Jonski uniquement pour Tennyson ou si ses pensées allaient aussi à la première fois où il avait été question de Jas et à mon doute, au doute que j'avais à ce sujet. Bon sang, comme aurait dit Thomas. Bon sang de doute. J'aurais tant aimé revenir au moment de mon calvaire pour savoir, rien que pour savoir qui en était la cause. Mais je ne voyais que des ténèbres, rien que des ténèbres.

Mon seul indice, c'étaient justement ces ténèbres. Je me disais que le responsable avait dû faire ça dans un endroit sombre. Je me demandais si ça s'était produit à la pension pour chevaux où travaillait Frank Parkman. J'ignorais pourquoi mon esprit y revenait sans cesse. À cause de cette étrange voix geignarde qu'il avait ? Déclenchait-elle un souvenir en moi ? Est-ce que je voyais Jas Jonski m'y emmener, ou était-ce que j'y pensais uniquement parce que Frank Parkman était adjoint du shérif Flynn et qu'il l'avait accompagné jusque chez nous, le tout n'étant que pure coïncidence ? J'avais l'impression de revoir une scène avec mon œil intérieur, Jas Jonski et moi qui nous promenions devant le palais de justice bras dessus bras dessous. Est-ce que j'avais également perçu une parole moqueuse dans la bouche d'une petite femme devant le bâtiment du Bureau des nègres, est-ce que j'avais entendu Frank Parkman rire à la porte de l'écurie ? Encore une fois, le rire était-il une meilleure preuve que les mots ? J'entrevoyais ces scènes, puis tout disparaissait. Elles passaient dans mon champ de vision avant de s'effacer comme un rêve.

Est-ce fréquent d'avoir des souvenirs troublés, je l'ignore. En tout cas, ça m'a joué de bien sales tours.

Certes, je n'étais pas encline à dire à l'avocat Briscoe qu'en ce jour funeste, Jas Jonski et moi-même avions bu du whisky dans l'arrière-boutique. Il avait prélevé une bouteille sur la réserve du magasin. Il commençait à se lasser du joug de M. Hicks, disait-il, alors ça lui faisait plaisir de lui subtiliser certains articles. Le whisky avait coulé à flots. Je n'en avais jamais bu avant ce jour-là, et l'alcool me brûlait la gorge, ce que je n'appréciais guère. John Cole était contre le whisky de façon générale, même si Lige Magan détenait une fiole d'un liquide terrible fabriqué à l'ouest du comté de Henry, près de Como. La rengaine de Lige Magan, c'est que deux verres, c'est le paradis, trois, c'est l'enfer.

Jas Jonski ne m'avait pas servi de la gnôle mais un véritable whisky distillé. J'ignore quelle quantité j'ai bue, j'avais beau ne pas aimer le goût, quelques minutes plus tard, j'avais l'impression d'être une immense fleur à la magnifique corolle. Je me prenais pour un ange attaqué par le feu. Puis toute mon histoire disparaissait pour être remplacée par une étrange flamme d'extase. En arpentant les rues de Paris avec Jas Jonski, je planais avec des ailes de feu.

Ce dont je me souviens après, c'est de Lana Jane Sugrue qui criait à ses frères d'atteler le boghei.

Que dire de ce qui s'était passé entre ces deux images ? Je ne pouvais pas inventer une histoire. Ça ne servait à rien. Alors j'ai pensé à prendre mon courage à deux mains pour me rendre en ville et demander à Frank Parkman ce qu'il savait. Avec son sourire de travers, son rire et son ton geignard. Vu la façon dont Flynn l'avait traité, je savais que ce bon shérif le prenait pour un idiot. Pourtant, j'avais un doute. Il y avait en moi quelque chose, un écho, une ombre, qui me troublait. Même un idiot est capable de se souvenir d'une histoire.

Je suis allée en ville le vendredi après mon travail chez l'avocat Briscoe. J'ai laissé le mulet avancer tout doucement sur la dernière portion de la route de Huntingdon puis aller et venir pendant une heure jusqu'à ce que la pénombre recouvre la ville. Un garçon d'écurie ne pouvait pas quitter sa pension de chevaux. J'étais quasiment sûre de trouver Frank Parkman sur son lieu de travail.

Bien sûr, j'étais vêtue comme un garçon. Je ne savais pas s'il allait reconnaître Winona ou s'il allait s'étonner de la présence d'un autre de ces salopards d'Indiens à Paris. Lorsqu'on n'a pas préparé ce qu'on va dire, on peut se sentir stupide juste avant d'entrer en action. Accepterait-il l'idée que je sois un cousin de Winona ? Est-ce qu'il proférerait simplement ce rire de garçon un peu fou en comprenant aussitôt qui j'étais ? En tant qu'ami de Jas Jonski, ne se contenterait-il pas de la boucler ? Je voulais juste la vérité. C'était ce que je venais chercher. Après tout, il était maintenant de temps à autre un homme de loi, alors n'était-ce pas son devoir que de rechercher la vérité, surtout que son chef le shérif Lynn était venu jusque chez Lige déclarer qu'il était bien décidé à éclairer cette affaire ?

Au crépuscule, la ville ressemblait à une marmite sur le feu. Des gens allumaient des bougies et des lampes à l'intérieur de maisons que la nuit gommait peu à peu. Tous les endroits aux couleurs déjà peu joyeuses étaient en train de tourner marron planche par planche. Le seul lieu un peu animé était le saloon de Zollicoffer, d'où le son du piano s'échappait pour se propager dans les rues et les recoins à la manière d'une centaine de rats. Mon mulet était de bonne volonté, et même si sa race le rendait assez lent, il avait quand même le pas rapide, car il possédait sans doute un peu de ces petits chevaux mexicains. Il n'avait pas à avoir honte de lui. Ni de ces ressorts qu'il avait dans les genoux.

J'ignore pourquoi, mais j'avais de curieuses pensées en me rendant là-bas, moi la fille en tenue de garçon qui guidait son mulet dans un Paris enveloppé par le crépuscule. Armée d'un revolver et d'un couteau. J'avais le sentiment, dans ce moment si particulier, de ne pas éprouver de peur, alors que justement, une fille n'aurait-elle pas dû avoir peur dans ce genre de circonstances ? Après avoir été violentée par un individu et même, dans un langage froid de pasteur, souillée ? Aucune fille ne pouvait être davantage souillée que moi. J'avais l'impression de posséder un courage monstrueux. Comment était-ce possible ? Les habits de la peur et du doute avaient glissé de mes épaules, et je me demandais s'ils s'élèveraient un jour à nouveau de la terre froide pour me recouvrir.

J'avais l'impression d'être capable de tout. J'avais l'impression que j'allais accomplir de grandes choses.

C'était tout simplement parce qu'après avoir recueilli mon pauvre cœur de six ans, vide et sonnant creux, Thomas et John l'avaient empli de courage.

Quand je me suis arrêtée devant la grande porte de la pension pour chevaux, j'ai aperçu une lumière vive à l'intérieur. J'ai mis pied à terre et je me suis avancée. John Perry, le maréchal-ferrant installé de l'autre côté du palais de justice, avait apporté sa petite forge et il activait un soufflet si bien que l'air propulsé faisait enfler les flammes de façon à former des braises. L'écurie ressemblait à l'immense gueule d'un dragon. Courbé vers un beau cheval noir, Frank Parkman tenait le sabot de l'un des postérieurs entre ses genoux et, avec une pince, il retirait les clous restant d'un fer égaré pour ensuite, d'un geste du poignet, les jeter dans les abysses de l'écurie. Tout en travaillant, il discutait avec John Perry, un type immense qui semblait encore plus immense et sombre dans cet enfer de flammes et d'ombres, obligé de crier par-dessus le rugissement ininterrompu de la forge pour se faire entendre. Ce qu'ils disaient, je l'ignore. Ce n'étaient que des paroles d'hommes en plein labeur. J'ai scruté l'intérieur de l'écurie en cherchant à savoir si j'étais déjà venue là, mais rien de ce que je voyais ne ravivait ma mémoire. Je n'éprouvais pas la moindre terreur, je n'avais pas le moindre souvenir. John Perry a sorti un fer de la forge avec une pince en acier et il l'a posé un instant par terre, ce qui a déclenché des volutes de fumée en provenance de la sciure humide. Puis il l'a placé dans une sorte de cadre en acier pour le tendre à Frank Parkman comme un enfant présente un toast au bout d'une fourchette. Frank Parkman a appliqué le fer rougeoyant contre le sabot, et c'était comme si le pied du cheval prenait feu. J'étais fascinée par ce spectacle, à tel point que j'en ai presque oublié le motif de ma visite. Puis il a fallu ajuster le fer et râper la corne, planter de nouveaux clous, les tordre, les couper et pour finir vérifier leur fixation. Mon peuple qui vivait sur des terres herbeuses à perte de vue n'avait jamais eu besoin de fers pour ses montures. C'était le fer à cheval des Yankees qui nous avait fait tant de mal, me disais-je. Le fer à cheval et les *accoutrements** qui allaient avec.

Lana Jane Sugrue n'était pas la seule à connaître quelques mots de français.

Puis le feu et la fumée se sont un peu dissipés, et je suppose que le cheval se sentait mieux. Frank Parkman était en train d'allumer les lampes sur les grandes poutres, et peu à peu la lumière a éclairé la caverne qu'était l'écurie, finissant par lui révéler ma présence. Il s'est figé et m'a observée à vingt pas. On aurait dit qu'il réfléchissait. Peut-être qu'il évaluait le danger. Ou alors, il se demandait, j'ai pas déjà vu ce Peau-Rouge ? Il a dû conclure que ce n'était pas le cas.

« Chef, qu'est-ce que je peux faire pour toi ? » il a demandé.

John Perry ne s'intéressait ni aux lampes ni aux Indiens,

il était en train de tirer sa petite forge dehors, où il l'a inclinée. Elle a déversé un tas de braises en forme de V luisant et bruyant. Puis, d'un grand mouvement du bras, il l'a soulevée à l'aide d'une grande tige en métal pour la plonger dans un abreuvoir de l'écurie. Des bouillonnements furieux de fumée et de vapeur ont jailli, et j'ai entendu le rire de John Perry, comme si c'était son moment préféré dans toute la tâche ancestrale de la maréchalerie. Frank Parkman et moi avons été contraints d'attendre la fin de ce violent spectacle avant que je puisse lui répondre.

Ni ma tête ni ma bouche ne contenaient vraiment de questions, je l'admets. Que voulais-je savoir ? « Est-ce que Jas Jonski ton bon ami a traîné ici sa petite fiancée indienne il y a un mois pour la... » Je n'étais même pas sûre de posséder le mot adéquat pour la suite. « Violer, détruire, avilir, agresser, assassiner, blesser, rendre misérable, brûler comme si on lui appliquait un fer à cheval rougeoyant sur le bas-ventre ? »

## *Chapitre huit*

« Alors, Cochise ? » a dit Frank Parkman.

Derrière, les lumières de la ville continuaient à miroiter et à étendre leur rougeoiement.

Parfois, il faut soulever un vieux bout de viande pour y découvrir les asticots. J'étais là, emplie d'une étrange peur dans un endroit déjà plein de peur. Le flottement dans ma pauvre tête commençait à me troubler. Me troubler quant à mes intentions, aurait pu dire l'avocat Briscoe. Comme je me sentais seule, vêtue du pantalon de Thomas McNulty. Avec un homme devant moi qui avait certainement envie de boire un coup après le dur labeur consistant à referrer ce cheval. J'ai de nouveau observé à quel point ce hongre au poil luisant était magnifique. Dans la lueur des lampes réunies, le noir semblait presque jaillir de sa robe.

« C'est un très bel animal, j'ai dit, ayant tout à coup recouvré l'usage de la parole.

— Pour sûr, a dit Frank Parkman. Une dame de Nashville est arrivée sur son dos. Toute seule. J'te le demande, pourquoi l'a pas pris le train de Nashville ou la diligence de Mills Point ? J'te pose la question, l'étranger. C'est dangereux pour une femme de chevaucher seule.

— Sans doute », j'ai dit.

Ce n'était pas là le Frank Parkman venu à la ferme. Il n'était pas en train de sourire ni de se moquer. Il s'est dirigé vers un récipient d'eau où il a plongé une vieille tasse en fer blanc. Si vieille que l'émail n'était plus qu'un vague souvenir. Puis il a sorti sa petite pipe en argile et sa blague à tabac et il a entrepris de la bourrer. J'ai été surprise, tout comme lui, quand il a gratté son allumette avec une telle confiance que la tête est partie telle une étoile filante à travers l'écurie. Il a ri, puis il a poussé un juron avant d'en gratter une autre. Tout en surveillant l'endroit où la première avait atterri, parce qu'il ne voulait pas mettre le feu à son lieu de travail.

« C'est à vous tout ça ? » j'ai demandé, même si je savais que c'était impossible.

« Ouais, il a répondu. C'est mon pap's qui l'a construite. Il est mort, maintenant, paix à son âme. Jesse James a laissé son cheval ici quand il est venu avec Quantrill.

— Z'êtes un ami de Jas Jonski ? » j'ai demandé, curieuse de voir si j'allais encore obtenir une réponse surprenante.

« Ouaip, je connais Jas, il a dit. Pourquoi tu demandes ça, chef ?

— Comme ça.

— Tu demandes ça comme ça. Tu peux, c'est gratuit », il a dit.

Sa pipe était allumée, maintenant. Il s'est adossé à la vieille poutre au centre de l'écurie et il a recraché de la fumée. Puis il a désigné le beau cheval noir.

« C'est le cheval d'la mère à Jas Jonski. C'est drôle que juste à ce moment-là, tu demandes après lui. »

Il a fumé quelques instants. Il me regardait comme s'il avait l'air de bien m'aimer. C'était très étrange.

« Bon, je vais fermer, maintenant. Je sors dîner.

— Vous laissez les chevaux seuls ?

— Juste une heure. Y s'en moquent. »

Il y avait là une quinzaine d'équidés, chacun dans sa stalle.

« Tu peux rester les surveiller, si tu veux. J'te donnerai une pièce de cinquante cents pour ça », il a dit.

J'étais prise au dépourvu. Était-ce de la gentillesse ? Peut-être qu'il me voyait comme un pauvre et maigre Peau-Rouge qui aurait bien besoin de cinquante cents pour son propre souper.

« Ça me tente bien, j'ai dit.

— T'es pas voleur de chevaux ni rien ?

— Nan, j'ai mon mulet dehors.

— J'ai vu ta pauv' monture. Mais t'as raison, j'devrais pas laisser mes chevaux. Peut-être que j'vais juste aller chercher un bol de ragoût et l'ramener ici pour le partager avec toi. »

Je n'ai rien dit. Frank Parkman s'est dirigé vers la sortie et il a presque entièrement refermé les portes de l'écurie avec un clin d'œil. J'étais surprise qu'il me laisse seule en son royaume. À la fois surprise et troublée par son attitude. Mais j'étais contente de pouvoir faire un petit tour hors de sa présence. Je voulais voir si mon esprit me disait quelque chose. Je ne reconnaissais tout simplement pas les lieux. Même avec du whisky plein le corps, je me serais souvenue de quelque chose si j'étais déjà passée par là. Or rien ne me venait en tête.

De nouveau à ma grande surprise, Frank Parkman a réapparu avec un bol de ragoût en provenance de la gargote. Comme à l'armée, il l'a partagé en déposant une part sur un bout de métal avec un petit dôme creusé au centre. Ce ragoût s'est révélé excellent – aussi bon que celui de Rosalee.

« Je vous remercie de partager ce repas, j'ai dit.

— La Bible nous demande de nourrir le voyageur, il a dit.

— Toutes les âmes n'accepteraient pas de nourrir un Indien.

— Bien des choses stupides affectent ce monde. »

Puis il a achevé son repas, il s'est approché des portes et les a refermées. Il y avait une grosse tige en métal en guise de verrou, qu'il n'a pas mise en place. Il a récupéré ce qui m'avait servi d'assiette, l'a posé un peu plus loin et s'est placé debout devant moi.

« J'me demande si tu serais assez gentil pour accepter que j't'embrasse ? » il a demandé.

Il a dit ça d'un ton très calme, très doux, très gentil.

Si j'étais troublée auparavant, là, je nageais en plein brouillard. Savait-il qui j'étais, en fin de compte ? Ça n'était pas l'impression qu'il donnait. Peut-être qu'il était un homme que ça ne rebutait pas, comme John Cole, d'embrasser un autre homme. Un homme comme John Cole qui avait fait de son amour pour Thomas McNulty l'œuvre de sa vie.

Je l'ai observé. En vérité, j'étais effrayée.

« Juste pour que vous sachiez, j'ai un couteau dans ma botte », j'ai dit.

Je sentais les portes fermées derrière moi avec la force d'un emprisonnement. Mais j'avais peut-être tort.

« Et un revolver, aussi.

— Si tu veux pas, eh ben, c'est pas grave », a dit Frank Parkman en riant, ou presque. « En ce bas monde, qui tente rien n'a rien.

— J'ai jamais été embrassée, me suis-je entendue dire. Je crois que je ferais bien de partir, maintenant.

— Bien sûr, il a dit. Et si jamais t'as envie d'un baiser, r'viens me voir. Reviens d'toute façon quand tu veux. T'es un gentil et beau garçon. »

Je lui ai fait un petit signe de tête. J'avais l'impression qu'il allait se métamorphoser d'un instant à l'autre en chat sauvage pour m'attaquer comme la tête de cette allumette Lucifer. Mais non.

Je me suis retournée, et les portes de l'écurie se sont ouvertes sans encombre devant moi.

« Hé, Cochise », il a dit.

Je me suis retournée vers lui à l'instant où je regagnais la ville.

« Tu m'en veux pas ?

— Nan, j'ai dit. »

Il a hoché la tête d'un air satisfait.

Parmi nos tentatives pour guérir Tennyson, Thomas McNulty m'a demandé si ça me dérangeait qu'on organise un petit divertissement dans la soirée. Les plantations étaient presque terminées, ce qui faisait un immense poids en moins, le fait qu'un si gros travail touche à sa fin.

« Avec grand plaisir, j'ai dit.

— Eh bien, très chère enfant, plaisir partagé, il a dit. Tu sais, ma fille, j'suis préoccupé, toujours préoccupé, par ce qui t'est arrivé.

— Je sais, maman », j'ai répondu.

Ce soir-là, on a balayé le sol et repoussé nos quelques meubles contre les murs. Lige Magan a exhumé son violon du haut d'un placard, il l'a ciré, il a retendu ses cordes puis il a entamé ses airs et ballades du Tennessee. Bouche bée, Tennyson Bouguereau s'est mis à taper du pied et à applaudir en poussant des mugissements. On a demandé à Thomas d'effectuer sa danse de dame, celle qui nous rapportait quelques précieux dollars à Grand Rapids, même sans sa robe d'antan. Il s'est exécuté, et la pièce s'est élargie à la taille du firmament, nos visages ont étincelé sous les lampes, il y a eu des rires, de la sueur et de la bonne camaraderie. Mais toujours aucune note en provenance de ce splendide oiseau chanteur qu'avait un jour été Tennyson.

Je virevoltais et je battais des pieds comme un homme. Ah,

que j'aimais m'agiter au rythme d'une danse. Je laissais mes membres partir dans toutes les directions. Il n'y avait pas de terme civilisé pour ce que j'effectuais. Rien à voir avec une valse ou quelque chose de ce genre. John Cole et Thomas me faisaient passer dans leurs bras et Rosalee, telle une fleur épanouie, tourbillonnait à la manière du vent ; elle était même devenue le vent. Son corps délicieux rayonnait et elle s'élançait dans les airs avec la souplesse d'un cygne noir. Son frère est quant à lui resté enraciné, mais nous avions peut-être l'espoir que ses racines finissent par traverser le plancher en bois et s'enfoncent dans la terre sèche du Tennessee afin de le guérir.

Tard dans la nuit, nous avons ralenti comme des chevaux après un long galop pour apprécier le feu étincelant et nous nous sommes sentis à l'aise dans notre maison en bois sombre sous les étoiles, à tel point que je n'avais pas le cœur douloureux. Lige Magan s'est mis à jouer sur son violon ce remède que sont les berceuses et les complaintes, ses quatre cordes ont fait vibrer une délicieuse musique qui a comblé nos cœurs. J'ai songé à tous les animaux qui dormaient et veillaient dans les bois, je me suis demandé s'ils tendaient leurs oreilles vers nous, et s'il y avait quelque chose qui les touchait dans cette musique.

●

Le colonel Purton progressait, lui aussi. Il n'a pas été long à obtenir des noms et à les soumettre à l'avocat Briscoe. L'avocat Briscoe était très intrigué par le colonel Purton. Il me semblait que, dès l'instant où il surgissait, l'avocat Briscoe était aux anges. Assez étrangement, son grade lui venait de son passé dans l'armée du Sud, mais il n'était plus un rebelle, d'ailleurs le précédent gouverneur du Tennessee l'avait chargé de traquer les renégats. Ce n'était pas une mission très populaire en bien des endroits, actuellement, disait l'avocat Briscoe. Mais le colonel comptait accomplir sa tâche jusqu'à recevoir de nouveaux ordres.

« Le Tennessee est si dangereux d'nos jours », disait le colonel avec son étrange façon de parler qui rendait difficile de deviner ses origines, « qu'y devient compliqué à aimer. »

Là, je m'étais enfin rendu compte que la lèvre supérieure du colonel était fendue, ce qu'on devinait à peine sous sa grosse moustache. C'était ça qui lui donnait cette élocution. Pendant quelques instants, ces mots ont flotté entre nous dans le bureau sombre.

« Mais nous d'vons continuer à l'aimer. »

J'avais l'impression que la mission du colonel Purton était pour l'avocat Briscoe un moyen de progresser dans le bon sens et qu'il était enclin à l'aider par tous les moyens. Même si bien sûr c'était plutôt le colonel Purton qui l'aidait que le contraire.

Ils ont évoqué leurs années à l'Académie pour garçons de Paris, qu'ils avaient tous les deux fréquentée à des époques différentes.

Lorsque des gens qu'il tenait en grande estime rendaient visite à l'avocat Briscoe, il se montrait très hospitalier. En général, il disparaissait dans ses appartements le temps de se peigner et de s'huiler les cheveux. C'était pour l'avocat Briscoe le summum de la civilisation, même si à moi, cette odeur me rappelait surtout le chou. Puis il ouvrait le petit cabinet en bois ciselé où il rangeait son meilleur whisky. Même Lana Jane Sugrue, qui ne cassait jamais rien parce que, comme disait l'avocat Briscoe, elle était si proche du sol, n'avait pas sa confiance pour décanter et servir les alcools. Peut-être le colonel Purton pensait-il que l'avocat Briscoe traitait tous ses visiteurs de la sorte, ce qui n'était pas du tout le cas. La racaille se voyait gratifiée de brefs conseils et pressée vers la sortie sans un verre, avec uniquement quelques petits signes de tête et des mots hâtifs qui ne voulaient pas dire grand-chose.

Le colonel était grand, bizarre et ravagé. Il avait une peau sombre, grêlée, et la moitié du visage recouverte par ce qu'on appelle un angiome, ce qui lui donnait une apparence très différente selon le profil qu'on voyait. Je n'avais jamais vu d'homme si maigre qu'on puisse malgré tout qualifier de vigoureux. Il avait une voix à la fois fluette et rauque, ce qui l'aurait disqualifié pour une carrière au théâtre de M. Noone à Grand Rapids, sans parler de son bec-de-lièvre. Mais son domaine de prédilection n'était ni le théâtre ni le jeu d'acteur, plutôt le profondément dangereux drame de l'époque.

Il se tenait au centre du bureau de l'avocat Briscoe dans ses hautes bottes en cuir noir de cavalier. Peut-être que c'était pour ça qu'il avait la voix si pincée. Il portait encore son épée d'officier pour se donner du courage, ou alors pour impressionner ses ennemis. Elle était décorée sur toute sa délicate longueur d'un émail de la couleur des lupins, la fleur de mon peuple. L'un dans l'autre, il était à la fois merveilleux et impressionnant et moi, l'Indienne silencieuse, assise à ma petite table, j'éprouvais un étrange élan d'optimisme en sa présence.

« Autrefois, poser des questions au Tennessee sur les cavaliers de la nuit, disait le colonel, était une activité assez tranquille. Maintenant, ces questions peuvent vite vous conduire à la mort. Mais ça fait partie de la mission. Il faut simplement être capable de dégainer au bon moment, j'imagine. »

L'avocat Briscoe n'a pu s'empêcher de glousser. Je ne lui manque nullement de respect en disant « glousser ». C'était quelqu'un qui gloussait, voilà tout.

Le colonel a entrepris de décrire le camp des cavaliers de la nuit, là-bas à West Sandy Creek.

« Je dis camp mais j'devrais plutôt parler de ville. Z'ont bâti un petit hameau de la façon la plus éhontée qui soit, y craignent pas la justice, y vivent au bord de l'eau et des bois avec ce sentiment réconfortant pour le cœur que le monde va dans leur sens, a dit le colonel. C'est ce qu'on m'a raconté. Je l'ai pas vu de mes propres yeux. »

L'avocat Briscoe l'écoutait sans l'interrompre en faisant tourner le whisky dans son verre, si bien que chaque lueur de la pièce s'y reflétait.

« Qui est donc ce garçon ? » a demandé le colonel en faisant allusion à moi tapie au coin de la pièce, l'oreille tendue à la recherche d'indices ou du jaillissement de quelque fait.

« C'est une jeune personne sioux très capable », a répondu l'avocat Briscoe, ce qui a déclenché en moi un frisson de plaisir.

J'étais heureuse de chacun de ses mots.

« Qui tient mes comptes et se débrouille fort bien dans cette tâche.

— Trop jeune pour avoir servi dans la dernière guerre, a dit le colonel de sa façon majestueuse. J'ai commandé le premier bataillon de fusiliers cherokees montés. J'ai pu constater le courage ainsi que le talent au tir et à cheval de l'Indien. »

L'avocat Briscoe a de nouveau gloussé. Il aimait entendre un homme vanter les mérites d'un autre homme. Cela faisait partie de sa bonne nature.

« Il y a bien des années », a dit l'avocat Briscoe, apparemment pour ajouter au concert de louanges au sujet des Indiens, « cette jeune personne a abattu un membre de la bande de Tach Petrie. Ce n'était encore qu'un enfant à l'époque, n'est-ce pas, monsieur Cole ?

— C'est vrai », j'ai répondu en souriant.

*Monsieur Cole.*

« Il l'a descendu à la loyale, et il a même été blessé au passage.

— Petrie ? a dit le colonel. Vous m'amenez directement à mon sujet. C'est Zach Petrie qu'est le chef de ces cavaliers de la nuit, un cousin de ce bâtard de Tach Petrie que vous v'nez de mentionner. Avec Aurélien Littlefair comme son fichu lieutenant. Ils disposent de près de cinquante hommes et montures. Pourquoi y se cachent dans les bois ? Parce qu'ils ont près de cent crimes bien noirs sur les mains. Des meurtres, des pendaisons, des enlèvements. Des enlèvements effroyables. Effectués avec la plus grande des cruautés. Monsieur Cole, z'avez peut-être déjà entendu parler de l'empereur Aurélien ?

— Non, monsieur, j'ai répondu.

— C'était un grand philosophe de la Rome antique. Eh ben, Aurélien Littlefair a rien d'un philosophe. C'est un homme froid et cruel. Zach Petrie, c'est un ours taciturne. Un ours taciturne. L'a des griffes et y rêve de plonger ces griffes acérées dans le sang. Mais l'est pas si mauvais que Littlefair.

— Colonel, a dit l'avocat Briscoe, pensez-vous que ces hommes puissent être les auteurs de l'agression contre Tennyson Bouguereau ?

— Je sais que c'est eux les coupables. Le shérif Flynn a réussi à capturer l'un de leurs gars, un certain Wynkle King. Il l'a trouvé ivre dans le saloon de Zollicoffer et me l'a amené. King a tout avoué, avant de nier le lendemain matin. Mais trop tard. »

Wynkle King était l'un des meilleurs compagnons de Jas Jonski. Je me souvenais de lui parce que Jas Jonski racontait que son ami avait la vessie abîmée par l'alcool de contrebande, ce qui l'obligeait à pisser toutes les demi-heures. C'était l'une des « terriblement bonnes histoires » de Jas Jonski.

« Et pourquoi ont-ils battu ce pauvre homme, colonel ? a demandé l'avocat Briscoe.

— Parce que Bouguereau était autrefois un esclave, voilà tout. Ni plus ni moins. Un Noir seul au crépuscule, y surgissent des bois pour s'en prendre à lui. Y cherchent des proies. Les Petrie avaient quarante esclaves chez eux. Les ont tous perdus à la libération. "Vaine passagère splendeur." C'est une citation de Goldsmith, monsieur Cole. »

Je pensais quant à moi qu'il taisait peut-être un bout de cette histoire, mais sa majesté me donnait l'impression de ne pas avoir le droit de parler.

« C'est une bien cruelle raison pour ruiner la vie d'un homme, a dit l'avocat Briscoe.

— Les raisons cruelles gouvernent l'époque, a dit le colonel avec un mouvement de ses cheveux humides mais bien coiffés. Enquêter sur ce genre d'affaire, c'est le fonds de commerce du shérif Flynn. Son pain quotidien. »

Il avait retiré son élégant chapeau deux tirades plus tôt, et il était maintenant affalé sur sa chaise comme un tas de vieux vêtements. La main droite agrippée à la poignée de l'épée dans son fourreau, son émail bleu lupin toujours aussi splendide.

« Le shérif Flynn est un homme bon malgré ses soucis, a dit l'avocat Briscoe. Peut-être d'ailleurs à cause de ses soucis. »

J'avais envie de demander quels étaient ses soucis, mais je me suis abstenue, et le colonel aussi. Peut-être qu'il les connaissait déjà. Mais à cet instant, ce n'était pas au shérif Flynn et à ses soucis qu'il réfléchissait.

## *Chapitre neuf*

« Y pendent des hommes tout au long des cinq routes, vous savez », a continué très calmement le colonel. Ses paroles résonnaient de façon terrible dans la pièce en train de s'assombrir. « Tout à fait, m'sieur, les cinq routes qui partent et qu'arrivent de Paris les ont vus à l'œuvre. Si vous étiez un nègre, Briscoe, je vous dirais, vous promenez pas seul. Et vous aussi, monsieur Cole. Les hommes de Petrie vous battraient sans la moindre charité chrétienne, puis y vous suspendraient au bout d'une corde. C'est un fait.

— Il y a des gens à Paris pour considérer que ça n'est pas un crime, a dit l'avocat Briscoe.

— C'est vrai, y a des gens comme ça à Paris, a dit le colonel d'un air contemplatif. C'est pour ça que nous d'vons agir dans les limites de la loi. Même si en ce moment, elle est en train de changer, elle aussi. »

Nous étions presque soulagés du long silence qui a suivi. J'entendais quasiment le grincement de la corde, je voyais presque le visage des pendus. On en avait croisé, je m'en souvenais, au cours de notre long voyage depuis le Michigan. Je m'en souvenais encore. Thomas et John me croyaient endormie, alors que je voyais tout. J'ai pensé à la douce poitrine de Rosalee et à son âme immense. J'espérais que ça ne discrédite pas un garçon de pleurer des larmes silencieuses dans le crépuscule, car comment faire autrement ? Sur l'échelle, j'étais plus bas que Rosalee, mais pour moi, elle était plus haute qu'un dieu. La seule créature à m'avoir jamais embrassée sur les lèvres tel un messager de la miséricorde des anges.

Puis il y a eu la question solennelle de ce que le colonel Purton comptait faire. Ce n'était qu'un labyrinthe de mort et autres périls. Il a dit, toujours avec la même solennité, que d'un certain point de vue, il comprenait les gens comme Zach Petrie. Les anciens rebelles comme lui avaient certes recouvré le droit de vote dans leur pays, mais entre-temps ils s'étaient accoutumés aux ravages et aux massacres. Petrie avait la violence d'un homme qui se trompe, alors il s'accrochait encore plus à ses erreurs, a dit le colonel. L'avocat Briscoe a acquiescé en silence. Je percevais le danger et le chagrin au cœur de leurs paroles. En tant qu'enfant du chagrin, j'entendais ce qu'ils taisaient dans leur conversation. Le déclin de valeurs autrefois si précieuses, l'accroissement des troubles, la disparition de toute joie. C'était l'un de ces moments étranges où j'accédais un peu à la compréhension de l'homme blanc. Dans sa sphère de souffrance, il n'était en fait pas si différent de moi – mais on m'aurait hurlé dessus si j'avais osé dire ça. Le colonel n'avait pas une once d'affection pour Aurélien Littlefair qui, il l'a répété, était un bandit au cœur le plus sombre qu'il est possible d'avoir. Wynkle King avait à la fois avoué et pas avoué, a déclaré le colonel, que c'était Aurélien Littlefair qui avait porté un coup de serpette à Tennyson, non seulement dans le but de le tuer, mais de le décapiter. Zach Petrie n'avait pas une telle réputation. On sentait dans la voix du colonel un respect mêlé de rancune à son égard. Je me souvenais des précautions surprenantes que Thomas McNulty avait prises pour enterrer son frère Tach à moins de dix mètres de la maison de Lige. Un adversaire de la pire espèce, et pourtant... Quant à ce Wynkle King, ce n'était qu'un ivrogne avec une langue d'ivrogne et une toute petite vessie.

Il faut dire que Zach Petrie avait perdu tout un monde.

Selon le colonel, il y avait au Tennessee des milliers d'âmes chagrinées comme lui. Des hommes si amers quant à l'issue de la guerre qu'ils étaient incapables de prendre une bouffée de paix sans s'étouffer. À tel point que rien ne pouvait leur plaire dans cette époque, même si elle ressemblait finalement beaucoup à ce pour quoi ils s'étaient battus.

« Si on les laisse reconstituer une armée, tout ce qu'on possède sera bientôt dispersé aux quatre vents, a dit le colonel. Et on ne récoltera que la tempête.

— "La ville sera prise, les maisons seront pillées, et les femmes violées", a dit l'avocat Briscoe. Zacharie, 14.2.

— Zach Petrie, 1874 », a ajouté le colonel Purton.

L'avocat Briscoe a éclaté de rire, mais d'un rire qui s'est fait de plus en plus faible. Il a néanmoins rempli le verre du colonel en l'honneur de ce trait d'esprit. En guise de remerciement, le colonel a levé son whisky à notre intention. Cette moitié de visage lie-de-vin, cette lèvre fendue. Puis ils ont eu l'air de préférer le silence. Des créatures qui se comprennent peuvent sans doute s'exprimer en silence.

« Puis-je vous demander ce que vous comptez faire, monsieur ? j'ai dit.

— Il faut attaquer, a dit le colonel. J'vais conduire mes hommes là-bas demain au lever du jour.

— La loi nous y autorise-t-elle ? a demandé l'avocat Briscoe.

— J'obtiendrai les autorisations nécessaires, a répondu le colonel.

— Que le Seigneur nous protège », a conclu l'avocat Briscoe.

Cette nuit-là, j'ai terriblement eu besoin de la proximité de Rosalee. Je me sentais comme rouée de coups par les beaux discours du colonel. Si petite et si légère, aussi. Quelle importance, ce que j'avais subi, face à l'Histoire en ébullition ? Et pourtant, couchée contre Rosalee, alors que la chaleur de son corps me pénétrait peu à peu, j'ai retrouvé une certaine confiance en moi. Certes, une blessure faite à une personne comptait peu dans la vaste et infinie chaîne des blessures humaines. Mais la loi n'était-elle pas conçue pour rendre justice à chacun, pour donner un poids égal à chacun ? C'est ce que j'avais appris de l'avocat Briscoe. Et cela paraissait une vérité à même de vous guérir. Avec Rosalee plaquée dans mon dos, au cœur du C qu'elle formait avec son corps, je dessinais dans l'obscurité mon propre C d'une écriture plus fine. Sous nos couvertures minces et usées, sa poitrine était si chaude qu'on aurait dit que j'avais des ailes dans le dos.

Thomas McNulty, John Cole et Lige Magan étaient partis aux champs à l'heure où les hiboux allaient se coucher et la ferme était encore enveloppée dans la nuit et le silence. Comme les objets paraissaient solitaires dans le salon sans eux. L'ancienne table rêche, les crochets avec leurs vieux chapeaux, le portrait du président Polk au mur. Lige Magan avait décidé de semer quatre acres de maïs « pour exercer les muscles d'une autre manière ». Je ne les avais même pas vus la veille au soir. Je les avais cherchés, mais ils étaient déjà depuis longtemps réfugiés dans le sommeil. Planter du maïs, ça vous terrassait autant que des coups de marteau.

Et puis, je me méfiais de ce que je pourrais leur dire. Si je les avais vus, je leur aurais tout raconté, par souci d'honnêteté. La toile d'araignée si fragile que formait notre petite troupe me causait de l'inquiétude. Certes, ils étaient de vieux soldats de l'Union, mais il y avait parmi eux un déserteur et un esclave affranchi. Je n'avais pas envie de les voir arrachés à leur ferme à cause de moi.

Pourtant, mes pensées stupides, ou ces pensées que j'avais considérées comme stupides, à savoir agir toute seule dans mon coin, s'étaient implantées en moi. Ressentir de la force me donnait encore plus de force. Une minuscule allumette Lucifer qui ajoute du feu au feu.

Un mulet du Tennessee, ce n'est pas petit, alors j'ai été heureuse quand Tennyson Bouguereau est apparu dans la pénombre de l'étable pour m'aider à seller. Avec force souffles et grognements, mais sans un mot. Je lui ai dit où j'espérais aller, je lui ai expliqué pourquoi. Je lui ai raconté ce que le colonel avait dit, et Tennyson a donné tous les signes qu'il comprenait – il était suspendu à mes lèvres. Pourtant, j'aurais juré, dans un froid jugement du monde tel que je le connaissais, que, selon lui, pas une âme chrétienne ne voyait de problème à lui faire du mal. Qu'aucune cour de justice, aucun avocat, aucun homme de loi n'y voyait de problème. Et pourtant, il écoutait mon discours.

Il avait peut-être des difficultés à émettre des sons, mais il n'en avait aucune à les entendre.

Il m'a présenté un étrier, et je me suis avancée. J'étais si proche de lui que je sentais l'odeur de jacinthe sur sa peau. Il m'a fait un sourire aussi grand qu'une grange. Je savais qu'il ne me voyait pas comme une chienne d'Indienne. Il savait qui j'étais. Il savait qui nous étions. Des âmes bonnes qui attendaient la lueur d'une aube qui ne surgirait jamais, mais des âmes néanmoins.

J'ai levé le pied pour le mettre à l'étrier. Il a glissé son épaule sous mon derrière. Mais avant ce geste de pure gentillesse, il a attrapé ma main libre non pour la secouer, mais pour la serrer fort dans la sienne.

J'étais désormais persuadée de mener une mission juste au service de Tennyson Bouguereau, quoique secrètement aussi pour moi-même. Il m'a mise en selle. Puis, avec des gestes maladroits, il m'a demandé d'attendre pendant qu'il allait chercher quelque chose. Tout ça en langage des signes comme celui dont les Indiens eux-mêmes se servent parfois.

En un instant, il était revenu. Il a accroché un vieil étui au mulet, puis il y a glissé son fusil Spencer. Qu'il a caché sous un bout de toile déchirée.

Tennyson était un homme beau et bien mis. Un empereur. Quel était le nom de ce grand homme que le colonel avait mentionné ? Tennyson était un *Aurélien*.

C'était sans doute l'heure du petit matin où les gens aimaient s'aventurer sur la route. Des servantes se rendaient en ville avec des paniers, certaines pieds nus, d'autres en chaussures poussiéreuses. L'aube révélait les arbres silencieux dans leur sombre accoutrement. Des fermiers que je connaissais de vue tiraient des chariots remplis de boisseaux attachés avec des brins de paille tressés et de paniers qui débordaient des légumes verts du printemps. Un haut et long chariot de tabac, qui transportait autre chose pour le moment, est passé dans un bruit de tonnerre. Dans les temps anciens, la coutume voulait que tout le monde salue tout le monde, même un Indien. Mais ces politesses n'avaient plus cours. Les vifs rayons du soleil trahissaient les regards glacials qu'on me jetait. J'ai croisé des petites bandes de nègres, j'ignorais s'il s'agissait d'ouvriers de la région ou de vagabonds. Tous les cœurs semblaient frappés de stupeur. Rassérénée par la présence du fusil dans son étui, j'ai donné des coups de talon à mon mulet. La toile avait glissé, et le soleil se reflétait sur sa culasse comme pour dire, méfiez-vous, prenez garde à ce cavalier.

●

La cour de l'avocat Briscoe était remplie de chevaux et de mules. Il y avait là un bouillonnement d'encolures et de têtes énervées. Le colonel Purton et ses lieutenants hurlaient leurs ordres si fort que je les entendais déjà depuis la route. La milice était entièrement vêtue de bleu, comme les soldats de l'Union, mais parfois un coquet chapeau s'envolait tel un oiseau élégant. Il y avait là surtout de jeunes hommes avec des regards affamés. Installé à une table sur sa véranda, l'avocat Briscoe examinait des papiers que lui tendait le colonel, et il en signait d'autres. Apparemment, tout cela respectait les termes de la loi, comme l'avocat Briscoe l'aimait. Je me sentais maigre et fragile dans ma tenue, mais le fusil de Tennyson me donnait l'impression de gagner un peu en épaisseur.

J'ai attaché mes rênes à un piquet libre et je me suis avancée vers la véranda de l'air le plus naturel possible. Comme si je venais simplement travailler. J'ai alors découvert que certaines feuilles contenaient des listes de noms, sans aucun doute ceux des gars rassemblés devant nous.

« Je suppose, colonel, a dit l'avocat Briscoe, que nous sommes toujours sous le régime du recrutement en ce qui concerne la milice ?

— J'en sais foutrement rien, a répondu le colonel, mais quoi qu'il arrive, pas d'doute, on recrute.

— Nous avons dix-sept pendaisons attribuées aux hommes de Petrie, et bien plus encore d'incendies et d'assassinats, ainsi que l'un de ses gars qui, ivre, a attesté de la plus brutale et immonde des attaques sur la personne de monsieur Tennyson Bouguereau, esclave affranchi de ce comté.

— Ce qui est la goutte d'eau qui fait déborder le vase, a dit le colonel. J'ai aucun scrupule, on r'crute au nom de la loi et de la justice. J'ai contresigné l'ordre des commissaires de la ville qui eux-mêmes tiennent ce papier de cette bon sang de législature d'État ou allez savoir ce que trafiquent ces oies. Qu'est-ce que la civilisation peut faire d'mieux ?

— Rien », a répondu l'avocat Briscoe.

Sur ce, il a signé d'un grand geste le dernier des papiers. Je savais que parmi ses nombreux titres, il y avait celui de commissaire au chemin de fer, et je suppose qu'il était aussi haut placé dans la milice. Aucun acte de compassion ou de cruauté de l'Amérique blanche n'avait jamais eu lieu sans correspondre à un bout de papier quelque part. Même une jeune Indienne comme moi qui se faisait passer pour un garçon au visage bien propre savait ça. Je ne doutais pas que les miens aient été tués dans le respect de la loi. Mais pas notre loi, car notre loi n'était constituée que de mots balayés par le vent.

« J'ai un lieutenant qui connaît l'emplacement précis de leur camp », a dit le colonel.

J'avais remarqué que chaque lettre de l'alphabet qui nécessitait que sa langue touche son palais formait comme une petite explosion dans sa bouche.

« C'est là où un ruisseau qui s'appelle Beasley rejoint West Sandy Creek. Y a trois heures de cheval, alors on y va. »

Il a incliné son visage étroit ainsi que son corps d'épouvantail et, rien qu'en se mettant en mouvement, ça a eu l'air de rassembler ses hommes, tant et si bien que du chaos de ces cavaliers a jailli une colonne parfaite de soldats deux par deux sur la route étroite. Je me tenais près de l'avocat Briscoe, qui avait l'air très attentif. Il tapotait la table avec la plume ayant signé ces actes, laquelle participait ainsi à l'entreprise, tout comme lui. J'ai compté les hommes à mesure qu'ils franchissaient la grille, et j'ai atteint le nombre de deux cents. Je me suis souvenu que le colonel avait parlé de cinquante partisans de Petrie, alors peut-être qu'une terrible vague humaine allait s'abattre sur eux.

L'avocat Briscoe était un vieux sage. Il ne m'a même pas jeté un coup d'œil.

« Tu entres travailler ? il a demandé. Ce n'est pas l'impression que j'ai.

— J'ai une petite chose à accomplir près du ruisseau de Beasley, j'ai répondu.

— Je vois », a dit l'avocat Briscoe.

Mon mulet tirait sur ses rênes et s'agaçait depuis que la cour de la maison s'était vidée de tous les individus de son espèce, qu'il était très désireux de suivre. Moi aussi j'en étais très désireuse, sans pourtant être un homme de leur espèce, pas de doute là-dessus. J'ai trotté jusqu'à la route de Huntingdon derrière la longue colonne de cavaliers pour les suivre à une distance de deux ou trois cents mètres. Assez loin pour qu'ils ne m'accordent aucune importance.

Quelle était donc cette petite personne en quête de justice ? Je l'ignore. En trottant, je ne pensais qu'au légendaire courage de ma mère. Mais ce que je faisais là, était-ce une preuve de mon courage ou de ma folie inconsciente ?

La colonne de cavaliers s'étirait vers l'est. Le ciel dégagé et froid était strié de traînées aux tons bleuâtres et grisâtres comme un œuf d'oiseau. Un soleil réticent tentait de mesurer la hauteur du ciel à l'aide de minces et longs rayons. Je suppose que j'aurais pu la calculer moi-même en mètres et kilomètres si j'avais possédé une échelle assez grande. Mais à quoi bon ce genre de savoir ? Tout ce que disait ma mère m'était-il désormais devenu inutile ? L'idée que si je persistais, si je marchais assez loin, avec confiance, je la retrouverais en vie ? Avec ma sœur, mes tantes, tous les remèdes contenus dans l'amour de mon peuple, leurs chassés-croisés et la majesté de leurs vies.

Je chevauchais avec bien moins de peur que je n'aurais dû. Et je me posais des questions, aussi. Si Jas Jonski était au centre de cette affaire, alors nous étions là à bien des kilomètres du centre. Mon désir de vengeance personnelle était en train de franchir le mur qui me séparait de cet endroit lointain où résidait la justice pour Tennyson. Mais j'avais l'impression que, si nécessaire, je pourrais toujours rebrousser chemin. J'avais l'impression que je pouvais régler cette affaire, comme aurait pu le dire l'avocat Briscoe, puis franchir ce mur à califourchon sur le poney de mes idées.

Et faire ça non par folie aveugle, mais parce que ma mère m'avait appris à chasser la peur et à avoir un courage de mille lunes.

## *Chapitre dix*

Peut-être que certains des jeunes miliciens avaient eux aussi des grands-mères indiennes, parce qu'ils contournaient les fermes par les petits chemins et se faufilaient dans les collines boisées avec tant de légèreté que, selon moi, seul un Indien pouvait les voir. Maintenant qu'elle ne formait plus qu'une seule file, la colonne était deux fois plus longue. Moi, je disposais des arbres en bourgeonnement pour me cacher. Je suivais le tintement des hommes en mouvement, ces petits bruits de métal et de chevaux. Il n'y avait rien de très indien dans cette cacophonie, mais c'était peut-être inutile contre des individus comme Zach Petrie à cause de l'étrange surdité des hommes blancs. Des jeunes oiseaux jaillissaient sous les buissons. On sentait la présence de dix mille yeux animaux qui repéraient sans grand mal notre passage. Ils nous voyaient mais restaient en retrait sans un bruit. Les arbres n'étaient pas très hauts, on aurait dit qu'ils repoussaient à la suite d'un déboisement ancien. Les fermes elles-mêmes semblaient étranges, mal entretenues, alors qu'elles se trouvaient sur de bonnes terres, je le voyais, et toutes ces années après la guerre, certaines parcelles gardaient encore la trace d'incendies et de destructions commises par des rebelles vengeurs. Jesse James, le célèbre bandit, avait parcouru ce pays en compagnie de Quantrill, comme disait Parkman. En bien des endroits, les clôtures étaient encore à terre et les maisons aussi noires qu'un conduit de cheminée. Dix ans après la guerre. Peut-être que les fermes brûlées avaient appartenu à une âme dédiée à l'Union, et celles qui prospéraient à un Confédéré. S'il y avait des plantations, c'était essentiellement du maïs et du tabac. Comme sur les grandes routes, peu de silhouettes dans les champs saluaient le voyageur. À peine quelques-unes. Cet agréable et paresseux geste du chapeau des fermiers du Tennessee. J'observais tout ça depuis la distance que je m'étais assignée. Le plus souvent, les arbres, quoique maigres, m'empêchaient de voir la milice. Puis tout à coup, je la découvrais en marche. Les soldats qui partent en guerre ont une attitude particulière. Ils n'ont pas leur pas habituel. Je me souvenais des hommes de mon oncle qui bondissaient sur leur cheval et quittaient aussitôt le camp. À la fois sombres et joyeux. Impatients mais aussi peut-être un peu effrayés. Je me disais : comme c'était étrange et bon que mon étonnante mère les ait parfois accompagnés. S'abattre sur un ennemi, le terroriser. Voler des chevaux, et des femmes aussi. Tuer à cause d'une faim féroce et légitime. Tenir bon, durer là-bas dans les plaines.

C'était logique de trouver au lit en pleine journée des gars appelés les cavaliers de la nuit. La petite ville dont on avait parlé au colonel s'étendait sur une clairière au bord de la vieille rivière. J'étais perchée en contre-haut sur un monticule boisé. Dans un petit ruisseau qui coulait sur des cailloux d'un noir luisant, un gué permettait de traverser plus bas que les cabanes. J'avais conservé ma distance de trois cents pas mais je ne voyais plus les hommes du colonel. Ils étaient peut-être tapis dans les petits chênes qui s'accrochaient de ce côté-ci de la rive. C'était difficile à savoir. L'atmosphère de cette « ville » – en réalité, une demi-douzaine de cabanons construits à la hâte – était étrangement sereine. Plusieurs femmes lavaient de grands draps blancs un peu plus haut sur la rivière. Elles frappaient le linge entortillé contre les pierres noires et, même de loin, je voyais l'eau savonneuse se mêler à celle de la rivière comme autant d'oiseaux aquatiques. J'entendais même les voix de ces femmes qui discutaient, apparemment heureuses, comme toutes celles qui effectuent ensemble ce genre de corvées. Les bavardages et les rires facilitent le travail. J'ai presque ressenti du chagrin face à un tel spectacle. Non seulement parce que ça faisait puissamment surgir à ma mémoire mon village lakota d'autrefois, mais aussi parce qu'en tant qu'Indienne je n'aurais jamais pu être à l'aise en compagnie de ces femmes qui riaient. Elles avaient remonté leurs robes jusqu'à la taille et elles avaient les jambes trempées. Ces rires irrésistibles et heureux. Aucun certificat de voyage ne me permettrait jamais de me joindre à elles, et ça me désolait. L'enchantement de cette scène brûlait en moi alors que j'étais prête à mettre pied à terre pour possiblement leur faire du mal. Immobile sur mon mulet dans mon accoutrement d'homme, j'ai regretté ces choses pour lesquelles je n'avais de mots ni en langue anglaise ni en langue indienne. J'ignorais même de quoi il s'agissait.

Au milieu de ces étranges pensées, des cavaliers ont jailli des sous-bois à mes pieds. Le colonel a hurlé un ordre et brandi son épée en s'avançant dans le gué assez large à cet endroit. Il faisait de la place pour les hommes impatients derrière. L'eau était profonde d'une cinquantaine de centimètres avec de la vase au centre. Les chevaux ont dû ralentir, les hommes les encourageaient et les talonnaient, mais la rivière cherchait à les retenir. En chemise de nuit, des cavaliers de la nuit ensommeillés ont surgi des cabanes. Deux histoires se télescopaient : celle des désirs du colonel et celle de ces hommes plongés dans leurs rêves. Et l'assemblage impliquait à la fois du vacarme et de l'agitation. Mais la précipitation et le sommeil ont vite bouilli de concert. Il fallait croire qu'il n'y avait pas de sentinelles. Ce n'était là que surprise, ravages et cris. Un grand type sorti de sa cabane en courant se tenait au centre du hameau de fortune, sa chemise de nuit gonflée par le vent tel un tipi tombé à terre; il hurlait des ordres. La distance rendait presque comiques ces cris pourtant furieux, puissants et rugissants. Les femmes qui lavaient les draps ont jailli de l'eau tels les pétales d'une fleur qui explose, leurs robes sont retombées sur leurs chevilles et il m'a semblé les voir s'emparer de fusils. Les armes à feu ont commencé à émettre des poc poc violents, alors même que j'étais loin. Je voyais des éclairs féroces. J'ai talonné mon mulet pour le mettre en marche.

Le sentier en pente traversait un épais bosquet, et je ne distinguais plus les maisons en bois. Je pensais qu'elles étaient droit devant moi, mais quand je suis ressortie des arbres, j'étais à cinquante mètres plus bas que le massacre. J'ai vu des corps immobiles sur la rive herbeuse et des blessés qui se traînaient sans doute vers ce qu'ils espéraient être un abri, j'ai vu des hommes du colonel Purton gravir la rive opposée en pleine fusillade. Armés de fusils à répétition, certains montaient à cheval comme des Indiens sans tenir les rênes pour manier la culasse et la détente à deux mains. Ils tiraient et tiraient comme si Dieu avait ordonné une telle déferlante de feu. Il n'y avait pas eu la moindre tentative pour obtenir la reddition de ces hommes. Peut-être était-elle peu probable. L'idée, c'était de les écraser par la force du nombre – deux cents hommes contre cinquante –, de les prendre en étau à cheval sur trois côtés, de les engloutir, de les épouvanter, de les anéantir. La fumée de la poudre s'élevait de la mêlée. Cela aurait pu être une douce matinée un peu brumeuse au bord d'une rivière paisible sans ces braillements humains et ces hennissements terribles de chevaux blessés. J'avais déjà vécu exactement la même scène depuis l'intérieur d'un village sioux. J'avais été au centre de la terreur, en son cœur, tout ce que j'aimais sur le point d'être balayé de la surface de la terre. Comme si nos vies n'étaient pas réelles. « Tuez-les tous ! » Je suis restée sur mon mulet comme quelqu'un qui n'est pas là mais ailleurs – très loin dans les plaines du Wyoming –, pourtant toujours vivant et terrifié, le souffle coupé. Et là, une fille étrange a jailli des sous-bois. Elle portait une robe d'un jaune si vif que, malgré ma grande frayeur, je l'ai remarqué. Elle a brandi son mousquet comme s'il faisait partie de son corps, comme si son sang parcourait les veines de l'arme, et elle a tiré. J'ai senti la balle me déchirer le bras droit. Je n'étais encore qu'à moitié penchée pour attraper le Spencer, j'allais m'en emparer quand la balle a pénétré mon bras, sans aucun doute, alors j'ai saisi mon fusil, je savais que la balle était dans sa petite loge mortelle, et j'ai tiré à l'aveugle. Quelque chose s'est élevé en moi comme du feu, mon sang bouillonnait de la douleur féroce du combat, puis la même douleur m'a fait plonger dans les ténèbres. Non, non, j'étais de nouveau éveillée, les yeux écarquillés. Je n'avais pas perdu mes esprits très longtemps. S'était-il écoulé une minute ? Un instant ? Mon ennemie était étendue sur un arbrisseau qui dominait la rivière dans une attitude étrange. J'ignorais si je l'avais tuée. Ou même touchée. Je ne voyais de sang nulle part. Cette fille aux cheveux noirs et à la peau sombre était si belle que la rivière dessous cherchait à l'aspirer. Elle avait les jambes sur la rive, mais le reste de son corps dépendait de la bonne volonté de l'arbrisseau à ne pas la lâcher. Sa tête était à seulement un mètre au-dessus de l'eau gonflée par les pluies de printemps. La fille tendait les bras vers la sécurité de la terre ferme. On entendait la bataille se poursuivre en amont de la rivière.

« Hé, m'sieur, elle a dit.

— Quoi ?

— Tu pourrais m'attraper la main ?

— Tu m'as tiré dessus », j'ai dit.

Je sentais mon sang dégouliner de mon épaule, même s'il n'y en avait pas autant que je m'y attendais.

« C'est vrai, elle a dit, mais je sais pas nager.

— Eh ben, t'as qu'à te noyer. »

L'arbrisseau a ployé un peu.

« Dieu du Ciel, elle a dit en fermant les yeux. Hé, m'sieur ?

— Quoi ?

— Désolée d't'avoir tiré dessus.

— Si j'te sauve, tu pourrais récupérer ton fusil et m'tirer encore dessus.

— Avec Dieu pour témoin, je jure que je t'tirerai plus d'ssus. Mon fusil est tombé à l'eau. J't'en supplie, m'sieur, attrape ma main.

— Suis pas un m'sieur.

— J'sais, t'es qu'un garçon. »

J'ai planté mes bottes sur la rive et je me suis penchée vers sa main droite. L'instant d'après, je la tenais dans la mienne. Là, j'ai eu peur qu'elle me tende un piège et m'entraîne dans l'eau avec elle. Tout était maintenant calme en amont, à part quelques beuglements et le bruit des chevaux dans l'éboulis. J'ai voulu la tirer. Elle était si légère que ça n'aurait pas dû être difficile, mais l'arbrisseau refusait de me la rendre, alors elle est tombée à l'eau, sa robe jaune l'attirant vers un destin funeste. Elle a poussé le cri d'un faucon qui s'apprête à fondre sur sa proie. Je l'ai vite récupérée. Elle a posé ses bottes sur la terre glissante, on aurait dit quelqu'un qui courait pour avoir la vie sauve, ses jambes s'agitant et luttant de toutes leurs forces. Je l'ai tirée si fort que je me suis retrouvée le cul par terre. Je l'avais sortie de là avec mon bras blessé, qui n'était plus qu'une irradiation de douleur.

« T'as pris une balle ? j'ai demandé.

— J'ai pas pris de balle, elle a répondu. J'ai pris une sacrée frousse. À cause de ce gros fusil bruyant que t'as. »

Couchée sur le flanc, elle cherchait à récupérer son souffle. On aurait dit un poney qui a galopé quelques kilomètres de trop.

« Merci, gars.

— Suis pas non plus un gars », j'ai dit.

J'ignorais pourquoi. Quelle importance que je sois une fille ou un garçon pour elle ? Une fille liée à une bande de tueurs en maraude. Mais je l'ai dit quand même.

« T'es quoi, alors ? elle a demandé.

— Suis une fille, j'ai répondu. Winona. »

Elle a alors entrepris, par pure gentillesse ou pour me remercier de lui avoir sauvé la vie, de m'aider à retrouver mon chemin. Sans elle, je n'aurais pas su regagner la route. Elle a glissé le Spencer incriminé dans son étui. Elle a pris les rênes et elle a conduit mon mulet épuisé.

« J'imagine qu'on a mené not' bataille ici », elle a dit, mais cette déclaration ne semblait pas nécessiter de réponse.

Il n'y avait plus trace de la milice. La journée se transformait en soirée maintenant, et il fallait croire qu'il y avait plein d'engoulevents de ce côté-ci du comté. Je lui ai expliqué qui étaient les hommes que j'accompagnais, et dès qu'il y avait une trouée dans les arbres ou que le sol s'élevait, elle se hissait sur la pointe des pieds pour apercevoir son village de huttes. Elle ne semblait pas du tout inquiète. Si j'avais été proche de la ferme de Lige Magan, j'aurais filé, et tant pis pour la fille, blessure ou pas. Je voyais presque sa robe jaune sécher grâce à la divine chaleur de son corps.

« Ça alors, elle a dit.

— Hein ?

— J'crois pas que Zach Petrie s'attendait à ça.

— T'es la fille de quelqu'un ?

— Ouais, j'suis la fille de quelqu'un. Comme tout l'monde, non ?

— De ce camp ?

— J'suis Peg, elle a dit. Ma mère chevauchait avec Quantrill, tu connais ? Morte y a longtemps. C'était une femme du camp. Mon père était éclaireur pour Quantrill. Lui aussi, l'est mort.

— T'es une Indienne ? » j'ai demandé.

Une évidence, selon moi. Ses cheveux noirs, sa peau sombre et... sa beauté.

« Ouais. Quoi, t'aimes pas les Peaux-Rouges ? »

Elle voyait très bien que j'en étais une, moi aussi. C'était de l'humour. Et c'était drôle. On a ri toutes les deux. Mais ça fait mal de rire avec une balle dans le bras.

Puis elle a aperçu une nouvelle trouée dans les arbres et elle s'est à nouveau hissée sur la pointe des pieds.

« Dieu du Ciel », elle a dit, essentiellement pour elle. « Je pense pas qui s'attendait à *ça*. »

Pour des raisons qui me restaient obscures, c'était le genre de personne à qui on a envie de se confier. Alors je lui ai raconté mes malheurs, et je me suis sentie bien mieux après. Je lui ai dit pour Jas Jonski, comment tout ça était si obscur pour moi. Elle est restée pensive un long moment, puis elle a dit :

« Pour moi, c'est lui qui l'a fait. »

Ce que j'ai écouté avec un intérêt étrange, mais je n'ai pas eu le temps d'y réfléchir. On a contourné un très grand rocher arrondi couvert de mousse, et là il y avait une grosse ourse brune. Qui devait bien peser cent cinquante kilos. Aussi ronde que le rocher et aussi noire qu'une marmite. Il ne faut pas essayer d'abattre une créature comme ça, il faut l'effrayer. L'ourse a tourné son immense tête vers Peg, qui menait toujours le mulet. Leurs museaux, à Peg, l'ourse et le mulet, étaient à moins d'un mètre de distance. Le mulet n'était pas ravi, et Peg non plus. Une ourse brune a une âme plus paisible que les grizzlys des plaines de l'Ouest. Un grizzly attaque d'abord et réfléchit ensuite, si jamais un animal réfléchit. Mais cette ourse avait l'air surprise, tout comme Peg. C'était une situation compliquée pour l'animal. Vers qui exprimer d'abord sa colère ? Le mulet s'est cabré, et je suis tombée comme un sac de maïs doux. Peg a levé un bras en rugissant pour effrayer l'immense bête. Je me suis placée près d'elle et moi aussi, je me suis mise à rugir. Cette réaction a paru décider l'ourse. Ou alors, peut-être qu'elle a senti l'odeur de mon sang. Elle a tendu une patte vers moi si vite qu'elle paraissait impossible à éviter. L'une de ses griffes s'est prise dans le vieux pantalon de Thomas et me l'a arraché comme une robe. Peut-être qu'il n'était déjà plus très solide. J'étais maintenant nue comme un ver entre la taille et les bottes. Le mulet a reculé, et Peg n'a pas eu l'idée de le lâcher. En un instant, elle était à trois mètres de là. J'ai rugi et bondi sur place, c'était la seule chose à faire, car les ours n'aiment pas qu'on reste immobile. Ce n'est pas à leur goût. Un ignorant aurait pu tenter d'utiliser un mousquet. J'aurais juré que l'ourse m'a regardée droit dans les yeux pendant une très, très longue minute. Peut-être que j'ai imaginé ça. Elle aurait pu facilement me tuer. Puis se précipiter sur Peg, la tuer, et tuer mon pauvre mulet, maintenant saisi d'une panique de la taille d'une grange. Aussi brusquement qu'on l'avait découverte, elle a filé, laissant un grand trou sombre bien visible à l'endroit où elle était couchée, telle une image qui subsiste sur la rétine.

Je m'attendais à découvrir une longue entaille à cause de cette griffe, mais je n'avais même pas une égratignure. J'ai regardé mes jambes nues. Peg a calmé le mulet, l'a attaché et elle aussi s'attendait sans doute à une blessure dont elle ne saurait que faire. Mais j'étais entière, à part le trou creusé par la balle qui imbibait toujours ma chemise de sang, à présent la seule chose que je portais. Le pantalon était déchiré à partir de l'entrejambe sur chacune des deux jambes, on aurait pu s'en servir comme d'une voile.

On était sous le choc. Mais il y a plein d'ours en ce monde, alors pourquoi être surprises ? Peg m'a jeté un coup d'œil, et elle a de nouveau éclaté de rire. Elle s'était baissée pour ramasser mon petit revolver nacré, qu'elle m'a tendu. Ça avait commencé par un petit filet de rire, et maintenant, elle riait comme un ivrogne chez Zollicoffer. J'espérais que l'ourse n'imagine pas qu'on se moquait d'elle.

« Tu peux pas reprendre la route comme ça, a dit Peg. C'est pas possible. »

J'étais horrifiée à cette idée. Me retrouver à dos de mulet, même dans la pénombre, nue jusqu'aux bottes. À croiser des dizaines d'hommes. Je n'avais plus rien d'un garçon, maintenant, ça sautait aux yeux.

Tout à coup, Peg a retiré sa robe jaune.

« Donne-moi ta chemise, elle a dit. Y me faut ta chemise.

— Mais pourquoi ? j'ai demandé.

— Moi, j'ai à montrer ma pudeur qu'aux arbres, elle a dit. J'vais t'amener jusqu'à la route, pis je rentrerai chez moi. »

Elle se tenait dans la nuit étoilée uniquement vêtue d'un jupon à peine bouffant.

« Donne-moi l'jupon, j'ai dit. Tu pourras garder ta robe.

— Je vais pas te renvoyer chez toi en jupon, elle a dit. Mets-la. »

Alors j'ai retiré ma chemise en geignant un peu, je dois l'avouer, je la lui ai donnée puis j'ai enfilé la robe jaune. Fort heureusement, elle n'avait pas de manches, sinon je n'aurais jamais pu y passer mon bras blessé. On faisait à peu près la même taille, alors la robe m'allait comme un gant. J'ai trouvé une poche pour mon revolver de señorita. Peg a récupéré le pantalon et l'a attaché autour de sa taille pour avoir un peu de décence.

« Je pense que tu perds pas au change. » Elle m'a observée pendant quelques instants. « Pas d'doute, maintenant, t'es vraiment une fille », elle a dit.

Je sentais la faiblesse se répandre en moi à partir de ma blessure. Peg m'a aidée à me remettre en selle sur le mulet tremblant, et lui et moi on s'est mis à trembler de concert.

Sur la route de l'est en direction de Paris, elle m'a tendu les rênes et m'a observée. J'étais presque évanouie. J'ai mis pied à terre à cause de la douleur. Mon bras saignait copieusement. La blessure s'était tout à coup mis en tête de couler à flots. Peg a déchiré un morceau du pantalon pour panser mon bras en serrant fort. L'air attentif, et même effrayé. Elle n'a rien dit, elle m'a aidée à me remettre en selle. Puis elle a fait un signe de tête et elle est repartie de là où elle venait.

## *Chapitre onze*

Une fois seule sur la route, tandis que la lumière du jour rendait l'âme et que les couvertures déchirées des ténèbres et de la pénombre recouvraient tout, j'ai commencé à souffrir de ma blessure, comme tout soldat au bout de quelques heures. La force qui m'avait d'abord submergée se dissipait, la douleur devenait si violente et si infernale que je me demandais pourquoi je n'avais pas accordé plus d'importance à tous les moments de ma vie vécus sans un tel poids. Elle me lestait avec un étrange sentiment d'offense et d'horreur. C'était quelque chose de dégoûtant, la cousine éloignée du courage. Je n'avais plus en moi que cette sensation, elle chassait tout le reste, elle me happait. La douleur, rien que la douleur. Et quand j'ai atteint son épicentre, je ne respirais même plus. Ma poitrine n'était que halètements. La route tanguait comme l'eau qui s'engouffre dans une profonde rigole. Les couleurs brunes du crépuscule se mêlaient avec avidité aux teintes obscures en train de s'abattre. Toutes les étoiles filaient. La lune roulait d'une façon prodigieuse d'un côté à l'autre. Puis tout n'a plus été que noir absolu, douleur absolue. J'étais à moitié hors de ma selle, ma colonne vertébrale comme en coton. J'avais une joue contre l'encolure musclée du mulet. Si j'étais vraiment en train de mourir, allais-je devoir emporter cette douleur jusque dans l'au-delà, traverserait-elle avec moi, me suivrait-elle avec voracité ? Me voudrait-elle à ce point qu'elle ne me quitterait plus jamais ? J'ai perçu une étrange musique entre les arbres et j'ai relevé la tête avec grande lassitude, mais il n'y avait là rien qui puisse émettre ce son. Je devais vraiment être en train de mourir, parce que je voyais une lumière dorée couler au milieu des bois sombres. On aurait dit qu'une immense créature m'emportait et me brûlait dans une rafale de douleur dorée. J'ai vu ma mère marcher au milieu de tout cet or, ses jambes dans l'herbe dorée. Sous le coup de l'amour, mon cœur a bondi de ma poitrine pour se précipiter vers elle comme un lièvre. J'avais échappé à mon corps souffrant, je serais bientôt dans ses bras.

◐

Quand je suis revenue à ce monde, il n'y avait plus la moindre étincelle dorée et ma mère était certainement retournée à son histoire ancienne, hors d'atteinte. J'avais l'impression de connaître la pièce où j'étais allongée mais j'ignorais où elle se trouvait. Dans quelle maison, dans quel quartier. Ses murs n'étaient que des planches brutes, son lit un cadre en acier étroit. Une lumière lugubre filtrait par une petite fenêtre. J'ai entendu un coq chanter un peu plus loin et des chariots passer à distance, ainsi que le son assourdi, comme sous l'eau, de gens qui vaquaient à leurs occupations. Tout ça se trouvait à plusieurs mètres, me disais-je. J'étais aussi faible qu'un nourrisson. Mais avec l'éveil, la peur a réapparu. J'ai inspecté mes vêtements à la recherche de mon petit revolver pour dame, il n'était nulle part. J'ai tâté la ceinture de mon pantalon. Bien sûr, me suis-je souvenue, je porte la robe de Peg. L'ourse a fait tomber mon revolver nacré. Pourtant, Peg ne me l'avait-elle pas rendu ? Avais-je encore mes bottes ? Non, j'étais pieds nus. Donc je n'avais pas non plus mon couteau.

Puis la porte s'est ouverte sur Jas Jonski, qui s'est avancé dans la pièce suivi par un individu spectral chargé d'une grosse sacoche en cuir. L'aspect spectral n'était peut-être qu'une impression renforcée par la terreur qui m'a saisie en voyant Jas. Pire qu'avec l'ourse. En vérité, mon corps était terrorisé, même si mon esprit refusait de me dire pourquoi. Mon désir de m'envoler, de m'enfuir était sans limite. Si je n'avais pas été aussi faible, j'aurais été ravie de pouvoir enfoncer ces murs peu solides. J'ai vu avec mon œil intérieur les planches tomber et les gens dehors s'émerveiller de cette incroyable évasion. Cette impossibilité de recouvrer la liberté me déchirait, mais mon corps était si immobile que j'ai cru que j'étais vraiment morte. Que Jas Jonski n'avait que mon cadavre assassiné en sa possession, et que l'individu spectral était Luther Carp, le fossoyeur. Tous ceux qui croisaient Luther Carp dans les rues de Paris ne pouvaient qu'être parcourus de frissons.

Mais cette personne n'était pas Luther Carp, alors j'ai été déçue quant à mes espoirs d'être morte.

Lorsque j'ai voulu parler, j'ai tout de suite compris que je ne réussissais qu'à murmurer. J'ai été consternée par ma faiblesse. J'ai réessayé.

« Thomas McNulty va v'nir me chercher », j'ai dit, mais j'aurais pu tout aussi bien rester silencieuse, vu l'effet que ça a eu sur les deux types.

« Thomas McNulty va...

— C'est Winona Cole », a dit Jas Jonski en me regardant, mais moi, j'ai pensé : ça, je le sais. « L'a été trouvée sur la route des chariots de Nashville. Blessure par balle, vous voyez ?

— C'est qu'une Peau-Rouge, a dit l'autre d'un air dubitatif.

— J'vous paie, a répondu rudement Jas Jonski.

— Les Peaux-Rouges réagissent pas bien aux traitements », il a dit, et là, j'ai compris qu'il était docteur. « J'pourrais la guérir comme la tuer. Leur faut des remèdes de sauvages. Z'avez déjà essayé de réparer la patte cassée d'un rouge-gorge ? Eh bien, c'est pareil.

— Écoute, doc, tu lui retires cette balle, et si tu la tues, je te tue, t'en penses quoi ? »

Mais il ne disait pas ça d'un ton menaçant, ce n'était qu'une tentative d'humour. Jas avait toujours été un garçon plein d'humour.

« C'est honnête », a dit le doc en s'asseyant près de moi et en ouvrant la sacoche posée à ses pieds. « Tu parles anglais ? » il m'a demandé.

Je n'ai pas répondu.

« Elle parle anglais. Elle travaille pour l'avocat Briscoe. Elle est éduquée tout ce qu'y faut.

— Je suis le docteur Memucan Tharpe », il a dit très lentement en espaçant les syllabes comme on le fait avec un enfant. « Si tu te tiens tranquille, je peux essayer de retirer cette balle de ton épaule. »

Il avait attrapé des pinces en métal qu'il a appliquées contre la blessure.

« C'est rouge autour du trou, elle s'est fait ça quand ?

— Les hommes qui l'ont ramenée disent qu'elle était à la bataille chez Zach Petrie. L'ont vue les suivre. Y revenaient avec leurs blessés et z'ont jugé bon d'la mettre dans leur chariot. L'un d'eux savait que c'était ma fiancée.

— On m'a pas appelé pour ça, Dieu merci. J'ai entendu parler d'une grande bataille, a dit le docteur Tharpe. Ta *fiancée* ? Pourquoi tu veux épouser une Peau-Rouge, fils ? Ces gens-là comprennent rien à cette institution, crois-moi. Y partent comme y viennent. »

Il venait de prononcer ces mots quand il a inséré son instrument pour localiser la balle dans la chair. La seule chose que je pouvais faire, c'était me réfugier dans l'honneur et ne pas laisser un seul son franchir mes lèvres. Mais il m'aurait caressé le cœur avec une flamme que ça n'aurait pas été plus douloureux.

« Elle pleure même pas. Ah, ces créatures ! il a dit. Tu vois que c'est pas une humaine, pas comme toi et moi en tout cas. »

Il a trouvé la balle, il a creusé tout autour pour l'attraper puis il l'a sortie avec un bruit de succion de chair.

« Une balle de mousquet, il a déclaré en la tendant vers la lumière. Va me faire bouillir de l'eau, fils, et je vais nettoyer tout ça puis mettre du brome. Et voilà, mam'zelle », il a dit, fier de son travail, même si j'en étais la seule bénéficiaire. « J'pense que tu vas te sentir d'mieux en mieux.

— Docteur Tharpe », j'ai murmuré une fois Jas Jonski sorti pour aller chercher l'eau.

« Oui, mam'zelle ?

— Vous connaissez Lige Magan ? Elijah Magan ? L'a sa ferme pas loin de McKenzie.

— J'connais Lige. J'connais tous les siens. T'es la petite Peau-Rouge qui vit là-bas ? J'ai entendu parler de toi.

— Oui docteur, j'suis la Peau-Rouge. Docteur, vous pouvez aller dire à Lige que j'suis ici ? Y doit être inquiet. Depuis quand j'suis là ? Y sait pas où je suis.

— Le jeune Jonski peut pas s'en charger ?

— Suis pas la fiancée de Jas Jonski. J'suis prisonnière. Alors si vous pouvez... »

À cet instant, ledit Jas Jonski est réapparu avec un bol d'eau fumante. Le docteur m'a regardée, je l'ai regardé. J'ignorais ce qu'il pensait.

« D'accord, mam'zelle », il a dit, puis il a fait un sourire à Jas Jonski, et d'une main plus douce, puisque nous avions été présentés et que nous avions parlé la même langue, il a nettoyé ma blessure et versé du brome provenant d'une petite fiole brune.

« Je vais devoir suturer ça, mam'zelle, il a dit. Ça pourrait faire un peu mal. »

Il a passé du fil dans une grosse aiguille avec des gestes de couturière et il a pris mon bras. Il a plongé le métal une fois, deux fois, trois fois dans ma peau, puis il a eu l'air d'avoir fini. Même dans ce bain de douleur, je craignais qu'il parte et me laisse seule avec Jas Jonski.

« Docteur », j'ai murmuré de nouveau en lui attrapant faiblement le poignet.

« N'crains rien, il a dit. Tu vas guérir. »

Mais quel que soit le genre d'homme qu'était Jas Jonski, il avait cet instinct qui m'avait fait l'apprécier au premier abord. Il a compris qu'il y avait un problème.

« C'est p't'être ça que tu cherches, Winona, il a dit en exhibant mon revolver nacré pour le déposer sur le lit à côté de moi. J'avais peur qu'tu te blesses en roulant dessus.

— Où sont mes bottes ? j'ai demandé d'une toute petite voix.

— Tes quoi ? il a demandé.

— Mes bottes.

— Tes bottes sont sous le lit. Et ton couteau dans la gauche.

— T'as le Spencer ?

— J'ai pas vu de Spencer. T'es pas assez armée comme ça ? » il a demandé en riant.

Puis ils sont partis tous les deux. J'ai entendu le loquet de la cabane se refermer.

◐

La chose la plus curieuse qui m'assaillait alors que j'étais couchée là, c'était une inquiétude pour le Spencer de Tennyson. Cette arme si convoitée était le seul objet précieux qu'il possédait. Était-elle toujours sur cette bon sang de route de l'est ? Et mon pauvre mulet ? Et puis, est-ce que Thomas McNulty et John Cole étaient en train d'arpenter la campagne à ma recherche ? Ça, c'était une pensée plus agréable. Je me suis dit aussi : Jas Jonski est fou de me retenir prisonnière. Il va connaître l'enfer pour ça. Mais qu'est-ce qui m'avait pris, stupide que j'étais, de suivre ces soldats comme si j'étais un vrai garçon ? Pourtant, n'étais-je pas la nièce d'un grand chef, la fille d'une guerrière ? Puis je me disais : que Dieu aide Jas Jonski, mais à la première occasion je le tue de mes propres mains. Je m'imaginais récupérer mes bottes, en sortir mon petit couteau et le lui planter dans le corps quand il se pencherait tout près. Tout près. De quel droit, selon les lois de l'ouvrage de Blackstone, qui était la bible de l'avocat Briscoe, Jas me prenait et me gardait comme ça ? J'ai pensé aux paroles de Peg, cette fille que je connaissais à peine, mais à qui j'avais tout raconté telle une cascade, ou un déluge. Elle avait réfléchi à mes paroles alors qu'on dépassait des bois et des petites fermes, et elle en avait conclu que Jas Jonski était un méchant. Tout en enrageant contre lui, je pensais à Peg et à l'impression qu'elle m'avait faite, à quel point elle m'avait parue étrangement lumineuse tandis qu'elle se balançait sur l'arbrisseau au-dessus de ces eaux mortelles. Et à comment, à l'encontre de la nature et de la justice naturelle, je ne l'avais pas laissée y plonger, à comment je l'avais ramenée du côté de la vie.

Puis je revenais à mes inquiétudes au sujet du fusil de Tennyson. On peut retirer une balle de l'épaule d'une fille, ce n'est pas pour ça qu'elle ira mieux. Je sombrais dans la fièvre, je le sentais. L'étrange créature dorée était à nouveau en train de me transpercer, elle créait des barreaux de lumière entre les misérables planches de la pièce. J'ai pensé que mes yeux devaient être ouverts, ou ma tête, allez savoir où se trouvaient les portes d'une âme. La lumière s'y est glissée et m'a maintenue sur le lit. Pourtant je n'étais ni enchaînée ni ligotée. Si j'arrivais à retrouver un peu de force, pourrais-je me lever ? Ne pouvais-je pas appeler au secours ? Mais je n'avais pas de voix pour crier, et aucune force dans les jambes pour me lever.

◐

La fièvre durait-elle depuis quelques heures ou quelques minutes ? Je n'en avais aucune idée. Jas Jonski n'était pas revenu.

Alors que je passais de la confusion à la douleur, j'espérais presque qu'il réapparaisse. Rien que pour que la pièce cesse de tourner. J'avais l'impression d'être attachée à une roue de moulin. Mon ventre me brûlait, ma blessure me brûlait, ma tête me brûlait. La sueur perlait sur mes bras nus. Là où je n'étais pas en feu, j'étais en eau.

Peut-être que j'ai dormi. Peut-être que je me suis réveillée. Peut-être que j'ai dormi. Et je me suis réveillée.

Puis John Cole a surgi, il m'a prise dans ses bras et il m'a emportée. Sans dire un mot.

Le chariot de Lige Magan attendait à l'arrière du magasin de M. Hicks, mon mulet y était attaché. Jamais un humain n'avait été aussi content de voir un animal. Il tapait du sabot comme s'il me reprochait de l'avoir abandonné. Thomas McNulty était debout dans le chariot l'air aussi agité qu'une mère poule. J'ai essayé de voir si le fusil était encore dans son étui, mais John Cole m'a mise dans les bras de Thomas McNulty.

« J'suis si désolée, j'ai dit. J'vous cause toujours tellement de soucis. »

On m'a allongée délicatement, comme Tennyson avant moi. Thomas m'a enveloppée dans son vieux manteau de l'armée. Toujours sans un mot.

Il faisait nuit noire, mais j'ai tout de même aperçu le docteur Tharpe sur la promenade en bois. Alors que le chariot se mettait en route, il a agité la main en signe d'adieu.

Il faisait si sombre sur la route de Huntingdon que ça réduisait même les hiboux au silence. J'étais la fille la plus faible du Tennessee, mais tellement heureuse d'être dans les bras de Thomas McNulty, même s'il débitait un sermon souvent ponctué d'accès de colère.

« Tu ferais bien d'te taire, Thomas, l'est pas prête pour les réprimandes, a dit John Cole.

— J'la réprimande pas, je... »

Ma voix avait beau être toujours éteinte, j'ai fait de mon mieux pour le réconforter.

« T'as raison, j'ai dit, j'suis la fille la plus stupide que cette terre a jamais connue.

— Mais non, c'est pas ce que je voulais dire, bon sang. J'voulais dire... Qu't'es la chose la plus précieuse qu'on a. On a r'trouvé ton mulet qui hennissait, aussi désemparé qu'un juif errant. Puis ce cinglé au grand chapeau, comment y s'appelle, déjà, John Cole ?

— Qui ça ? a demandé John Cole.

— Ce taré de doc qui bégaie et qui raconte n'importe quoi.

— Tharpe, a dit John Cole. Mais pourquoi qu'tu dis ça ? Y parlait bien. Et c'est grâce à lui qu'on a r'trouvé Winona. Tu devrais plutôt lui cuisiner des tartes, à ce Tharpe, Thomas.

— Des tartes ? Et puis quoi encore ? Pour nous avoir dit la pire chose qu'on nous a jamais dite dans la pourtant longue, très longue histoire des pires choses qu'on nous a fait subir, que ce cinglé de Jas Jonski te retenait prisonnière ? Dieu du Ciel assassin, quelle nouvelle on n'avait pas entendue là ? Et maintenant, tu dis que t'as suivi Purton et qu't'étais à la bataille contre Petrie ?

— Mais pourquoi diable t'as voulu faire ça, Winona, mon enfant ? a demandé John Cole.

— Parce qu'y fallait venger Tennyson », j'ai répondu avec des mots si faibles que je n'en revenais pas de les entendre.

Pourtant, ils m'ont entendue. Ils tendaient l'oreille au moindre mot que je prononçais. Ils avaient des oreilles pour moi.

Par la suite, ils n'ont plus rien dit. Ces deux hommes avaient un sens profond de la justice, peut-être aussi profond que celui de l'avocat Briscoe. Peut-être plus profond même, parce que ça venait du cœur, et pas de l'ouvrage de Blackstone. Je n'entendais même pas mes mots, mais j'entendais leurs cerveaux fabriquer leurs pensées comme des petits moteurs.

« Je pense qu'on est les seuls à blâmer, John Cole, a dit Thomas d'un ton plein de désespoir.

— J'crois bien », a dit John Cole.

## *Chapitre douze*

Loin derrière nous a surgi un bruit étrange de ferraille, un cliquetis comme celui d'un chariot lancé à folle allure. On ne voyait pas bien sur la route, surtout moi, mais John et Thomas ont attrapé leurs fusils aux pieds de John. Si nécessaire, je le savais, ils se positionneraient contre la barrière au fond du chariot. J'ai relevé la tête le plus possible pour regarder la route. Il y avait là un engin qui crachait de la lumière et du feu et produisait de grosses explosions assourdissantes. Une bonne douzaine de gars tiraient le véhicule, ils tiraient avec force encouragements. Puis j'ai tourné la tête de l'autre côté de la route, où une lueur a attiré mon attention. Un incendie terrible provoquait ce genre de flammes bondissantes qui perturbent les rêves de tous les occupants de maisons. Les hommes qui fonçaient avec leur véhicule nous ont dépassés sans même un regard. Ils portaient des uniformes, des moustaches et de grands chapeaux en métal.

« Qu'est-ce qui se passe ? » a lancé Thomas.

Il aurait bien aimé comprendre. Mais les hommes n'ont pas répondu. L'engin avait l'air lourd et violent, et ils ont passé leur chemin. Deux de ces messieurs fringants étaient des nègres.

« Y vont à la maison de l'avocat Briscoe », a compris John Cole en scrutant les flammes lointaines dans l'obscurité.

« C'est pas une bonne nouvelle non plus », a dit Thomas.

◐

En arrivant aux abords de chez l'avocat Briscoe, sans doute possible, sa vieille et jolie maison était en feu. Les gars aux chapeaux métalliques étaient là, et presque comme par miracle ils aspergeaient les flammes avec de l'eau. Des silhouettes pénétraient par la grande porte et d'autres en sortaient chargées d'objets, les portraits sombres des ancêtres Briscoe, Joe et Virg Sugrue avec des documents plein les bras, Lana Jane Sugrue et ces statuettes allemandes que l'avocat Briscoe prisait tant car c'était un souvenir de son mariage. Je me suis redressée contre Thomas pour voir la scène. John Cole a arrêté le chariot et il a bondi pour aller leur donner un coup de main. Quelques minutes plus tard, je l'ai vu entrer dans la maison, et quelques minutes encore après en ressortir avec les baldaquins du lit de l'avocat Briscoe. Le sommier et le matelas ont bientôt suivi, portés par d'autres. Puis ça a été le tour du vieux bureau luisant sur lequel il travaillait, des grands cuivres de la cuisine, tout ce qu'ils pouvaient récupérer. Les pompiers s'escrimaient à l'aide du tuyau d'arrosage. Je distinguais un très long serpent qui traversait la route jusqu'au ruisseau. Je savais qu'il pompait de l'eau grâce à un gros moteur. Le miracle du désespoir.

L'avocat Briscoe est apparu le visage noirci en agitant son livre sur les roses. Il appelait dans une sorte de calme enfiévré. Mettre le feu à la maison de Briscoe. Un acte terrible. John Cole est revenu au chariot, peut-être inquiet pour moi.

« Dieu du Ciel, qu'est-ce qui s'est passé ? a demandé Thomas.

— Les gars de Petrie ont mis l'feu à la maison. Z'ont surgi du bois et mis le feu. Z'avaient des sacs de toile sur la tête et tout ça. Pourquoi y z'enfilent ces capuches ? C'est pas comme si tout le monde savait pas qui c'était. Sont vraiment fous, ces gars. Z'ont abattu les chevaux dans l'écurie pour qu'on puisse pas aller chercher des secours. L'avocat Briscoe, Joe et Virgil, y les ont mis en fuite. Pis Joe Sugrue est parti en courant dans la nuit noire réveiller les pompiers. Sinon, c'est sûr, la maison était perdue.

— Faut qu'on y aille, a dit Thomas. Cette fille est aussi blanche que la lune.

— J'vais bien, j'ai dit.

— C'est p't'être la fièvre qui parle, il a dit. T'as la tête de la sœur de la Mort. »

John Cole a secoué les rênes en direction des chevaux. Mon mulet, qui avait horreur des flammes, ruait et hennissait à l'arrière.

« Vas-y, vas-y », a dit Thomas.

À l'instant où il disait ça, et malgré cette immense fleur d'eau qui jaillissait du tuyau, j'ai vu les flammes s'emparer du rez-de-chaussée. J'ai pensé au bureau, à son silence familier à présent balayé par le feu. Les flammes ont grandi et brisé les vitres avec ardeur et enthousiasme à l'idée de regagner l'air nocturne. Les gars aux chapeaux métalliques, l'avocat Briscoe, Lana Jane et ses frères ont tous adopté la même attitude, les mains sur la tête en signe de désespoir et de consternation. Puis dans une explosion aussi grosse que la lune, les flammes ont ignoré les poutres et les planchers, ou bien les ont percutés si puissamment qu'ils n'étaient plus, et dans une éruption surprenante, elles ont élu résidence sous le toit, où elles ont tempêté et divagué jusqu'à fleurir à travers les bardeaux et s'élever victorieusement dans ce ciel tapissé d'anciennes étoiles, faisant fi des chevrons et de ces tuiles faites pétales.

◐

Ça n'était pas la première fois que ma douce amie Rosalee Bouguereau me portait jusqu'à notre maison. Il n'y avait pas trace du Spencer dans l'étui, je l'avais suppliée de vérifier avant même qu'elle me prenne dans ses bras. Elle a dit : non, mon enfant, l'est pas là. Elle n'a pas fait d'histoire. Pourtant ça m'a été si douloureux d'entendre ça. Comment affronter Tennyson ? En venant me voir, il était aussi lumineux que le soleil. Il m'a caressé le visage et il a désigné ma blessure en secouant la tête. Il était en même temps heureux et furieux. Il n'a rien dit pour le Spencer. C'est vrai, il ne pouvait pas parler, mais il y a d'autres façons de poser une question qu'avec des mots. Peut-être qu'il le savait par Rosalee. En secret je me suis juré que je lui en dénicherais un autre, allez savoir comment, ou que j'inspecterais les quatre points cardinaux du Tennessee jusqu'à le retrouver, quitte à ne rien faire d'autre de ma vie.

Rosalee m'a portée dans la maison, m'a retiré la robe jaune et m'a demandé d'où je la tenais mais je n'ai pas réussi à formuler une réponse. Je ne savais pas comment raconter cette histoire. La blessure saignait à nouveau à cause du trajet, et la robe était imbibée de trois ou quatre épaisseurs de sang séché qui avait raidi et assombri le coton. Elle m'a demandé où étaient mon pantalon et ma chemise, mais à nouveau je ne savais pas répondre à ça. Je ne pouvais pas mentir à Rosalee Bouguereau. J'étais plus tracassée par le fusil que par ma blessure. Elle a étalé de la paille au pied de notre lit pour y dormir. Bientôt, la maison en bois s'est faite lourde de la nuit, j'ai entendu le ronflement familier de John Cole à travers les parois, j'ai pensé à la belle maison de l'avocat Briscoe en flammes puis le sommeil m'a fermé les yeux.

« C'est une jolie serge, j'vais bien te la nettoyer, a dit Rosalee depuis le sol.

— Je te remercie, Rosalee. Je te remercie. »

# O

Grâce aux soins du docteur Tharpe, ma blessure s'est assez vite refermée et elle a commencé à cicatriser.

Tennyson Bouguereau a continué à ne pas me témoigner d'amertume à cause du fusil. Il m'épargnait, je le savais.

Le plus gros sujet à la maison, c'était l'incendie chez l'avocat Briscoe, pourquoi ça avait eu lieu et ce qui pouvait se produire maintenant. John Cole était d'avis que des hommes comme Zach Petrie et Aurélien Littlefair savaient que le sol se raffermissait sous leurs pieds de rebelles. Quand Lige Magan était allé aux courses à Paris, c'était le sujet de toutes les conversations là-bas aussi. De même que le raid chaotique du colonel Purton. Dans le magasin de M. Scruggs, dont nous étions maintenant les clients, Lige avait senti une réticence à parler librement, et il lisait la peur sur les visages.

Son inquiétude, c'était que Zach Petrie vienne venger la mort de son frère ou nous punir à cause de Tennyson et du colonel Purton, ou quoi qu'il suppose être les impératifs de la guerre contre ses ennemis. John Cole était agité comme un lièvre. Il nous a attribué des tours de garde, et on se relayait comme de vrais soldats. Lige Magan était allé récupérer dans la grange la vieille cloche qui servait à appeler les esclaves dans les champs et l'avait accrochée afin de sonner le tocsin, surtout pour ce muet de bon vieux Tennyson. Entre-temps, il poursuivait le travail aux champs, mais on atteignait ce moment où le soleil devenait plus intense et plus chaud, et où la tâche principale avec le tabac et le maïs consistait surtout à sarcler les pommes épineuses.

En ville, on racontait que le colonel Purton avait perdu trois hommes à West Sandy Creek et, même s'il me semblait bien avoir vu des corps à terre autour des cabanes là-bas, personne n'avait l'air de croire qu'une seule des cinquante âmes de Zach Petrie soit morte. Selon Lige Magan, Purton y avait laissé sa réputation. Quand on va tuer des rebelles, il vaut mieux revenir avec un décompte précis. Pourtant, ça ne s'était pas passé comme on disait, les rebelles avaient été surpris par l'attaque, je le savais. Ils n'avaient même pas eu le temps d'enfiler leurs pantalons et encore moins ces sacs de toile qu'ils aimaient mettre sur leur tête pour qu'on ne les reconnaisse pas. Peut-être que le moment était venu pour eux de se faire connaître et de revenir en incarnant d'étranges héros, c'était ça qui troublait le sommeil de Lige Magan, qui nous troublait tous.

Quant à ma participation à l'attaque de la petite ville de Zach Petrie, j'avais reçu l'ordre de Thomas et John de ne jamais recommencer ce genre de folie car si c'était le cas ils ignoraient ce qu'ils seraient obligés de faire, ils étaient déjà si reconnaissants, sinon à Dieu, alors au diable, que je sois saine et sauve. Il y avait aussi le cas Jas Jonski. C'est à lui que j'avais été ramenée à cause d'une erreur de jugement de la part de l'homme qui m'avait identifiée comme sa fiancée, et si ça, ça n'était pas pour Jas le signal de foncer chez Lige annoncer la nouvelle, alors que dire ? Sans Memucan Tharpe, ils auraient pu ne pas savoir où j'étais pendant des jours et des jours et, disait Thomas McNulty, dans ce cas, il aurait été mûr pour Old Blockley. Certes, c'était le genre de discours entretenu par le désespoir qui s'immisce souvent dans la bouche des parents dès qu'il s'agit des actes commis par leurs enfants. Je m'efforçais de les rassurer comme on cherche à consoler des petits qui ont peur des fantômes et autres pensées pleines de tourments.

John Cole était d'avis de se rendre à Paris pour discuter avec Jas Jonski et peut-être même, disait-il, tant pis, se laisser aller à battre ce garçon avec une badine de saule. Je ne l'ai pas supplié de ne pas le faire, je ne l'ai pas supplié de le faire. J'étais tellement perplexe vis-à-vis de Jas Jonski que je n'avais aucun mot pour lui en lakota ni en anglais. Il était comme un livre fermé, un livre bouclé avec de l'acier. Parfois j'étais dérangée par une bonne pensée à son sujet qui surgissait sans prévenir. Ce n'étaient que les dernières étincelles de ce que je ressentais autrefois pour lui, mais ça me troublait. Parfois, on a des pensées tellement stupides que même les idiots s'en étonneraient.

Peut-être que réfléchir au Spencer contribuait en partie à ma guérison. J'essayais de me souvenir de mon trajet à travers bois et champs en me demandant à quel moment je l'avais vu pour la dernière fois. Puisque le mulet s'était cabré face à l'ourse, y avait-il une possibilité que l'arme soit tombée un peu plus loin à l'écart et que je puisse encore la retrouver ? Je cherchais toutes les solutions pour y retourner sans inquiéter ni faire rugir John Cole, et sans envoyer ce pauvre Thomas à l'asile d'Old Blockley, comme il avait prévenu que ça pourrait arriver.

Plus rien en moi n'avait envie de porter une robe alors je m'en suis tenue à un habillement de garçon, et Thomas a eu la gentillesse de me faire don de son deuxième meilleur pantalon de l'armée. J'avais donc une très élégante bande jaune, parce que c'était ce pantalon qui avait valu aux cavaliers le surnom de Jambes jaunes avant la guerre. Il s'agissait de l'uniforme qu'on lui avait attribué lors de son premier engagement tant d'années plus tôt, à l'époque où John Cole et lui, m'avait-il raconté, étaient allés en Californie faire quelque chose contre les Yuroks. Ce quelque chose était source d'une béance muette dans sa bouche et d'une terreur féroce dans ses yeux. Les hommes blancs ne connaissent pas de belles histoires, ils n'ont que des histoires terribles dont ils aimeraient qu'elles soient différentes.

Aussi présente à mon esprit que mes interrogations au sujet du fusil perdu de Tennyson, il y avait cette fille, Peg, et la robe jaune. Comme promis, Rosalee avait frotté vingt fois les taches de sang avant de la plonger dans une bassine jusqu'à produire des bulles d'eau savonneuse puis de la frapper à l'aide d'un battoir en bois et de la rincer mille fois au ruisseau. Enfin satisfaite de son travail, elle avait écrasé ces champignons séchés qu'elle aimait bien pour leur jaune et avait rendu sa couleur à la serge. Elle avait fait sécher la robe sous le nouveau soleil d'été et j'avais l'impression qu'elle était si neuve qu'une princesse aurait pu en rêver.

Mais je refusais de la porter, et de toute façon elle appartenait à Peg. Comme je ne l'imaginais pas me rendre une visite de courtoisie, je savais au plus profond de moi que je devais aller à elle. Quand j'y ai pensé pour la première fois, ça m'a paru une idée vraiment saugrenue et dangereuse, mais bien des idées saugrenues et dangereuses le paraissent moins à mesure qu'on y pense.

Rosalee n'était pas contente pour la robe car elle avait travaillé dur à lui rendre un bel aspect, et selon elle un pantalon de Jambes jaunes n'était pas convenable pour une fille mais, à son crédit, renonçant à ces considérations, elle a demandé à Lige Magan de lui acheter cinq mètres et demi de tissu grossier afin de me confectionner un pantalon d'été, et il n'a pas fallu longtemps pour qu'elle me mesure et mette son projet à exécution. Après la guerre, des dons de vêtements arrivaient à Paris en provenance de Boston pour les esclaves affranchis mais Rosalee, comme d'ailleurs toute personne indienne, refusait de porter des habits ayant appartenu à des inconnus. Ils ne méritaient que le feu. Ce qui n'avait pas d'importance, parce qu'elle était une couturière hors pair. Quand les mites avaient attaqué deux robes de Thomas McNulty dans sa chambre, Rosalee n'avait eu besoin que d'une journée pour les remettre en état, et pourtant, l'une d'elles était sa tenue de scène à Grand Rapids, avec de la véritable dentelle du Massachusetts. C'était la seule fois où j'avais vu Thomas McNulty prendre Rosalee dans ses bras mais allez savoir s'il avait trouvé les mots pour exprimer son émotion.

On ressentait cet étrange sentiment de calme après la

tempête, même s'il y bouillonnait la promesse d'une nouvelle tempête à venir. Quand on a constaté qu'il ne se passait rien, qu'aucun cavalier ne venait nous attaquer, on a bêtement commencé à ressentir une forme de déception, alors que bien sûr, on n'aurait dû éprouver qu'un soulagement radieux.

Puis, comme la période était aux nouvelles surprenantes, Jas Jonski est venu chez nous « s'expliquer ». Je me dois de vous relater ce qui suit avec une tranquillité que je n'ai pas éprouvée sur le moment, et que je ne ressens peut-être toujours pas.

O

Je suis certaine que nous avions un sens aigu des dangers que nous courions, Jas Jonski aussi, pour des raisons qui lui étaient propres.

Quelle était mon opinion sur Jas Jonski ? Pour moi, c'était l'homme qui m'avait blessée comme seul un homme peut blesser une femme. En s'introduisant en elle tel un voleur aux sombres intentions et en faisant une offense mortelle à son cœur. J'avais Peg comme avocat à ce sujet. Quand je lui avais raconté toute l'histoire, elle l'avait déclaré coupable. En quoi cette fille aussi perdue que moi pouvait-elle se voir gratifiée d'une telle autorité ? Je l'ignorais. Mais j'étais allée sonder Frank Parkman et, d'une certaine manière, je ne le voyais pas faire ça.

Je n'avais aucun autre suspect en vue. Le whisky avait noyé ma mémoire, mais l'âme de cette mémoire était toujours quelque part en moi. Elle tambourinait en moi.

À mesure que le temps passait, je me sentais horrifiée par le sentiment que ce qui m'était arrivé, ça n'était rien – un rien qui correspondait au rien que j'étais. C'était une idée puissamment étrange qui avait creusé son chemin jusqu'au nid de mes meilleures réflexions, et qui s'était mise à y faire du grabuge.

Cette idée me pesait jusqu'à me broyer. Prisonnière de ça, j'étais persuadée que maintenant, même si j'annonçais clairement aux hommes que selon moi c'était Jas Jonski le coupable, je serais étonnée et anéantie par leur réaction. Qu'ils se demanderaient, déconcertés, pourquoi je prenais à ce point cette affaire à cœur. Que c'était un petit rien que toutes les filles doivent subir dans les affaires de ce monde. Que ça ne signifierait rien pour eux, et le mot rien serait omniprésent dans leur bouche à mon sujet. À cette idée, je suis morte encore et encore. Je tremblais de mon terrible sentiment de petitesse. Je les imaginais rire et échanger des regards moqueurs, se détourner de moi et ne plus jamais me parler de la façon aimante pour laquelle ils étaient si précieux à mon cœur. Qu'ils me verraient si souillée, comme aurait dit un pasteur, que même Rosalee ne pourrait plus me raccommoder, que ni le printemps ni l'été ne pourraient effacer ce sale hiver. Que je deviendrais un objet sans enjeu, de la toile d'esclave bon marché, que l'engoulevent ne chanterait plus jamais pour moi, que Thomas McNulty ne me témoignerait plus de tendresse maternelle ni John Cole d'intérêt paternel. Qu'il leur prendrait peut-être l'envie de me jeter au bord de la route comme un dollar de Confédéré sans valeur pour être ramassée par un vagabond, que j'étais quelque chose dont il fallait se débarrasser, et que personne ne viendrait jamais me récupérer. Qu'en brisant ma petite porte, Jas Jonski avait laissé la maison que j'étais ouverte aux quatre vents, aux rugissements des orages et au saccage par le premier maraudeur venu.

## *Chapitre treize*

S'est alors produite l'une des plus étranges conversations auxquelles j'aie assisté. Elle contenait plus de noirceur que toute lueur du jour ne pourrait jamais dissiper.

Il faut reconnaître que Jas Jonski avait fait preuve de courage en revenant chez Lige, où à sa connaissance il n'avait aucun allié. Où il avait dû affronter quatre hommes hostiles et deux femmes courroucées sans la moindre invitation à entrer. Pire que ça. Six âmes heureuses à l'idée d'imaginer sa peau clouée à une porte. Il est arrivé comme la première fois, à savoir, la première fois qu'il était venu plaider sa cause, pas lors de ses nombreuses visites en tant que prétendant. Je considérais que le mystère de l'agression de Tennyson ne concernait qu'Aurélien Littlefair et ses compagnons. Mais Wynkle King n'avait-il pas été influencé par le récit des malheurs de Jas Jonski, s'affranchissant ainsi de l'autorité du colonel ?

Il me semblait que la vie était un bourbier composé d'autant de choses dites que de choses tues, et entre les deux, de toutes les choses qui n'auraient pu être prononcées que par les anges, lesquels sont supposés tout savoir.

Il y avait donc un petit bataillon face à Jas Jonski composé des quatre hommes, Rosalee et moi. C'était par une belle soirée d'été. On l'avait vu surgir de loin au nord-est de la maison.

Rosalee montait la garde à cette heure-là. Les hommes en train de manger leur ragoût à l'intérieur étaient sortis à sa demande pour accueillir le garçon au visage rouge.

Il avait l'air bien décidé, mais il avait toujours des soucis avec sa jument qui secouait la tête, qu'il essayait comme la dernière fois d'attacher à un piquet.

« Bon sang d'bon Dieu », il a dit.

Douze yeux l'observaient sans un mot ni un geste de bienvenue.

Il avait dû considérer que son premier devoir allait à Tennyson, dont il s'est approché, la main tendue.

« Suis désolé qu'vous ayez été battu comme ça, il a dit. J'vous voulais aucun mal, m'sieur Bouguereau. »

Tennyson n'a pas pris sa main, mais peut-être autant par trouble que par prudence ou hostilité.

« J'devais vous le dire, a déclaré Jas Jonski. Me suis dit que j'vous devais bien ça. »

Puis il s'est placé à peu près à cinq pas des hommes. À cet instant, je suis descendue du porche pour m'avancer jusqu'à John Cole et je me suis presque plantée en terre, peut-être pour y être récoltée plus tard.

« J'voulais simplement dire qu'on m'a amené Winona en mauvais état à cause de c'te blessure. C'est pas moi qui suis allé la chercher ni rien. C'est Wynkle King qui l'a découverte sur la route et qui m'l'a amenée. »

Je me suis dit que ce n'était pas ce qu'il avait raconté au docteur Tharpe. N'avait-il pas exprimé que c'étaient les hommes du colonel qui m'avaient trouvée sur le chemin du retour ? Et puis, Wynkle King ne me connaissait pas. Je me suis tue sur le moment, gardant une attitude solennelle.

« J'ai pas eu l'occasion d'venir vous le dire, puis Memucan Tharpe s'en est chargé, il a ajouté, continuant à pérorer malgré tout. J'l'ai fait appeler et l'a reçu deux dollars d'ma poche pour les soins à Winona. J'ai été heureux d'faire ça. Je veux juste dire que je suis pas un voleur de filles, je suis que l'homme qui souhaite l'épouser. »

Je me souviens uniquement d'une sorte de petit bruit de la part de John Cole, qui pouvait être de la désapprobation comme de l'incrédulité.

« Que tu crois encore que tu vas l'épouser », a dit Rosalee derrière nous, mais surtout dans sa barbe. « Si c'est ça, t'es qu'un imbécile sans cervelle. »

Jas Jonski était tellement pris par son discours, et très probablement aussi terrifié par John Cole et les autres, que je dois mentionner qu'il s'est alors mis à pleurer. Il a éclaté en sanglots comme un enfant, et je ne pense pas qu'il en était ravi. Mais les larmes viennent en dépit de soi. J'en sais quelque chose.

« T'as rien à dire ici à personne, à part à moi », j'ai dit.

J'ai demandé à mes hommes de regagner le porche pour que je puisse m'entretenir seule avec ce garçon. En vérité, ils ont accepté parce qu'ils étaient armés comme des empereurs. J'ai saisi l'occasion de lui parler tout en étant protégée. Dans le même temps, j'ai imploré ma mère et mon passé pour m'attribuer de la force. Je savais qu'on m'avait fait beaucoup de mal et j'avais l'impression que quelque chose commençait à pourrir en moi, voilà l'impression que j'avais, et ça me faisait très peur. Il faut toujours s'accrocher au remblai quand l'inondation reflue. À mains nues si nécessaire.

« Winona, il a dit. Je suis ni un garçon de ferme ni un imbécile. Je sais qu't'es en colère contre moi. Je suis pas stupide à ce point. Mais quand t'as été amenée par Wynkle King, j'ai cru mourir. Une balle avait blessé ma chérie.

— J'suis pas ta chérie, j'ai dit.

— J'étais déjà revenu ici alors que j'savais pas que cette autre blessure t'était arrivée et j'le sais toujours pas, Dieu ait foi en moi. Et dans mon lit le soir j'me demande comment arranger tout ça. Ma mère est la personne qui déteste le plus les Indiens que j'connais. Elle me dit : c'est bien James que t'épouses pas une Peau-Rouge, je connais telle ou telle fille à Knoxville, je vais t'emmener la voir, et je dis : maman, j'veux pas épouser une fille de Knoxville j'veux épouser que Winona Cole. Elle crie : t'épouseras pas une Peau-Rouge.

— Eh ben, elle a raison, j'ai dit.

— Qu'est-ce qui s'est passé ce jour où t'as été attaquée comme ça ? Winona, y s'est passé quoi ? »

Je me suis tue. Je réfléchissais, j'essayais de remonter le fil de mes souvenirs. Mais c'était comme vouloir projeter la lueur d'une lampe en plein brouillard – on continue à ne rien voir.

« Je dis juste que j'ai la tête dans le brouillard », il a dit, saisissant à son tour l'image du brouillard. « Oui, j'ai dit à Lige Magan, j'ai dit : Lige, je sais pas c'qui s'est passé, j'suis autant dans le noir qu'vous, mais est-ce que c'est vrai ? J'ai essayé de réfléchir. J'le sais maintenant, c'était pas bien d'te donner du whisky à boire, j'le sais fichtrement bien. Et c'était pas bien de boire du whisky moi-même, surtout que j'aime pas ça et que j'en bois jamais, mais on a bu, et tu t'souviens du grenier à foin de Frank ? J'm'en souviens un peu. J'aime pas l'idée de pas bien m'en rappeler. J'me rappelle à quel point t'étais douce et gentille, qu'on s'embrassait...

— Non, j'm'en souviens pas. Et j'crois pas que je sois jamais allée dans le grenier à foin où Frank Parkman travaille.

— Si, tu y étais. Et moi aussi. J'm'en souviens. »

Les hommes et Rosalee se sont agités sur le porche quand Jas Jonski a élevé la voix. Il s'en est tout de suite rendu compte et il a rabaissé le ton.

« Je jure devant Dieu qu'tu y étais, t'étais là-bas avec moi, on riait, on s'embrassait, et j'le jure devant ce même Dieu, j'ai aucun souvenir, pas un seul, de c'qui s'est passé ensuite.

— Moi, j'peux te raconter, et Rosalee Bouguereau pourrait

t'le dire aussi, si l'était pas aussi timide. Quand j'suis revenue tout abîmée à la maison avec des coups au visage, et le cœur arrêté de peur dans ma poitrine mais aucun souvenir de rien, j'avais du sang *là*, tu vois, Jas, j'étais déchirée, et c'est quelqu'un qui m'a fait ça, et j'dis que c'est toi, parce que sinon qui aurait pu m'faire ça, à part quelqu'un que j'avais laissé m'embrasser ? Un homme essaie de m'embrasser qu'est pas l'élu de mon cœur, j'sors mon couteau et j'lui plante dans le ventre. »

Cette fois, c'était ma voix qui était trop forte. J'ai dû l'apaiser.

« Tu dis que quelqu'un t'a blessée... là ? il a demandé.

— Oui, j'dis ça. La nature exacte de ce fait, Blackstone, chapitre seize. C'est un crime, Jas, même si bien sûr la loi s'applique pas à moi. J'suis même pas citoyenne. Ta mère a raison, tu peux pas épouser une Peau-Rouge parce qu'on n'est même pas des gens. On n'est pas des humains. On n'est rien que des animaux que tu peux battre et maltraiter et blesser à ta guise. »

Je n'avais pas eu besoin d'élever la voix pour ça. Ce n'était pas nécessaire. Je n'ai jamais vu un garçon devenir blanc à ce point. C'était un Blanc, mais là, il était plus blanc que blanc.

« Tu dis... qu'quelqu'un...

— Oui, Jas Jonski, j'dis ça. Pourquoi tu crois qu'on a tous ces ennuis ?

— J'croyais que peut-être un imbécile au cœur noir t'avait frappée, que ton mulet t'avais mise par terre, je sais pas, mais pas ça, non, pas une seconde, j'ai pensé à ça.

— Alors t'es juste un imbécile devant Dieu, Jas Jonski, parce que ce que j'dis, c'est ce qui s'passe tout le temps. T'as envie d'croire que tous ces braves soldats en guerre apportaient d'la soupe aux Indiens ? Que Thomas McNulty, Lige et John Cole y dansaient joyeusement dans les plaines ?

— Y savent que t'as été meurtrie comme ça ? il a demandé.

— Non y le savent pas, parce que je leur ai pas dit. Si je leur dis, Jas, y te tuent. Y te tuent jusqu'à c'que tu sois mort.

Tu sais pourquoi ? Parce qu'y m'aiment comme leur fille. Mais Rosalee elle, elle sait, car elle a dû prendre un chiffon pour essuyer l'sang. »

Jas Jonski n'a rien dit, il se tenait devant moi avec ces mots qu'il tentait d'ordonner dans sa tête de façon à les comprendre.

« Et tu penses que c'est moi qui t'a fait ça ? il a fini par demander.

— Qui d'aut' ?

— Tu penses que j'ai pu faire ça et pis te frapper et t'briser le visage ?

— Sans doute.

— Dans ce cas, on pourrait penser qu'j'en aurais le souvenir », il a dit d'une petite voix suintante.

« Peut-être, me disais-je, qu'il est une âme honnête. » Il avait l'air tellement effrayé. Starling Carlton kidnappait des petits Indiens pour les livrer au bon plaisir des Blancs. Même quand j'avais six ans, pour les soldats, ça n'était rien de faire du mal à une fille ou femme indienne, ni même à un garçon. C'était quelque chose que les soldats faisaient. Mais Jas Jonski ne le croyait pas. Non. Un instant, mais un instant seulement, mon cœur a volé vers lui. Je l'ai aussitôt rattrapé, je n'avais pas le choix.

« Je comprends maintenant, il a dit. J'savais pas. Maintenant, j'sais. Est-ce que ça veut dire quelque chose de bien que je me rappelle pas ? Et que tu te rappelles pas ? J'crois pas. J'crois qu'j'ai fait quelque chose de sombre et de terrible. Dans le whisky gisent les démons. Pourquoi j'ai bu du whisky ? J'aime même pas ça. »

Puis il a incliné son chapeau à l'intention des têtes sur le porche.

« J'ferais bien de partir, il a dit. Winona, j'suis sincèrement désolé, vraiment. J'le suis vraiment. Tu vas maintenant raconter à ces hommes ce que tu m'as dit, et j'vais attendre leur visite. Je ferais pareil qu'eux dans l'même cas. Ma mère comprend pas ce monde. Ce monde, y vaut rien à moins d'y être honnête. J'suis désolé, j'le suis vraiment. »

Il est remonté sur son cheval qui continuait à se tortiller et il est parti.

Je suis revenue vers la maison.

« On va bientôt entendre les cloches du mariage ? a demandé Lige Magan.

— Nan, j'ai répondu.

— Tu f'rais bien de te taire, a dit John Cole à Lige.

— J'trouvais qu'ils avaient l'air de bien s'accorder », a dit Lige, confus de son erreur.

« Lige Magan, je t'ai jamais parlé sous le coup de la colère, mais si tu t'tais pas tout de suite, j'te balance mon poing dans la figure », a dit John Cole.

O

J'ai pleuré toute la nuit sans savoir pourquoi, accrochée à Rosalee comme au gouvernail d'un petit bateau. Et sans pouvoir encore moins le dire.

## *Chapitre quatorze*

On peut pleurer toute la nuit, s'endormir au petit matin et se réveiller malgré tout avec un étonnant semblant de repos. Ce qui avait été mon cas. Peut-être aussi que je me sentais davantage considérée, moins meurtrie qu'avant, peut-être que quelque chose dans les paroles de Jas Jonski la veille m'avait réconfortée, même si ça provenait d'un homme mauvais. J'ai repensé à ses mots et je me suis à nouveau interrogée, sans savoir quoi en faire. Peut-être pour me raccrocher à quelque chose, je me suis rappelé un détail, une mystérieuse remarque. Après m'avoir trouvée sur la route, Wynkle King m'avait amenée agonisante à Jas Jonski. Si c'était le cas, Wynkle King pourrait-il savoir où était passé le Spencer ?

J'étais d'avis de chercher à le découvrir.

J'ai enfilé mon pantalon d'été tout neuf et, pour faire bonne mesure, j'y ai ajouté une rude et ample chemise de travail que Rosalee m'avait également confectionnée. Quelque chose dans la propreté de ce tissu irlandais et de ses coutures bien faites me permettait de me sentir encore plus propre. J'avais la sensation d'être apprêtée, ce dont j'ai conçu une certaine fierté. À l'idée qu'il puisse y avoir de la beauté dans quelque chose de si pauvre, cinquante cents les sept mètres.

J'ai rejoint Lige Magan qui attelait le chariot avec Tennyson.

« Bien l'bonjour, m'a dit Lige. Suis désolé d'm'être ridiculisé comme ça hier. Les cloches du mariage, et pis quoi encore ?

— Où tu comptes aller ? j'ai demandé.

— Donner un coup d'main à not' bon ami l'avocat Briscoe qu'en a bien besoin par les temps qui courent.

— Tu m'emmènes ?

— Tu r'viendrais toute noire, il a dit en examinant ma tenue neuve.

— Ça m'est bien égal, j'ai dit.

— Alors va t'chercher un chapeau, j'veux pas t'voir divaguer à cause du soleil. »

Les chapeaux étaient accrochés dans la minuscule pièce au fond et, tandis que je me glissais à travers la pénombre de la maison, je suis passée près de la petite chambre de Tennyson. Je savais qu'il était dehors, alors j'y ai jeté un coup d'œil comme une voleuse. La pièce ne contenait qu'un lit en métal, une chaise, une petite table et ce que Rosalee appelait une « personne », c'est-à-dire trois piquets de bois en forme de pyramide pour poser les vêtements. On aurait ainsi dit que Tennyson sans Tennyson se tenait debout en permanence dans cette pièce. Je ne lui avais jamais demandé comment il avait trouvé les cinquante dollars que coûtait sans doute ce fusil, mais en regardant ses possessions et cette absence d'objets, je me suis interrogée. On peut ne rien posséder, tel était son cas.

En revanche, chaque centimètre des murs était couvert de ses dessins. Des portraits de nous tels qu'on en verrait dans le bureau du shérif, mais sans le mot « Recherché » et la récompense probable en cas de capture. C'était étrange de nous voir tous là. Je me suis arrêtée pour nous contempler. Au centre trônait un dessin majestueux de Rosalee.

Ses derniers travaux représentaient tous la même chose : des lièvres. « Mais pourquoi ? » me suis-je interrogée. Il y avait peut-être là une vingtaine de dessins de lièvres. Ce qui était étrange parce qu'un lièvre, ce n'est qu'une âme à abattre tant cet animal adore s'attaquer aux moissons. À la minute où il naît, le lièvre est comme un orphelin. Il part sans jamais se retourner. Il n'a pas besoin de sa maman. C'est ce qu'on raconte. Mais Tennyson devait avoir une haute opinion de cet animal. Il était sans doute allé dessiner dans les champs parce qu'il y avait là un lièvre qui regardait de tous les côtés, et un autre qui courait comme le serviteur du diable. Quelques dessins étaient teintés de cette couleur rouge que Tennyson extrayait de certaines baies. Je ne savais pas si c'était pour illustrer le coucher du soleil ou une tuerie. Mais le vrai démon, dans l'histoire, c'était Rosalee, à cause de ce plat de lièvre qu'elle préparait.

Elle faisait cuire la bête tout entière, alors quand on soulevait le couvercle, on aurait dit une petite personne dans son cercueil.

J'étais tellement troublée par les dessins que je suis ressortie sans chapeau et que j'ai reçu l'ordre de Lige de revenir aussitôt avec, ce que j'ai fait.

O

Mon cœur aurait pleuré pour l'avocat Briscoe si lui-même n'avait pas été enjoué au point que cela forçait l'admiration.

« Pas question que je laisse ces crétins de bandits me démoraliser », il a dit.

Il n'en revenait pas que Zach Petrie ait envoyé des hommes incendier sa maison. L'avocat Briscoe n'avait jamais imaginé qu'il se résoudrait à un acte aussi dément. Seuls les fous s'en prennent directement à la loi, or Zach Petrie n'était assurément pas fou. L'avocat Briscoe savait qu'une seule chose transformait un homme en criminel : le choix. Le choix de faire le mal. Voir où est le bien, mais choisir le mal. Les poutres de sa chère maison étaient encore tièdes qu'il avait déjà convoqué les charpentiers et les maçons parce que, Dieu du Ciel, il allait reconstruire cet endroit *sur-le-champ*, tout de suite, *cito*, comme il aimait dire. Puis il citait cet auteur latin, Ovide, je me souvenais de cette phrase parce qu'elle était accrochée au mur derrière son bureau. En tout cas, jusqu'à ce que, sans doute possible, le feu l'emporte : *Video meliora proboque, deteriora sequor*. Quand l'avocat Briscoe parlait latin, c'était sérieux.

Il m'a demandé de lui servir de commis chargé de la reconstruction. D'établir la liste de tout le nécessaire, d'organiser les livraisons, de suivre les dépenses. Lige Magan a eu l'air soulagé parce qu'à cause de l'incendie il craignait que je cesse de gagner ma vie, or mes gages constituaient une bonne partie de notre argent disponible. L'avocat Briscoe avait fait transporter tous les biens sauvés des flammes dans la grange et demandé à Joe et Virg Sugrue d'y dresser son superbe lit. Pendant qu'on discutait, j'ai vu Lana Jane passer un balai en saule dans les ombres brun clair du vaste bâtiment. Une grange n'est qu'une gigantesque boîte à poussière, mais Lana Jane semblait fermement décidée à mener cette tâche à bien.

L'instant d'après je discutais avec les charpentiers et les maçons qui m'ont détaillé ce dont ils auraient besoin pour démarrer le chantier, les charpentiers déclarant que les grands troncs qu'il leur faudrait pour le plancher et le toit étaient à faire venir de préférence de l'est du Tennessee et ses montagnes où les arbres étaient encore hauts et abondants. Qu'il faudrait les transporter par les routes et les rivières parce que Dieu du Ciel aucun train ne pourrait se charger de bois de cette taille. J'ai été surprise de voir combien ils avaient l'air heureux de me parler et par leur façon amicale et gentille à souhait de se comporter avec moi. Je tenais un grand registre sur le bras gauche et je tirais l'encre d'un encrier tenu par M. Loutre, le plâtrier. Mon épaule avait beau être guérie, je continuais à la ménager, comme on le fait souvent. M. Loutre était là pour apporter son soutien à l'avocat Briscoe car les travaux de plâtre ne commenceraient pas avant longtemps, à l'automne, espérait-il, une fois les murs prêts. Malgré son nom, M. Loutre ressemblait moins à cet animal qu'à un héron avec son œil fixe et son nez crochu.

Je commençais à peine à m'accoutumer à ma nouvelle mission que je me suis souvenue pourquoi j'avais demandé à Lige Magan de m'y conduire. En réalité, j'avais pour projet de découvrir là où habitait Wynkle King, et j'espérais bien que ça soit aux alentours de Paris. J'aurais pu demander à Jas Jonski, mais je n'en étais pas là avec lui. Grâce au récit du shérif Flynn, j'imaginais pouvoir le localiser au saloon de Zollicoffer, sauf que je n'avais guère envie de m'y rendre, surtout s'il devait être saoul. Je savais qu'il y avait un risque qu'il fasse partie de la bande de Zach Petrie, or je me trouvais devant les ruines fumantes de la maison de l'avocat Briscoe. Je devais pourtant remettre la main sur le fusil de Tennyson. Ce fusil était toute sa fortune, et moi, comme une pauvre idiote, je l'avais perdu. Si Wynkle King avait ses quartiers chez Zach Petrie, je devrais revoir ma position, mais il me semblait qu'il habitait à Paris, car on ne faisait pas le chemin depuis West Sandy Creek pour boire un coup, rentrer ivre mort et prendre le risque de se faire dévorer par un puma ou un ours en chemin.

Si je pensais devoir résoudre un grand mystère, je me trompais, parce que quand j'ai demandé à M. Loutre s'il savait où habitait un certain Wynkle King il m'a dit, bien sûr, qu'il avait un logement sur Blythe Street au-dessus de la boutique où M. Loutre achetait son crin de cheval. M. Loutre m'a expliqué qu'il fabriquait ses lattes avec du bois vert mais qu'il était hors de question qu'il tonde un cheval. C'était surprenant que ce Wynkle King soit connu à ce point pour un si jeune homme.

Quand j'ai eu fini ce matin-là mon travail pour l'avocat Briscoe, j'ai annoncé à Lige Magan que je serais de retour en fin de journée parce que je comptais me rendre à pied en ville.

Lige Magan avait saisi une pelle pour ramasser les cendres et autres débris calcinés en compagnie d'une vingtaine d'hommes, tandis qu'une vingtaine d'autres emportaient le tout à la brouette jusqu'à l'endroit où ils avaient décidé d'entasser les détritus. Ils avaient l'intention de tout nettoyer pour voir ensuite ce qui pouvait être sauvé. L'avocat Briscoe conservait de grands espoirs pour l'escalier, certes noir et chancelant, malgré tout plus ou moins semblable à lui-même. Peut-être aussi pour les deux piliers de la cheminée, et certainement l'ancien porche et la véranda renaîtraient-ils de leurs cendres tels des phénix, puisqu'ils avaient été conçus en fonte de Philadelphie, c'était écrit çà et là. J'ai laissé de côté ces importantes considérations et je me suis mise en route pour la ville. C'était par une belle journée encore assez fraîche pour cette période de l'année, et un petit vent soulevait ma chemise comme pour vérifier les coutures de Rosalee. Les bois bruissaient d'oiseaux et de tout ce royaume secret d'animaux qui n'aiment pas que l'homme les voie vaquer à leurs activités quotidiennes. J'ai pensé à mon ourse en me demandant si elle se rappelait de moi, j'avais l'espoir qu'elle y ait laissé un petit bout d'elle-même pour m'avoir effrayée à presque en mourir. Puis je me suis demandé quelle part de moi était encore lakota et de quelle manière mon peuple survivait dans les plaines, s'il s'y trouvait encore, car j'avais entendu dire que les guerres se poursuivaient et que je savais au plus profond de moi que les « yeux blancs » ne lui pardonneraient jamais de les avoir défiés. Et si je ne le pensais pas, le *Paris Invigilator* s'en chargeait pour moi.

Tout ça m'a conduite à me demander pourquoi, moi, je me trouvais dans cette forêt d'« yeux blancs » et non dans la mienne. Tennyson, Rosalee, Lige, même Thomas McNulty et John Cole, cette histoire n'existait que parce que celle qu'on m'avait attribuée au départ ne devait jamais avoir lieu et n'était jamais allée plus loin qu'un point si proche de son départ qu'on aurait pu glisser un brin de paille entre les deux.

S'ils avaient laissé vivre ma mère et ma sœur, s'ils n'avaient jamais atteint nos terres, qu'en serait-il, maintenant ? Je ne connaîtrais ni notions ni mot d'anglais, je croirais que mon peuple était le plus grand au monde, qu'il n'avait pas sur terre d'équivalent en termes de bonté et de majesté. J'aurais dû accomplir toutes les corvées du camp, à moins de devenir l'équivalent de ma mère en accédant au statut de guerrière. J'aurais peut-être été une guerrière au sein de mon peuple et j'aurais acquis, comme ma mère, une grande réputation parmi les miens.

C'est ce fil de pensées qui m'a ramenée au fusil de Tennyson.

Blythe Street était apparemment un bon endroit pour acheter du crin de cheval destiné à la fabrication du plâtre, mais c'était surtout l'une de ces rues nues et froides avec des maisons pauvres et une chaussée défoncée par les pluies hivernales. Mes cheveux avaient repoussé, alors j'ai caché ce que je pouvais sous mon chapeau. Puis je les ai de nouveau lâchés en pensant que Wynkle King avait trouvé une fille en robe jaune. Je n'étais plus très sûre de ma mission. Je me suis observée dans la vitre d'une boutique vide. Pas de doute, on aurait dit une petite créature sombre. C'était étrange : comment un corps pouvait-il avoir de grandes idées de l'aube au crépuscule et présenter l'apparence que je voyais là ? Aux yeux de tous, je n'étais qu'une Lakota. L'enfant misérable d'un conte. J'ai hoché la tête pour voir si ça améliorait les choses. J'étais même surprise que les charpentiers et les maçons aient bien voulu me parler. Je n'avais pas l'air d'un commis, même si je n'avais aucune idée de ce à quoi un commis devait ressembler. J'avais l'air d'une fille en pantalon et chemise de garçon. Pourquoi une fille s'habillait-elle comme ça ? Et pourtant, j'avais parcouru six ou sept rues pour atteindre celle-ci, tout près du centre-ville, et je n'avais vu personne me prêter attention. Ni même me regarder.

Mais puisque j'étais venue jusqu'ici, j'ai gravi l'escalier sale jusqu'à l'étage au-dessus des fournisseurs.

Sur la porte, une petite plaque en cuivre arborait le nom de W. King, alors ce n'était pas comme si j'étais au mauvais endroit. J'avais cependant l'impression d'être la mauvaise personne au bon endroit. Et si Wynkle faisait partie de la bande ayant mis le feu à la maison de l'avocat Briscoe ? Mais comment le savoir, puisqu'ils portaient sur la tête ces sacs de toile avec des trous pour les yeux qu'ils affectionnaient ? De toutes les façons, il était partisan de Zach Petrie. Et là, j'ai pensé, peut-être que je suis vraiment folle, peut-être que je ferais une meilleure candidate pour l'asile d'Old Blockley que Thomas McNulty. Tennyson était à présent un homme diminué, alors aurait-il même su encore tirer avec son fusil ? Pourquoi est-ce que je fouinais comme ça partout ? À renifler comme un chien de chasse ? Était-ce vraiment pour retrouver ce fusil ? Mais diable, qu'est-ce que je m'imaginais faire ? Devant la porte décatie de cette maison décatie, je me suis posé la question. Peut-être que l'un de ces coups que j'avais reçus à la tête m'avait tout autant poussée à la folie que la meurtrissure au cœur de mon être. Dans ce cas, peut-être valait-il mieux que je coure dans les rues en criant comme une cinglée au lieu de montrer ma folie par ma visite à ces rebelles, assassins et compagnons de beuverie de Jas Jonski ? W. King. Pour plus de précision, comme aurait pu le dire l'avocat Briscoe, sur la plaque était écrit Rev. W. King. Rev. pour révérend, supposais-je. Mais Wynkle King étant un ami de Jas Jonski, je n'imaginais pas qu'il puisse être âgé de beaucoup plus que vingt ans, or il ne me semblait pas qu'on puisse devenir révérend aussi jeune.

J'ai frappé à la porte.

Si on peut à la fois avoir vingt ans et l'air d'un cadavre, alors

Wynkle King était mon homme. Je ne l'avais jamais vu d'aussi près. Peut-être que je ne l'avais jamais vu tout court, que j'en avais simplement entendu parler par Jas. Que je connaissais ce nom, mais pas son propriétaire. Ce moment était rendu encore plus étrange par le fait qu'il m'avait ramassée sur la route des chariots, et puis ? Couchée en travers de son cheval ? Je l'ignorais. Le mulet avait-il attendu près de moi quand je m'étais évanouie ? C'était un mulet au cœur tendre, donc je l'espérais.

« J'cherche Wynkle King, j'ai quelque chose à lui demander, j'ai dit.

— Suis Wynkle.

— M'sieur, j'voulais saisir ma chance d'vous remercier d'm'avoir sauvé la vie.

— J't'ai pas sauvé la vie », il a dit, apparemment déjà prêt à refermer la porte.

Il m'examinait comme s'il avait envie de demander « pourquoi t'es habillée comme un crétin de garçon ? ».

« Vous m'avez pas trouvée sur la route avant d'me ramener à Jas Jonski ?

— Nan.

— C'est moi qui t'a trouvée, a dit une voix dans la pièce.

— Vous ? Qui ça, vous ? » j'ai demandé.

J'ai jeté un coup d'œil à l'intérieur. Il y avait deux fenêtres qui laissaient entrer pas mal de lumière.

« Moi, a dit un homme depuis la pièce. J'crois même qu'tu portais une robe jaune ce jour-là.

— C'est exact, j'ai dit. Mais z'êtes pas Wynkle King.

— Suis Wynkle », il a dit.

## *Chapitre quinze*

« C'est mon père, a dit le jeune Wynkle d'un air indifférent.

— Ah », j'ai dit, déconcertée.

Puis, comme s'il voulait honorer la réputation de sa vessie, il a quitté la pièce à grands pas – j'ai entendu le jet de pisse dans un réceptacle invisible – et pendant tout ce temps, j'ai continué à m'interroger.

Jas Jonski n'avait pas dit quel Wynkle King m'avait ramenée, et quand on y pensait, le colonel Purton n'avait jamais dit non plus quel Wynkle King était confédéré et complice de Zach Petrie. En tout cas, je pouvais confirmer que les deux Wynkle King cohabitaient dans le même état de saleté repoussante tant cette pièce manquait de la présence d'une femme. Un ours aurait peut-être vécu plus proprement.

« Comment vous avez su qu'y fallait m'amener à Jas Jonski ? j'ai demandé sans réfléchir.

— C'est toi qui m'l'as demandé, crétine, a dit le révérend.

— J'ai dit ça ? J'm'en souviens pas.

— Tu disais, Jas Jonski, Jas Jonski, alors j'me suis dit, c'est le bon ami de Wynkle qui travaille chez M. Hicks. J'ai fait comme tu voulais. T'étais pas belle à voir, mam'zelle. »

Le jeune Wynkle est revenu l'air penaud et rouge comme une pomme d'automne.

« Mon mulet était près de moi ? j'ai demandé.

— Ouais.

— Y avait-il un fusil Spencer dans un étui ?

— Ouais.

— Puis-je vous demander où il se trouve désormais ?

— L'ai pris comme dédommagement.

— Vous avez pris le fusil de Tennyson ? Z'êtes pas révérend ?

— Tu parles de Tennyson Bouguereau, qu'a en toute probabilité tué Tach Petrie ?

— L'a pas tué Tach Petrie.

— Comment tu le sais ?

— Parce que j'étais là.

— Alors p't'être que c'est toi qui l'as tué ? » Il a ri de mon silence. « Si j'avais su que t'étais liée à lui, j't'aurais pas ramenée à Jas Jonski, mam'zelle. »

Cette conversation n'allait pas du tout dans la bonne direction, elle n'allait dans aucune direction espérée. Déjà, chose assez troublante, il y avait deux Wynkle. Et puis, le révérend avait bondi à l'énoncé du nom de Tennyson. Si Aurélien Littlefair avait frappé Tennyson, ce qui était le cas, d'après un témoin, soit parce qu'il savait à cause de Jas Jonski, soit pour régler une vieille dette et qu'il l'avait sous la main, soit parce que c'était un esclave affranchi, eh bien, j'étais face à un ami d'Aurélien Littlefair. Le danger était palpable. M'attendais-je vraiment à franchir cette porte, qu'on me rende le fusil, merci et au revoir ? Apparemment. En tout cas, j'avais cru qu'il n'y aurait là qu'un garçon monté en graine.

« Rendez-moi l'arme ! » j'ai crié.

Il a ri de nouveau.

« L'est pas là, mam'zelle. J'l'ai vendue. À Zach Petrie. J'vends tout. »

Il a indiqué d'un geste de la main et d'un profond signe de tête le vide dans la pièce.

Le regard du jeune Wynkle allait de son père à moi, de moi à son père.

« Tu veux qu'je fasse quoi d'elle, pa ?

— Attrape-la, fils. »

Mais il faut être rapide pour attraper Winona Cole. J'ai bondi et dévalé l'escalier. Si mes pieds ont touché les marches, je ne l'ai pas senti. Je suis sortie dans la rue et j'ai continué à courir longtemps. Je ne savais pas quel Wynkle King était esclave de la bière, comme l'avait dit le colonel, mais ils devaient l'être tous les deux, parce que aucun n'a galopé derrière moi. J'ai quand même couru jusqu'à être à bout de souffle.

O

Selon l'ouvrage de Blackstone que possédait l'avocat Briscoe, ce n'est pas un crime de récupérer quelque chose qu'on vous a volé à partir du moment où vous n'enfreignez pas la loi pour ça. J'aurais été ravie d'enfreindre la loi pour reprendre le fusil à ces deux minables de Wynkle, ravie de leur tirer dessus, ravie de les écorcher vifs. Mais sans le vouloir, le révérend m'avait rendu service. Même si je n'avais pas l'impression qu'il prévoyait de recommencer bientôt. La question était maintenant, tandis que je revenais d'un pas lourd vers l'endroit du désastre chez l'avocat Briscoe, où était le fusil ? Est-ce que j'avais été tout près de lui l'espace de quelques instants ? Est-ce que j'allais devoir retourner là-bas par une nuit sombre avec l'espoir que le père et le fils cuvent leur whisky chez Zollicoffer ? Je tremblais déjà à l'idée de ce péril. Je voyais très bien comment ça pouvait mal tourner. Je sentais presque les mains moites de la vengeance du révérend sur moi.

Pourtant, il avait dit avoir vendu le fusil à Zach Petrie.

En rentrant à la maison en chariot avec Lige Magan, je me suis dit que je devais lui raconter, pour Wynkle King.

« Tout le monde connaît l'révérend, a dit Lige. C'est un

menteur, un voleur, un vantard, un lâche, une fouine. Un cataplasme fait homme. T'as de la chance qu'y t'a pas mise dans son chaudron.

— Mise dans son chaudron ? j'ai répété.

— C'est pour ça qu'l'a perdu son col de pasteur. On raconte qu'y dévorait ses ennemis. L'était aumônier dans les guerres contre les Peaux-Rouges. Suis bien placé pour savoir qu'on peut faire beaucoup de choses à l'armée, mais pas bouffer les Indiens.

— Lige.

— L'a attrapé une p'tite fille et l'a bouffée. Mais d'abord l'a fait cuire. Avec des bonnes herbes. L'a pris dix ans pour ça.

— Lige, tu t'moques d'la fille de ton ami ?

— Eh ben... P't'être juste un peu.

— Lige ?

— Ouaip ?

— J'ai perdu le fusil de Tennyson et j'veux le récupérer. Quand je m'imagine lui rendre son fusil, j'vois son visage s'illuminer.

— Winona, l'pauvre homme a plus aucune lumière en lui, maintenant, a dit Lige en secouant la tête.

— Vraiment ?

— L'est incapable de faire la différence entre mardi et Paris. »

Mon bras droit s'est contracté et ma main a frappé d'un poing vigoureux. J'avais tapé si fort que j'ai presque cru que ma cicatrice allait se rouvrir sur mon épaule. Ce geste exprimait mon envie de vengeance envers ceux qui avaient fait tant de mal à Tennyson, dont l'existence était pourtant admirable.

« Le colonel Purton en a pas fini avec eux, loin de là, a dit Lige Magan. L'a mené une attaque courageuse contre ces desperados. Pendant que t'étais partie, l'est venu discuter. L'a dit qu'il avait perdu trois hommes, mais qu'y en avait mis sept à terre. Même qu'y avait aussi une femme parmi eux.

Les femmes rebelles ont tout autant l'esprit meurtrier qu'les hommes, j'l'avais déjà remarqué. J'le sais. J'comprends tes intentions pour Tennyson, et j'les partage. J'ai toujours dit que si y partait en premier, j'enterrerais son fusil avec lui pour le monde d'après. »

Comme s'il risquait d'en avoir besoin pour chasser au paradis. Mais que peut-on bien chasser au paradis ?

« Y dessine encore, y dessine bien, j'ai vu ses dessins », j'ai dit, pour me calmer plus qu'autre chose.

« P't'être, mais y fait plus la différence entre mardi et Paris.

— J'aimerais quand même récupérer ce fusil. Y vaut bien cinquante dollars, non ?

— Sans doute. Mais Tennyson a jamais eu à payer cinquante dollars pour ça.

— Ah bon ?

— Mon père le regretté Luther Magan lui a donné à la fin de la guerre. L'a dit qu'il en aurait bien besoin. L'avait raison. L'avait raison sur beaucoup de choses.

— Ton bon vieux papa ? » j'ai dit, repérant chez Lige la petite porte qui donnait sur les sentiments et désireuse de l'entrouvrir pour une raison qui me demeurait obscure.

D'ordinaire, Lige était aussi dur que de la pierre à fusil. Malgré tout, on l'adorait, alors l'idée me plaisait qu'il se laisse aller aux sentiments, même si ça devait être l'une des seules fois de sa vie.

« Mon p'pa ? » il a répété, même s'il m'a semblé que c'était moins une question à mon intention qu'à la sienne.

J'avais envie qu'il réponde à sa propre question, mais il n'a plus rien dit.

O

Le lundi de Pentecôte est arrivé, c'était un jour où Lige nous donnait congé. Personne n'avait le droit de se baisser pour travailler ce jour-là. Lige posait son eau de feu du Rotary sur la table pour qui voulait.

La veille de la Pentecôte, Thomas McNulty avait pour coutume de tuer un cochon de lait puis de le suspendre de façon à faire couler lentement son sang dans un seau. Ensuite, le jour saint, la fée Rosalee entrait en scène pour préparer du boudin noir, Lige allumait un feu dans la cour, embrochait le cochon sur une longue tige et restait là à faire tourner la broche comme un vigile.

Une sentinelle qui évitait que la viande brûle.

C'était un jour joyeux, même pour ceux qui n'avaient pas une once de joie en eux. Une joie qu'on pouvait emprunter afin que même les gens tristes en bénéficient. Puis Lige se levait avec son violon, et le calme délicieux de ce jour d'été n'était plus. Le bois ramassé brûlait vivement, ses premières ombres sautillaient dans la cour comme des enfants. C'était le jour où tout recommençait, et ça avait beau se passer après Leavenworth, quand il ne portait presque plus jamais sa robe, Thomas McNulty l'enfilait toujours en ce jour de Pentecôte. Ce que Rosalee aimait le plus, c'était cette danse qu'il faisait autrefois à Grand Rapids, quand il était si beau que même les mineurs les plus rudes voulaient l'épouser.

J'avais assisté à la scène. Ils attendaient en groupe à l'entrée des artistes la belle femme qui leur avait fait tourner la tête. En sortant, Thomas ne leur accordait même pas un regard et, dans sa tenue d'homme, il repartait vers la maison le sourire aux lèvres.

Vu son âge, il ne pouvait plus être aussi beau, mais nous, ses amis et cet homme qui l'aimait tant, lui rendions quand même hommage. On le regardait danser. Ses pieds étaient toujours fins dans ses chaussures en cuir et les perles métalliques de sa robe projetaient de la lumière sur son visage maquillé. John Cole se tenait debout à la fenêtre, peu à peu enveloppé par la nuit. Les années avaient passé mais peut-être qu'à cet instant, en lui, il était encore jeune, Thomas aussi, qu'ils étaient encore dans leurs beaux jours pleins d'espoir et d'enthousiasme.

On dégustait le cochon avec une joie solennelle et Rosalee chantait une vieille chanson dans une langue qu'elle-même ne comprenait pas mais qu'elle tenait de sa grand-mère quand elle était petite. Majestueuse Rosalee. Si Tennyson ne pouvait plus participer avec ses célèbres chants, il y avait encore quelque chose d'une chanson dans la façon dont il regardait sa sœur. Et lorsque Lige avait bu quelques verres de son whisky, il donnait libre cours à son violon. Je chassais alors ma tristesse et je montrais ce que je savais du monde par une folle danse lakota. Le lundi de Pentecôte, c'était la liberté, le jour où l'amour était palpable entre nous. Cette façon dont John Cole caressait le dos de Thomas tandis que tous deux regardaient s'étirer les longues ombres de mai.

O

Le désastre semblait avoir donné un coup de fouet à l'avocat Briscoe. Peut-être qu'il appréciait d'avoir une marée montante à affronter. En tout cas, ce coup de folie avait sans doute permis de crever l'abcès. Il parlait de la folie et de la haine qui s'étaient emparées du comté de Henry. L'avocat Briscoe était un éternel optimiste, là où d'autres n'étaient que des poids morts, il incarnait la joie plutôt que la désespérance. Il adoptait la tactique du guerrier courageux qui consistait à s'interdire de crier sous la torture. Parmi les Lakota, il existait un groupe de jeunes gens qui s'obligeaient à dire le contraire de ce qu'ils pensaient. S'ils avaient envie de dire *Je t'aime*, ils devaient dire *Je te déteste*. Ils avançaient même à reculons. Ils attachaient des plumes pour la tête à leurs chevilles. C'était cette forme de magie que l'avocat Briscoe était en train de pratiquer. Il avait sauvé son lit, sa bible et son ouvrage sur les roses, il était prêt à tout rebâtir. En tout cas, c'est l'impression qu'il donnait.

Un homme quitté par une belle femme, qui ne voyait jamais ses enfants, tout à coup confronté à un nouveau malheur.

J'ai rédigé mes commandes, qui sont parties dans toutes les directions. Un commis est une âme soucieuse. Une maison, c'est une immense toile d'araignée composée de chiffres. Je m'émerveillais de l'armée qu'il fallait rassembler pour qu'elle se dresse de nouveau vers le ciel. Des chiffres pour ci, des chiffres pour ça.

Judah Mundy, le petit contremaître, luttait contre les ouvriers qui cherchaient à travailler le moins possible. Il gonflait de colère comme un cadavre de mouton au soleil sur le bord d'une route. Il plantait ses bottes devant des hommes deux fois plus grands que lui pour leur cracher son venin à la figure. En tout cas, en direction de la figure. Ils n'en revenaient pas de sa conviction.

« Quand on est payé cinquante cents la journée pour un boulot, vaut mieux le faire ! Sale puma de fainéant, va ! »

« Sale puma de fainéant », il sifflait encore et encore à des yeux blancs tremblants de terreur. Il n'avait pas besoin de dire ça aux esclaves affranchis, plus que ravis d'avoir du travail.

« Le contremaître n'oublie pas l'homme qui travaille à la limite de ses forces, c'est là la réputation et la fortune de l'ouvrier. Personne n'aime celui qui va se cacher derrière la remise à bois pour échapper au travail, parce que sa tâche doit alors être accomplie par d'autres. »

Telle était son homélie.

En quelques semaines, on avait débarrassé le site de toute trace de l'enfer provoqué par Zach Petrie. Les cendres, le bois carbonisé, les milliers d'objets fondus sous le coup de la chaleur, les poutres branlantes, les murs éventrés, le mobilier tapissé de suie.

L'avocat Briscoe hésitait. Il a jeté un coup d'œil à l'immense vaisselier de la cuisine presque détruit.

« Cinquante ans de bons et loyaux services », il a dit d'une voix lourde.

Les étagères où étaient autrefois exposés les moules pour la gelée et autres pots qui dérobaient la lumière, les plats aussi étincelants que le soleil destinés aux gros poissons et aux rôtis étaient à leur tour rôtis, carbonisés, même, et le bois réduit à l'épaisseur d'un biscuit. Lana Jane Sugrue pleurait doucement à hauteur du coude de l'avocat Briscoe en tordant ses minuscules mains tel un témoin qui supplie en faveur de l'accusé.

L'avocat Briscoe a mis en regard la puissance de l'histoire en son cœur et la calamité sombre que l'objet était devenu, puis il a ordonné qu'on le sorte sur la pelouse. Comme choqué par cette soudaine exposition, le vaisselier a chancelé avant d'être achevé à la hache et envoyé au feu.

La reconstruction de cette maison n'était que chiffres. Des chiffres comme des petites chansons, des petits oiseaux. Un paradis de chiffres. Grâce à l'avocat Briscoe, j'avais d'une certaine manière l'impression que les choses allaient s'arranger, que mon cœur allait guérir, et que nous pourrions un jour nous retourner et admirer avec bravoure ce que nous avions accompli, et aussi nous projeter dans le futur tout en mesurant bien notre espoir. Mais le passé, le présent, le futur, ça n'existe pas, ce que ma mère savait déjà. Il n'y a qu'une boucle qui tourne sans cesse. Et la vérité gît dans un trou si profond que personne ne peut creuser assez loin pour l'atteindre. Si profond qu'aucun mulet ne pénétrera jamais dans ses grottes avec une lanterne sur la tête.

## *Chapitre seize*

C'est à cette époque que Tennyson Bouguereau a décroché tous les dessins de sa chambre pour les brûler dans un petit feu derrière la maison. Sa sœur était épouvantée.

« Va voir cet idiot fait homme, pisque t'es la seule âme qu'il écoute sur terre, elle m'a dit.

— C'est toi qu'il écoute, Rosalee, j'ai répondu.

— Y a longtemps, p't'être y a longtemps, mais maintenant qu'il est devenu idiot, y regarde que toi. »

Je ne pensais pas que Tennyson soit idiot, mais je n'ai rien dit. J'aimais m'asseoir à ses côtés pour lui parler, je ne doutais pas qu'il ait compris que l'assaut sur Zach Petrie avait pour but de le venger. Là-dessus encore, je faisais fausse route.

Dans les jours suivants, il a recommencé à dessiner. Ses grands lièvres attaquaient maintenant ce qui avait tout l'air d'être un homme. Rosalee m'a emmenée les voir, ils étaient accrochés comme avant tout autour de sa chambre. Elle a secoué la tête, au bord des larmes.

« J'pense qu'sa tête va finir par exploser et que j'devrai ramasser tous ses bouts de cervelle », elle a dit.

Nous nous reposions sur le porche ce soir-là. Thomas McNulty racontait à Lige Magan des histoires que Lige connaissait déjà, et qu'il savourait d'autant plus. Des histoires du temps de la guerre. Je me suis approchée de Tennyson assis à l'écart des autres dans la pénombre. Je lui ai expliqué que quand j'étais petite, au Wyoming, il y avait toujours un homme pour dessiner ce qu'on appelait le Récit de l'hiver, l'histoire illustrée des événements de la tribu au cours de l'année. Je lui ai dit que, les Lakota n'ayant pas de langue écrite, savoir dessiner était très important. Je lui ai demandé si ses dessins de lièvres et d'hommes racontaient une histoire. Derrière mes paroles, il y avait la certitude que cet homme blessé n'était pas fou. Ce que je voulais avant tout, c'était le prouver à Rosalee et ainsi apaiser son esprit.

Tennyson s'est levé et il m'a fait signe de le suivre. Il a saisi une lanterne accrochée à un vieux portemanteau puis je l'ai accompagné dans sa chambre. Où il a éclairé ses dessins un par un en me regardant comme s'il pensait que n'importe quel idiot pouvait comprendre leur sens.

« Pourquoi le lièvre attaque l'homme ? » j'ai demandé.

En guise de réponse, il a posé deux doigts tendus sur sa lèvre supérieure. Je n'étais guère avancée. Puis, avec ce qui ressemblait aux petits pas d'un enfant contrarié, il s'est approché de sa table, il a plongé la main dans sa teinture rouge, et il en a enduit un côté de son visage. Ensuite, il a de nouveau posé ses doigts sur sa lèvre et il a imité des coups violents. Comme je continuais à ne pas comprendre, il n'a plus bougé, tel un chien de chasse qui a couru si longtemps qu'il ne peut aller plus loin. Il avait tout à coup l'air si fatigué que ses jambes semblaient ne presque plus le porter.

Ce soir-là, je suis restée éveillée dans le lit, Rosalee profondément endormie contre mon dos. J'étais incapable de trouver le moindre fil de sommeil. Je ne cessais de penser à Tennyson. Puis j'ai commencé à m'assoupir peu à peu. Je devais être à cette étrange frontière entre le sommeil et l'éveil quand tout à coup, j'ai compris. Deux doigts sur la lèvre = bec-de-lièvre. Peinture rouge sur le visage de Tennyson = angiome. Bec-de-lièvre + angiome = le colonel Purton. Mais si Tennyson voulait me faire comprendre que le lièvre était le colonel Purton, qui était donc l'homme qu'il attaquait ?

C'étaient les petites heures de la nuit, l'heure des hiboux, mais j'étais tellement troublée par ces révélations et mes pensées que j'ai laissé Rosalee dans le lit pour me glisser à travers la maison silencieuse jusqu'à la chambre de Tennyson. Je n'étais pas inquiète de le réveiller tellement j'étais étrangement agitée. Je l'ai secoué par l'épaule, et il a ouvert les yeux, l'air serein. La lune qui projetait un peu de lumière par la petite fenêtre m'a bien aidée. Tennyson savait que je n'étais ni une voleuse ni une tueuse.

« Le lièvre du dessin, c'est l'homme avec un bec-de-lièvre et une tache rouge sur le visage ? »

Il n'a pas répondu tout de suite. Peut-être qu'il était encore en train de chasser les débris de sommeil de ses pensées. Puis il a plissé les yeux et hoché la tête.

« Dans ce cas, Tennyson, qui est l'autre homme ? »

Tennyson a lentement sorti une main des draps et couvertures, puis à nouveau lentement, très lentement, il l'a pointée sur lui.

« Toi ? j'ai dit. C'est le lièvre qui t'a attaqué ? C'est le lièvre qui t'a fait du mal ? »

Il a acquiescé de nouveau. Puis il s'est retourné dans son lit, et ses ronflements ont repris.

Je suis retournée me coucher dans l'incrédulité et les interrogations.

Si le colonel Purton avait attaqué Tennyson Bouguereau, la question, c'était : pourquoi ? Si ça n'était pas Aurélien Littlefair le coupable, alors qu'il figurait pourtant dans mon esprit sous la forme d'un terrible démon, pourquoi est-ce que le shérif Flynn disait que c'était lui, et pourquoi Wynkle King disait la même chose ?

Les hiboux dans les bois derrière la maison ont poursuivi leurs ululements. Pendant qu'il appelle, le hibou ébouriffe sa barbe comme un petit homme. De temps à autre, l'un d'eux crie encore et encore comme une fille captive.

Un dimanche, ce jour où le paresseux monde chrétien se repose, j'ai plié la robe jaune, je l'ai enveloppée dans un vieux bout de papier conservé par Rosalee et j'ai lié le tout avec de la ficelle à tabac. Comme je ne voulais pas couper un nouveau bout, j'en ai trouvé un vieux noirci par les feuilles. Cette robe appartenait à Peg et j'en avais pas l'utilité, me disais-je. Et puis, si je réussissais à atteindre le camp de Petrie, le Spencer de Tennyson serait peut-être quelque part là-bas, me disais-je aussi.

Voilà les raisons que je me donnais pour y aller. Mais je ne doutais pas que les véritables motifs me demeurent cachés.

Mon mulet préféré semblait m'avoir pardonné mon abandon parce qu'il a accepté la selle et la bride sans protester. Le monde n'ayant pour maître que lui-même, le jour ne s'occupait de rien d'autre que d'illuminer les cieux. Lueur par lueur, ce bon vieux ciel du Tennessee a pris une teinte bleu clair. Sans un nuage pour l'entacher. Je sentais les rayons du soleil hérisser les poils sur mes bras. Les sous-bois et les petits chênes donnaient l'impression de craquer sous des flammes invisibles. Il y avait quelque chose dans ce voyage qui me rendait heureuse, même si je n'avais pas de mots pour dire quoi. Parce qu'en vérité c'était une expédition dangereuse et stupide. Pourtant, mon esprit refusait que je la voie en ces termes. J'avais attaché le paquet au pommeau où il rebondissait mollement telle une miche de pain qui n'a pas levé. D'une certaine manière, c'était là mon courage. Songer à la robe jaune toute propre et impeccable pliée dans le paquet.

J'ai vite dépassé la maison de l'avocat Briscoe en admirant la progression de ce chantier immobile et étrange. Des planches en bois gisaient sous des bâches, dont je connaissais le nombre. Il y avait aussi des tas de chaux et des palettes de bardeaux. L'avocat Briscoe dormait sans doute dans son lit douillet au sein de la grange, la colline de son ventre animée de vagues montantes et descendantes. Et quelque part, allez savoir dans quelles niches, Lana Jane, Virg et Joe. J'ai entendu les cloches de la chapelle se faire concurrence dans l'air de Paris qui se réchauffait pour appeler les citoyens en habits du dimanche.

J'ai contourné la ville puis j'ai pris la route de l'est à la recherche de l'endroit dans les arbres où j'avais vu Peg pour la dernière fois.

Je me glissais sans rien troubler de la forêt avec l'espoir que mon mulet se calque sur mon silence. J'aurais été capable de passer près d'une ourse endormie sans troubler ses rêves. En progressant, j'avais l'impression que toutes les interventions et autres changements de l'homme blanc s'effaçaient peu à peu. N'allais-je pas devoir bientôt parlementer avec les Chicachas de la forêt ? Ils auraient tout aussi bien pu me tuer qu'un Blanc. Si j'étais aussi intelligente que ma mère, tout irait bien. Leur porte serait peut-être difficile à ouvrir, mais une fois franchie, je trouverais de la générosité derrière.

Cependant les Chicachas n'étaient plus que l'illusion d'une présence.

J'ai fini par reconnaître l'endroit où mon mulet était sorti des arbres bien des semaines plus tôt en modifiant à peine le sol, moi chancelante sur son dos à cause de ma blessure. C'était l'entrée du passage secret de Peg, que j'avais bien l'intention de remonter jusqu'au bout. Le petit paquet avec la robe jaune me parlait sans un mot. Le tintement du métal de la bride, le craquement de la selle sous mon poids. Le mulet est le roi de toutes les créatures. C'est un empereur, un ami. Le mien se transformait en diable pour un dé à coudre de mélasse ou une pomme bien sucrée. Le verger peu fourni de Lige Magan donnait une centaine de pommes rouges sucrées qu'il stockait dans un appentis. Une pomme possède une âme capable de vivre longtemps. Tel était le fil de mes pensées, puis, tous les quelques pas, je prononçais dans ma tête ce nom, Peg, comme s'il s'agissait de la note répétitive d'une vieille chanson. Tous les oiseaux de la forêt aiment l'été. Tandis que le matin bourgeonnait et ouvrait ses doigts, ils fusaient à travers les feuilles nouvelles telles les plus douces des balles. Vert sur vert, explosions à demi cachées de plumes, leur agitation et leurs petites tempêtes me ravissaient tandis que je poussais mon mulet en avant. Pendant ce temps, le ciel d'un bleu oiseau parvenait à m'atteindre à travers les branches, et la douce lumière du soleil caressait le métal et le cuir ciré. Les grandes oreilles de mon mulet étaient comme une mire frappée de folie.

◑

À chaque pas, je scrutais le sol à la recherche du Spencer de Tennyson, même si je savais avoir peu de chances de le trouver. Pourtant, je n'avais pas oublié les paroles de Lige Magan sur Wynkle King, qu'il avait traité de terrible menteur. J'étais donc très curieuse d'atteindre l'endroit où l'ourse nous avait prouvé sa supériorité. J'ai eu l'impression de voir encore la trace de ses actes, et j'ai de nouveau ressenti la brusquerie et l'étrangeté d'une telle proximité. Mais il n'y avait là pas le moindre fusil.

À sans doute pas plus d'un kilomètre ou deux se dressait le camp de Zach Petrie. Y aurait-il des sentinelles, cette fois ? Peut-être que le gang était désormais en alerte. Quelqu'un allait peut-être m'abattre sans un avertissement. Je me suis blottie en moi-même en rêvant que le mulet se replie sur lui-même jusqu'à ne plus former qu'une chose minuscule. J'ai sorti mon revolver pour dame de mon pantalon et je l'ai pointé, même si une arme aussi petite avait tout simplement l'air ridicule. Peg me percevait-elle comme une amie ou une ennemie ? Elle m'avait ramenée sur le chemin jusqu'à la route, mais pourquoi ? Parce que je l'avais sauvée de la noyade ? Pour une autre raison ? Parce qu'on était toutes les deux indiennes ? Pourquoi donc ? Je l'ignorais. Elle n'avait pas fait l'effort de chercher à me revoir ni de me faire passer un message, même si l'un comme l'autre étaient peut-être impossibles. J'allais lui rendre sa robe. Je l'ai revue cul nu dans le pantalon en loques de Thomas McNulty. J'ai failli éclater de rire mais tout à coup, j'ai tiré sur mes rênes. Quelque chose bougeait dans les feuilles qui n'avait pas la couleur des plumes d'oiseau. Quelque chose qui... un instant, il n'y avait personne, et l'instant suivant, Peg se dressait sur le chemin. Elle portait une robe marron confectionnée dans un tissu grossier et elle était pieds nus.

« Qu'est-ce tu fais sur des terres hors-la-loi ? elle a demandé. Avec cette arme stupide.

— Je..., j'ai dit.

— T'as de la chance que je suis pas sentinelle, parce que sinon t'serais déjà une Peau-Rouge morte.

— Pourquoi y tueraient un garçon sur un mulet avant même de savoir ce qu'y fait là ?

— Parce qu'y le tueraient, elle a dit.

— Je sais, c'est comme ça que ça se passe. Mais c'est pas eux qui sont là, c'est toi.

— Ouais. La fille à qui t'as sauvé la vie. La fille qui t'a tiré dessus. Comment ça va, ton épaule ?

— L'a guéri vite et bien.

— J'ai appris qu'un crétin t'avait emmenée au garçon qui t'a fait du mal ?

— J'crois qu'y m'a fait du mal. Je m'en souviens plus.

— Moi j'crois qu'tu t'en souviens.

— Je suis venue pour deux raisons, j'ai dit. Te rendre ta robe jaune lavée de tout le sang, et parce que mon souhait le plus cher, c'est de récupérer le fusil avec lequel tu m'as vue, qu'est pas à moi mais à Tennyson Bouguereau.

— T'as fait tout ce chemin pour une vieille robe usée jusqu'à la corde ?

— Et pour te voir, et te remercier.

— D'quoi ?

— De m'avoir reconduite jusqu'à la route.

— T'as pris ma main sur cet arbrisseau alors qu'j'allais m'noyer. Pour c'qui est des dettes, on est quittes. Ma vie contre ta vie. T'avais pas besoin de revenir pour ça.

— Je suis venue parce que... J'avais besoin de te voir, voilà.

— J'ai jamais rencontré quelqu'un qu'avait *besoin* d'me voir. Jamais de la vie. Peut-être que t'es venue me tuer, en fait, peut-être qu'y a quelque chose en toi qui veut finir le boulot que t'étais venue faire quand j't'en ai empêchée ?

— C'est pas vrai. En vérité, je sais pas pourquoi je suis venue. Ça t'arrive jamais de faire quelque chose sans savoir pourquoi ?

— C'est pas l'énigme de la vie, ça ? On va et on vient, on fait ci et ça sans savoir à quoi bon diable que ça sert. »

J'ai ri sous le tissu lâche du ciel et des arbres. Tout à coup, je me suis demandé combien il y avait de gens en Amérique. Des milliers et des milliers. Et on était là toutes les deux, l'une qui ignorait pourquoi elle était venue, l'autre qui ne savait même pas pourquoi elle inspirait et elle soufflait. Pourtant, une partie de cette énigme avait envie d'être résolue.

Je la regardais fixement. Qu'est-ce que ça me faisait ? Qu'est-ce que je ressentais ? N'avais-je pas le sentiment ou l'idée qu'elle était pour moi comme un remède ? J'avais des pensées folles rien qu'à la regarder. Sans aucun doute, à la manière des pastilles et des fioles contre bien des maux et autres maladies du docteur Memucan Tharpe, Peg était une décoction, mais pour guérir quoi ? Il me fallait être honnête. Pour moi, elle était une sorte d'apparition, de découverte. Je percevais la chaleur de sa peau sous le tissu rêche de sa robe. Je n'avais qu'à projeter mon esprit pour ça. Ce corps long, ces jambes à la peau sombre, ces bras minces, ce visage qui avait envie de vous expliquer la vraie raison de la si douloureuse histoire de l'humanité qui se déroulait en ce monde. Les choses ne sont pas toujours seulement bleues, vertes ou rouges, il existe aussi des teintes douces et plus sombres qui échappent aux mots pour les dire. Les couleurs de Peg. Cette paire d'yeux verts, la petite colline brune de ses joues, ses épais cheveux noirs derrière ses oreilles, son adorable bouche colorée comme par un dieu audacieux. N'étais-je pas en train de parler dans mon esprit secret, d'avoir des pensées secrètes comme celles d'un homme ? Dans ce cas, c'était une chance d'en porter la tenue.

Comme si elle percevait lesdites pensées, elle a dit :

« J'vois qu't'as un aut' pantalon. J'dirais pas que j'regrette le précédent. Tu m'aurais vue rentrer au camp. Fesses à l'air comme un bébé. Tout le monde pleurait de rire. »

Et là, j'ai ri à nouveau.

« On m'a dit que mon fusil était dans ton camp.

— Dans c'cas, viens voir par toi-même.

— Tu crois ? j'ai dit. Y se pourrait que Wynkle King l'aîné l'ait vendu à ton chef, m'sieur Petrie. Alors j'suis pas sûre qu'il soit prêt à me le rendre.

— Dans c'cas, qu'est-ce que tu avais en tête pour le récupérer ?

— L'voler.

— C'est toujours un bon plan », elle a dit, et elle est à son tour partie dans un éclat de rire.

## *Chapitre dix-sept*

Plus près du campement, il y avait une sentinelle postée tous les cent mètres. Depuis le raid du colonel Purton, ils étaient sur le pied de guerre.

« Whisky », criait Peg chaque fois qu'on approchait d'une sentinelle, ce qui était sans aucun doute le mot de passe. J'avais mis pied à terre et je menais mon mulet fatigué en main. Il a bu de longues gorgées au ruisseau. Il a été impossible à déloger tant qu'il n'a pas eu étanché sa soif. Peg l'observait.

« Une bête sacrément assoiffée », elle a dit aussi simplement que ça en caressant son encolure brun foncé, un geste qu'il appréciait à en juger par la façon dont il faisait trembler ses muscles.

« Le meilleur mulet qu'existe, j'ai dit.

— C'était déjà ce mulet que t'avais le jour où j't'ai tiré dessus, nan ? Si j'avais su, je t'aurais pas tiré dessus, Winona Cole.

— Ah ? Moi j't'aurais tiré dessus si j'avais pu, alors on est quittes. »

On a échangé un regard. Simple. Je jetais des petits coups d'œil au camp et aux cinq ou six cabanes de fortune. Il y avait beaucoup de chevaux attachés sous les arbres. « Les mouches d'été arrivent », se disaient-ils peut-être. Ils allaient agiter leurs jolies têtes et fouailler de la queue tel l'étrange mécanisme d'une grande horloge de chair. Il y a en un cheval ou un mulet quelque chose qui touche le cœur humain. Ce sont de bonnes et divines créatures. Les femmes ne faisaient pas la lessive cette fois mais il y avait des allées et venues dans le camp. Même les rebelles doivent se plier à la préparation des repas. D'une certaine manière flottait là un petit air de paradis. Les oiseaux ne devant allégeance à l'Union ni à personne, ils faisaient preuve de générosité dans leurs chants et autres pépiements. La musique des oiseaux. Je pense que tout vient de là – les danses des gens simples de la campagne, les vieilles chansons qui à la fois soignent et troublent le cœur de ceux qui les écoutent. J'ai envie d'exprimer ce que j'ai ressenti sur le moment parce que ça n'avait pas souvent été comme ça dans ma vie. Je savais qu'avec Thomas McNulty et John Cole j'éprouvais un grand sentiment de sécurité et que j'avais toute leur attention. J'aurais témoigné pour eux à la barre de n'importe quel tribunal, devant Dieu ou les hommes. Même le Grand Esprit en personne. J'aurais énuméré tout ce qu'ils avaient fait pour moi comme si j'étais une fille de leur sang. Je n'étais qu'un débris, une feuille arrachée à ses plaines. Tout ce que nous possédions avait été balayé de la surface de la terre. Sans Thomas et sans John, il n'y aurait peut-être eu que ce que l'avocat Briscoe appelait perdition, les suites d'une sentence de mort. J'aurais pu mourir de faim comme ces chiens de prairie desséchés qu'on découvre parmi les lupins et les herbes folles. Cet ensemble devait constituer une forme d'amour. Je n'avais jamais regardé Jas Jonski avec ce sentiment, mis à part le fait que j'étais curieuse de découvrir le goût de son baiser dans ma bouche, ce qui pour ce que j'en savais ne s'était jamais produit. Mais quand je regardais Peg, je sentais le feu entre mes jambes. Mon ventre se réchauffait, j'éprouvais une gratitude infinie envers le Grand Esprit à l'idée que Peg existe, qu'elle soit sur terre pour y vivre. Me tenir près d'elle, c'était comme résister au courant en plein milieu d'une rivière.

J'ai attaché mon mulet sous les arbres près du ruisseau car je ne pouvais pas le laisser près de juments et d'étalons inconnus qui risquaient de l'importuner. Un mulet ne peut produire de descendance. Ainsi, le mien ne serait jamais père. Lige Magan nous racontait parfois l'histoire de la chimère née d'une mule de son grand-père, mais ça ne se produisait qu'une fois par siècle, disait-il. Cet animal était considéré comme le présage de moissons fabuleuses. « J'imagine que ça a pas été not' cas », disait Lige avec philosophie.

J'ai remonté avec Peg la rive herbeuse jusqu'aux habitations.

◐

Selon moi, cette affaire ne pouvait pas bien se terminer, mais ce qui m'avait amenée ici, même si ça restait un mystère, je pouvais *presque* le toucher du doigt et le détailler. Ça flottait quelque part, comme lorsqu'on sent la présence d'un lion derrière un rocher. Ça flottait à peine au-delà de mes pensées. Il y avait le fusil, sans aucun doute, mais aussi quelque chose de plus flou. C'était imprudent, très imprudent d'être revenue. Mais en compagnie de Peg, je ne me sentais pas mal à l'aise. Je ne m'étais même jamais sentie aussi bien depuis l'époque où les bras de ma mère reposaient sur mon dos alors qu'elle déroulait ses histoires.

« J'vais demander à Aurélien c'qu'on peut faire pour le fusil. J'sais qu'c'est le tien, j'l'ai vu sur ce mulet. Et t'as essayé de me tirer dessus avec.

— Aurélien Littlefair est pas... ? » j'ai commencé, sans savoir comment formuler ma question.

« L'est pas quoi ? elle a demandé.

— Un homme féroce ?

— Aurélien ? L'est comme il est. Zach Petrie est parti tôt ce matin avec ses hommes, alors j'peux pas lui poser la question. À moins qu'tu parles la langue des esprits ?

— Nan.

— L'armurerie est après la cabane du fond. Si on a ton fusil, l'est sur les râteliers.

— Comme j'ai dit, Peg, il y a eu échange d'argent, alors...

— Tu veux essayer, oui ou non ? Moi, ça m'est égal.

— Peg, j'ai pas peur de lui parler, mais... j'ai entendu dire qu'y pendait des esclaves affranchis sur les routes, j'en ai vu de mes yeux vus, alors j'sais pas... P't'être qu'y va me pendre.

— C'est pas un démon, ma fille, j'te le promets. L'a toujours été bon avec moi. Mon père était son meilleur éclaireur pendant la guerre. Z'étaient aussi proches que des amis. Je peux lui poser la question. Ça coûte rien. J'pensais pas qu'Winona Cole avait peur de quelque chose ou d'quelqu'un.

— J'ai pas peur des choses en vie.

— Eh bien, l'est pas mort, j'te le promets, l'est pas mort. »

On approchait de la première cabane des quartiers d'habitation. Il y avait des culottes d'homme, des chemises en coton à boutonner sur le devant et des sous-vêtements de femme, des habits de ce genre accrochés en guirlandes à l'arrière des maisons. Les lavandières avaient dû poursuivre leur tâche malgré les raids ou autres événements de moindre importance. Quelqu'un faisait cuire de l'avoine dans une grande marmite noire que personne ne surveillait. « C'est pour les chevaux, me suis-je dit. Sauf si les renégats aiment l'avoine, eux aussi. »

« Winona, mon amie, attends-moi là. Je vais braver le démon. »

Elle a franchi le porche pieds nus et elle a disparu dans la cabane sombre. Les fenêtres étaient étroites, sans doute par sécurité. On pouvait y glisser un fusil, mais pas plus. Alors que ça n'était que le début de l'été, la journée semblait vouloir concurrencer en termes de chaleur les flammes sous le gros chaudron. Je la sentais taper fort sur ma tête et je regrettais de ne pas avoir emporté de chapeau. L'image de Lige a envahi ma tête. « Winona, qu'est-ce que j'avais dit, qu'est-ce que j'avais dit ? » Il avait raison d'aimer les chapeaux. Une mare de lumière jaune baignait le camp. La rivière semblait monter en température. Elle scintillait en produisant ce petit chant que les rivières font sur les pierres. Mon allégresse persistait, mais sans Peg j'ai commencé à avoir peur. J'ai songé à me rendre seule jusqu'à l'armurerie pour récupérer l'arme. Je me suis demandé si c'était la solution. Au nom de quoi Aurélien Littlefair, l'être le plus méchant et le plus vénal de tout le Tennessee, accepterait-il de rendre son fusil à Winona Cole ? Avais-je mentionné à Peg que l'arme appartenait à Tennyson Bouguereau, un homme qu'Aurélien Littlefair aurait apparemment cherché à anéantir ? Ne savais-je cependant pas que ça n'était pas lui le coupable, mais le colonel Purton ? Je me demandais si le colonel avait fait ça dans le seul but d'agiter les esprits et d'obtenir un document officiel de la part de l'avocat Briscoe de façon à légitimer le raid. Sans doute. J'étais en train de me féliciter d'une telle déduction quand Peg a passé la tête par l'embrasure et m'a dit d'entrer.

« En avant marche, soldat ! » elle a lancé.

J'ai pénétré dans l'antre du diable. En tout cas, c'était mon sentiment. Les histoires de ma mère étaient elles aussi peuplées de terribles diables et autres démons, pourtant c'étaient souvent les personnages que nous autres, enfants, préférions. À cause d'eux, on se tortillait et on tanguait sous le coup de la peur. L'intérieur de la cabane était nu et propre, il ressemblait de façon étrange à l'une de ces pièces bien entretenues chez l'avocat Briscoe. Avant que le gang Petrie y mette le feu. Il régnait là une sensation de calme et d'ordre. Des livres bien rangés sur une étagère. Plusieurs piles de papiers ordonnées sur la table. Des cartes et des dessins. Aurélien Littlefair, qui portait le nom d'un empereur et philosophe romain, était en train d'annoter une carte avec une plume qu'il trempait dans l'encre rouge. Il dessinait une ligne pour marquer allez savoir quoi. Peut-être comme ces hommes qui avaient établi d'un coup de plume unique le tracé du chemin de fer sur l'Île de la Tortue. Il n'a pas levé tout de suite la tête. Plutôt qu'une créature fougueuse et cornue, c'était en réalité un général miniature. Il portait une veste gris clair, sa barbe était peignée et sa moustache soigneusement taillée. Je l'imaginais couper les poils face à un miroir à peine éclairé. Peut-être en chantant. Il était aussi fin qu'un fuseau. Ses cheveux gris étaient rabattus de biais sur son visage assombri par le soleil, et ses yeux étaient gris, eux aussi. Il a enfin levé la tête et il a souri. Son seul défaut était ses dents gâtées. Puis il a de nouveau baissé les yeux sur son travail et il a recommencé à écrire sur la carte.

« Quel est donc ton nom ? » il a demandé.

J'ai failli ne pas réfléchir et répondre Winona.

« Bill, m'sieur.

— Tu es un ami de ma Peg ?

— Oui, m'sieur.

— Et comment diable vous connaissez-vous ? C'est l'un des mystères de ce monde. La façon dont les gens se rencontrent. Pas un seul endroit pour se rencontrer dans toute la chrétienté, et pourtant vous vous êtes rencontrés. »

Il a continué à dessiner, humidifiant la plume rouge avec sa bouche blanchâtre, il écrivait et entourait quelque chose. Cette tâche terminée, il s'est écarté de la table avec sa chaise, qu'il s'est mis à balancer sur les deux pieds arrière. J'ai alors vu ses grandes bottes noires si bien cirées que toute la pièce avait envie de s'y réfugier, aussi bien la lumière qui pénétrait par les fenêtres que les ombres.

« Ma Peg dit qu'on a un fusil qui t'appartient. Je trouve

cette situation curieuse, mais si tel est le cas, je serais ravi de te le rendre. Je refuse d'imaginer mes hommes s'emparer de ce qui ne leur appartient pas, mis à part dans le respect des lois de la guerre. Car par tradition, un butin revient au centurion et à ses soldats, monsieur Bill. Dix mille années d'affaires humaines n'ont jamais démenti ce fait. Je te serais reconnaissant de m'expliquer comment nous serions par inadvertance entrés en possession de cette arme.

— M'sieur, je suis pas certain de tous les faits autour de cette histoire, mais j'ai appris qu'un homme qui s'appelle le révérend Wynkle King a trouvé mon arme et l'a vendue à M. Petrie.

— "Vendue à M. Petrie." Amusant. Je connais ce révérend, même si je pense qu'aucun évêque dans toute l'Amérique ne donnerait de nos jours un tel titre à cet homme. Allons chercher ce fusil à l'armurerie. »

Peg était aux anges. Elle paraissait croire que tout allait se passer à merveille. Moi, je m'attendais à ce que la conversation prenne à tout instant une mauvaise tournure. À un tumulte et des coups de poing. Mais il n'y a rien eu de tel, et cet élégant petit homme, dont même Lana Jane Sugrue aurait pu vanter la *couture**, s'est levé. Ses éperons ont joué un petit air étouffé sur le sol en terre battue recouvert de sciure, peut-être pour absorber les crachats.

L'armurerie n'était pas fermée à clef ni même gardée par une sentinelle. Il s'agissait d'une petite cabane comme celles des habitations, à part l'étrange présence de très vieilles vitrines luisantes pour armes en verre et bois. J'avais le sentiment qu'elles avaient elles aussi été *trouvées*, ou alors récupérées légitimement en tant que butin de guerre. En tout cas, les râteliers étaient pleins de mousquets de l'armée et de fusils à répétition comme le Spencer, ainsi que d'armes plus anciennes. Il y avait aussi des pots de graisse et des chiffons bien pliés.

Le petit général a désigné les rangées d'armes.

« Je crois connaître tout notre arsenal. Savez-vous, monsieur Bill, que presque chacune de ces armes a une histoire ? Certaines sont même liées à des légendes. Celle-ci, par exemple ? » il a dit en désignant un fusil à canon long avec de magnifiques dragons sur la culasse. « Il a combattu à Antietam sous le général Lee quand Lee a défait McClellan, alors que ce fou nous dépassait en nombre. Le problème de McClellan, monsieur Bill, c'était de ne pas savoir compter. J'espère que vous êtes capable de manipuler les chiffres ?

— Oui », j'ai répondu.

J'ai failli dire que je travaillais pour l'avocat Briscoe mais je me suis fort heureusement retenue à temps.

« Je regrette que Peg soit une enfant sauvage. Ce n'est pas mon choix, c'est l'histoire qui a choisi pour moi. Dès que notre cause sera victorieuse, j'enverrai tous les enfants à l'école. L'éducation équivaut au salut. Sans éducation, nous n'aurons ni citoyens ni pays. Voyez-vous votre arme ? »

J'ai examiné les vitrines. Il y avait là des douzaines et des douzaines de fusils, mais un Spencer est un objet d'une beauté particulière. Tout à coup, je l'ai aperçu, et sous le coup de la joie, mon cœur s'est mis à battre plus fort comme si je retrouvais un être cher perdu depuis longtemps. Chercher, chercher encore et finalement trouver, cela me paraissait une expérience si rare en ce monde. Pourtant, il était bien là. Aussi étincelant qu'avant. J'ai ouvert la porte de la vitrine, qui a grincé en guise de protestation, j'ai attrapé le fusil et je l'ai retourné pour vérifier le nom sur la culasse : LUTHER tout en boucles et fioritures gravées par un véritable orfèvre.

« C'est ton fusil ? a demandé une Peg ravie.

— Ouaip. J'aurais pas cru ça possible », j'ai dit en soupesant son poids familier entre mes mains.

« C'est un vieux Spencer qui a connu des jours meilleurs », a dit Aurélien Littlefair.

J'étais étonnée d'entendre ça. Peut-être qu'il avait raison. Peut-être que le fusil n'était pas aussi neuf et luisant que dans mon souvenir. C'était la fierté de Tennyson qui l'avait conservé intact à mon esprit.

« Eh bien, je suis heureux que nous soyons en mesure de vous rendre votre bien, a dit M. Littlefair. Est-ce votre nom gravé dessus ?

— Nan, pas le mien, j'ai dit.

— Est-ce celui du Luther qui a épinglé ses quatre-vingt-quinze thèses aux portes de Wittenberg ? a demandé M. Littlefair.

— Je pense pas qu'ça soit ce Luther, plutôt Luther Magan. »

Lorsque le nom de Magan a franchi mes lèvres tel un rat qui surgit de son trou, je l'ai regretté dans l'instant. Aurélien Littlefair n'a pas réagi tout de suite. Il a observé Peg quelques instants puis il a hoché la tête et il a tapoté le nom avec son doigt. Je tenais encore le fusil comme si un sergent inconnu m'avait crié « Présentez, arme ! » Peut-être que je le serrais juste un peu plus fort.

« Magan. Ainsi Peg, tu es amie avec un garçon du clan Magan.

— Qu'est-ce que ça peut faire, Aurélien ? » a dit Peg, sans idée de ce que ça signifiait.

« Luther Magan, le père d'Elijah, un Jambes jaunes, comme toute sa bande. De traîtres. Laissez-moi réfléchir. John Cole, c'est bien ça ? Et Thomas McNulty, ce lâche d'Irlandais ? Tu es donc le jeune Indien qui vit avec eux ? Je le crois bien. Mais tu es une fille, non ? Par l'âme de Tach Petrie, qu'il repose en paix, je pense que oui.

— Non ! s'est écriée Peg.

— Si », a dit Aurélien Littlefair d'un air terriblement offusqué.

La conversation n'était plus du tout à mon goût. Je n'avais aucune notion claire de ce que je devais faire, pourtant le sang m'est monté à la tête, et j'ai rougi comme si je faisais une attaque. J'ai tourné les talons, bien sûr sans lâcher le fusil. Et j'ai plus ou moins jailli de l'armurerie en bondissant sur les quelques marches, puis je me suis précipitée vers le ruisseau. Je savais que ce n'était pas un bon plan de chercher à fuir au galop un camp de renégats armés jusqu'aux dents, mais je n'avais pas de meilleure solution. J'étais une fille armée, je courais et bientôt je sauterais sur mon mulet. Tel était mon splendide plan. Je m'attendais à être rattrapée. Tout mon dos était crispé à cette idée. Oh mon Dieu. J'aurais cru qu'Aurélien Littlefair, ce serpent tout fin, était un coureur démoniaque, qu'il me rattraperait en me plombant au passage. Puis qu'il m'arracherait la peau du visage pour la faire bouillir tandis que mes yeux rouleraient encore dans leurs orbites. Je le sentais, je le sentais tout près.

Ça n'a pas été Aurélien Littlefair qui m'a rattrapée, mais Peg. Au moment où j'atteignais mon pauvre mulet. Qui a rué sous mon empressement inquiet.

« Laisse-moi, laisse-moi, j'ai dit. Tu peux pas m'attraper maintenant. Je veux pas qu'on m'attrape.

— J'cours pas après toi, j'cours avec toi », a dit Peg. Elle m'a regardée droit dans les yeux et elle a dit : « J'viens avec toi. »

Si on m'avait donné le choix quant à la suite des événements, c'était là le premier prix, la médaille, la récompense suprême. Sans doute possible. Le camp en contre-haut, qui semblait jusque-là si calme et presque désert, fourmillait de visages et de voix. Aurélien Littlefair criait qu'on m'arrête. Il criait à Peg de m'arrêter. Il savait qu'une fois dans les arbres, seul un feu de forêt pourrait m'en extraire. J'ai sauté sur le dos du mulet, et Peg m'a imitée.

« Vas-y, vas-y », j'ai supplié mon mulet que je talonnais avec fureur.

Il a traversé le gué avec force éclaboussures et projections d'eau puis il a gravi la rive opposée comme un champion. Un mulet est une créature dotée d'un grand esprit qui cherche toujours à vous rendre service, quitte à s'en faire exploser le cœur. Y a-t-il eu des balles tirées vers nous, je l'ignore, je ne les entends pas dans mes souvenirs, car je suppose que même Aurélien Littlefair, tueur d'hommes, exécuteur d'esclaves, ne pouvait tirer sur la si rare et superbe Peg.

## *Chapitre dix-huit*

Dans mes préparatifs, j'avais attaché le vieil étui à mon mulet avec le faible espoir qu'au retour il contienne le fusil. Maintenant que c'était le cas, je me sentais submergée de bonheur. Les gens qu'on croisait sur la route me paraissaient plus pauvres et hâves que jamais. Même ceux qui étaient à cheval ne semblaient pas se rendre compte du délice qu'il y a à être en vie. Mon rêve le plus fou était de retrouver le Spencer, à présent glissé dans l'étui.

En arrière-fond de ma joie flottait l'idée qu'il y avait peut-être un danger à ramener Peg à la ferme de Lige. Si elle le pensait aussi, elle ne le disait pas. Elle s'est contentée de se laisser gagner par ma joie, et nous avions l'impression que même les oiseaux dans les bois étaient au diapason de notre bonheur.

Depuis combien de temps étais-je à ce point plombée que j'avais oublié la légèreté de cœur ? Avais-je même dix-huit ans ? Je l'ignorais. J'étais née par une nuit de lune du cerf. D'une certaine manière, avec Peg dans mon dos, j'avais l'impression de retourner à ce refuge qu'était la ferme de Lige Magan, mais aussi en un autre lieu sûr quoique distant, les plaines d'un pays dont nous ignorions alors qu'il s'appelait Nebraska ou Wyoming, qui était pour nous la terre de notre cœur, ce lieu de naissance que nous n'aurions jamais dû perdre. Où, petite fille, je vivais avec ma mère et ma sœur dans un tipi orné sur ses deux faces de symboles magiques destinés à nous protéger. Où l'herbe partait dans toutes les directions, avec parfois le bruit de tonnerre d'un bison de passage, ou bien le tonnerre silencieux des lupins avec leurs grappes de fleurs en forme de flammes bleues et pourpres. Nous ne rentrions bien sûr pas là-bas en réalité. Il est plus juste de dire que ce sentiment de liberté m'atteignait depuis le Wyoming par-delà les terres cultivées et sauvages. Parce que le destin m'avait accordé le droit de récupérer le Spencer de Tennyson.

Le soir tombait, toutes les couleurs se simplifiaient en leur cœur, les marron balayés et remplacés par un brun foncé ainsi que toutes les nuances de bleu. C'était comme si je n'avais jamais regardé le Tennessee avec de véritables yeux. Cet État qui était le Wyoming du peuple de Peg. Peut-être pouvait-on compter sur les doigts d'une main les Chicachas restants, mais Peg semblait pour moi incarner une nation tout entière. Sa beauté était un peuple en soi.

Comment expliquer tout ça à Thomas et John Cole ? Je n'en avais pas la moindre idée.

Ils seraient peut-être dehors avec une herse à arracher les mauvaises herbes entre les rangs de tabac, même si c'était dimanche. Hors de la vue des pasteurs et autres prêtres. Il était interdit de se faire couper les cheveux lors du repos dominical au Tennessee, mais les mauvaises herbes et les sphinx du tabac n'avaient que faire des jours fériés. La religion des sphinx du tabac se limite à dévorer les délicieuses feuilles de sable. Peut-être Lige Magan était-il en train d'étêter et de lier le tabac au risque d'une amende de deux dollars cinquante, Tennyson et Rosalee patiemment en train d'éliminer les sphinx pour ne pas le laisser seul dans le péché. Peut-être les animaux sauvages invisibles à la limite des champs comprenaient-ils les impératifs de la moisson, alors que le soleil à présent si faible teintait de gris les bois en train de disparaître et réveillait les grillons. Ces grillons aux violons cassés, comme avait un jour dit Thomas McNulty. Je l'ignorais. Je l'ignorais vraiment. C'était un bonheur de ne rien ressentir à part le trot du mulet et les mains de Peg serrées si fort sur mes flancs que je craignais qu'elle déchire ma chemise. Je sentais parfois la chaleur de son corps contre le mien avec une telle force que j'avais l'impression qu'elle allait aussi me déchirer le cœur – pour le réparer dans le même souffle.

Le dimanche était peut-être un bon jour pour les miracles, ou pas, allez savoir. Au cœur de notre exaltation enfantine ont germé les petites graines fertiles de l'inquiétude. En atteignant des bois et des champs plus familiers, même mon mulet semblait traîner des sabots tel un pauvre homme qui a pourtant entamé de façon alerte sa marche vers le gibet. Un homme qui cherche le courage en lui, car la terreur ne lui sera d'aucune utilité. Avais-je commis un crime filial en repartant affronter le danger du camp Petrie ? Comment pourrais-je expliquer qui était Peg sans m'incriminer davantage ? Et pourquoi étais-je si terriblement désireuse de récupérer cette arme ? Un train de pensées défilait en moi, cavalière malheureuse. « Qu'est-ce que ça peut faire à Tennyson ? » avait dit Lige Magan. Sans compter tous les soucis que j'avais peut-être attirés sur nos têtes. Mais je n'avais pas volé Peg, elle s'était elle-même soustraite au gang. On aurait pu se demander ce que je pensais d'elle à présent. Pourtant ça ne m'a pas dérangée un instant. Un ruisseau en rejoint un autre et ils mêlent leurs eaux de la façon la plus naturelle qui soit. Il n'y avait rien dans la fille à califourchon sur le mulet derrière moi qui m'inspire de la crainte.

On a vu des nuages d'orage s'assembler au-dessus des montagnes au loin mais dans les champs de Lige, le soleil de la journée n'avait fait que s'efforcer de blanchir la verdure. La souffrance du jour se ressentait au soulagement que la lumière baisse. Enfin un peu de repos. Le lopin broussailleux devant la maison, cette acre de terre trop peu profonde pour être labourée, n'était bon que pour y laisser éventuellement paître un vieux mulet. C'était la terre sur laquelle Tach Petrie avait tenté de conduire ses hommes, il y avait longtemps. Si on ne l'avait pas tué, c'est lui qui nous aurait tués, sans aucun doute possible. J'ai entendu les voix du soir à l'intérieur de la maison. Ils avaient cessé d'enfreindre le repos dominical.

Tennyson Bouguereau était assis sous le porche, dans son coin habituel. Le gainier rouge planté des années auparavant n'était ni trop épais ni trop maigre. Ses grandes fleurs formaient des flammes qui se consumaient sans bouger. J'ai entendu Rosalee parler tout à coup très fort puis éclater de rire. C'est incroyable que toutes ces paroles qui parcourent nos vies ne soient jamais prises en considération, qu'on n'en garde aucun souvenir. Des paroles prononcées sans réfléchir, des paroles sans importance. Le chant miséricordieux d'allez savoir quels oiseaux nous sommes.

J'ignorais à quel point Tennyson prêtait attention à Peg et moi en train d'approcher sur le mulet au pas discret. À peine un petit claquement de sabots sur le sol durci. J'ai mis pied à terre dans une étrange excitation qui semblait inclure la nécessité de ne pas le saluer, j'ai attaché le mulet puis aidé Peg à descendre et j'ai tendu la main vers le lourd Spencer dans son étui. Là, j'ai jeté un coup d'œil et j'ai vu Tennyson debout. Je me suis approchée avec l'arme sur le bras droit. Délaissant son abri, Tennyson a traversé le porche. Il ne laissait pas transparaître la moindre pensée. Il a descendu les vieilles marches et s'est tranquillement avancé vers moi. On s'est arrêtés dans le même instant. J'ai fait un signe de tête et je lui ai tendu le Spencer. Il l'a pris sans hésitation, il l'a examiné avec l'intelligence de l'empereur Aurélien et il a caressé le nom LUTHER sur la culasse.

« Winona, je te remercie », il a dit.

L'été a passé, Peg a été sacrée meilleure cueilleuse de sphinx du tabac de toute l'histoire du Tennessee par Thomas McNulty. Il ne lui avait fallu qu'un jour pour connaître Thomas. John Cole, ça avait été plus difficile.

Les événements se préparaient et s'aggravaient selon des règles qui leur étaient propres. Le nouveau gouverneur était en train de tout changer.

« C'est comme si qu'on avait jamais fait la guerre », disait Thomas McNulty.

On n'avait jamais été vraiment tranquilles à la ferme de Lige, on ne s'attendait donc pas à ce que ça change.

On avait appris que le camp de Zach Petrie à West Sandy Creek était détruit et que celui-ci avait regagné avec ses partisans sa grande ferme à l'ouest de Paris. On racontait qu'elle était en ruine et qu'il y aurait beaucoup de travail pour la remettre en état.

« Et qui y va employer pour ça ? Personne. Y a pas un seul esclave affranchi qui l'approcherait même du bout d'un bâton. »

Plus tard au cours de l'été, Aurélien Littlefair a été nommé juge au comté de Henry. L'avocat Briscoe a secoué sa tête grisonnante.

« Va maintenant me falloir plaider des causes devant un bourreau », il a dit.

C'était le genre de paroles qu'il proférait dans ses quartiers d'été.

On se demandait non seulement ce qui allait nous arriver, mais aussi ce qui allait arriver à des gens comme le colonel Purton. La rumeur courait que la milice serait bientôt démantelée.

Puis un esclave affranchi du nom de Imre Grimm, que Rosalee connaissait parce qu'elle l'avait entendu parler à une réunion du Bureau des affranchis, a été arrêté. On lui reprochait de s'en être pris à la jolie épouse d'un profiteur du Nord. Aurélien Littlefair n'avait même pas eu besoin de revêtir sa toge de juge. Quelques citoyens étaient allés tirer Imre Grimm de sa cellule, puis ils avaient demandé à John Perry d'apporter sa petite forge, allumé le feu et suspendu Imre Grimm au-dessus de la forge au bout d'une longue chaîne. On lui avait sectionné les doigts pour éviter qu'il grimpe. Ainsi que d'autres parties du corps. Toute la ville avait assisté au spectacle, même les enfants. Quand il avait enfin succombé, ils avaient découpé son corps noir en morceaux en guise de souvenirs.

« Nous sommes vraiment désormais les citoyens du comté du diable », a déclaré l'avocat Briscoe.

Peu de temps après on a eu d'autres nouvelles. Le shérif Flynn a rendu son insigne, rassemblé ses affaires et il est parti vivre avec sa femme à Jacksonville, en Floride. Ses ennuis secrets concernaient en fait la santé de son épouse. Elle était phtisique depuis longtemps et le docteur avait déclaré qu'elle ne supporterait pas un hiver de plus au Tennessee. C'était étrange pour moi que le shérif ait disparu comme ça de ma vie, mais j'étais heureuse qu'il aime assez sa femme pour agir de la sorte. Même si ça faisait une personne de moins face à la marée des Littlefair et consorts. L'avocat Briscoe racontait qu'on avait menacé le shérif

Flynn de mort s'il ne changeait pas de registre. Que ces menaces étaient venues sous forme d'un flot continu de lettres anonymes. L'avocat Briscoe disait que ça ne pouvait être l'œuvre que d'un proche de Littlefair.

« Un *homo sacer* s'il y en a jamais eu un, a dit l'avocat Briscoe. On aurait eu le droit d'exécuter Littlefair sans même un procès. Mais maintenant, il est juge. »

Quand il disait des choses comme ça, je ressentais toujours un frisson d'inquiétude pour Peg. Elle avait été parente de tout ce grabuge.

Puis on a appris l'élection de Frank Parkman au poste de shérif alors que, comme le disait Lige Magan, il n'était encore qu'un garçon. John Cole trouvait ça étrange, il disait que dans la mesure où Frank Parkman assistait souvent le shérif Flynn, on aurait pu penser qu'il partageait ses idées. Pas tant que ça, apparemment. Mais à l'époque, aucun cœur n'était clair, et aucune âme inspectée.

« À part réduire des Noirs en esclavage et faire reculer la guerre, l'économie du Tennessee ne vaut rien », disait l'avocat Briscoe, mais il disait ça comme s'il ne parlait à personne en particulier.

Dans cette période bizarre, c'était peut-être grâce à Peg que nous étions protégés de maux terribles. Elle ne savait pas écrire, alors je m'étais chargée de rédiger une lettre à Zach Petrie où elle disait bien se porter et « espérait pouvoir bientôt lui rendre visite ». Quelle qu'en soit la raison, et nous ne cherchions pas trop à en trouver une parce que c'était inutile, aucune bande violente ne semblait vouloir nous attaquer. C'était étrange d'écrire une lettre qui commençait par *Cher monsieur Petrie*.

Nous travaillions comme des esclaves à la moisson tandis que, en guise de double provocation, l'avocat Briscoe édifiait sa maison.

Et il n'avait pas l'intention de s'arrêter en si bon chemin. Par un plein jour d'été, il était venu parler à Lige. On se tenait avec lui à l'ombre providentielle du porche. Peg, qui se méfiait de l'avocat Briscoe, préférait rester à l'écart. Elle était partie dans les bois avec une arme en le voyant surgir, peut-être avec l'idée de ramener quelque chose pour le dîner. L'avocat Briscoe nous a expliqué qu'il avait écrit à l'École pour les Noirs de Nashville, laquelle accueillait les esclaves affranchis de tout âge. Il a dit qu'ils avaient un groupe de musique nègre qui parcourait le pays pour lever des fonds et que Tennyson, avec son répertoire de vieilles chansons, y serait certainement le bienvenu. Rosalee écarquillait les yeux en écoutant ça.

« Mon frère, y peut pas, y l'est blessé », elle a dit calmement.

Tennyson se trouvait quelque part, mais elle ne savait pas vraiment où. En tout cas, son vieux fauteuil au bout du porche était vide.

« Il peut répondre par lui-même, il me semble », a dit l'avocat Briscoe de sa voix la plus cassante.

« Je m'exprime à sa place puisqu'y peut pas vraiment parler pour lui-même », a dit Rosalee en roulant des yeux.

Mais Tennyson se remettait de jour en jour. On l'avait tous entendu chanter en travaillant. Il connaissait tant de chansons, pas seulement les vieux airs de travail, mais bien d'autres encore. J'adorais l'entendre chanter « The Famous Flower of Serving Men ». Quoi qu'en dise sa sœur, il parlait presque aussi bien qu'avant. Pour Lige, tout cela s'apparentait au miracle, mais il avait affreusement besoin de Tennyson pour nous aider à la ferme. Ces longues heures de lutte. Une bonne lutte, mais une lutte quand même.

« Je peux pas dire que j'suis joyeux d'vous entendre proposer ça, a dit Lige d'un air dubitatif.

— Il faut le mettre hors de danger, a dit l'avocat Briscoe.

Tennyson n'est pas en sécurité dans le comté de Henry, Lige, il ne l'est pas. »

Le visage de l'avocat Briscoe était encore plus rouge qu'avant. À croire que l'incendie y avait imprimé une couleur permanente. Il avait prononcé ces derniers mots avec l'emportement de la colère légitime que je lui connaissais dès qu'on le contredisait. Mais il était également capable de renoncer à cette colère comme on rejette dans l'herbe un serpent dépourvu de crochets.

« Je n'ai pas l'intention de vous dépouiller, mais il faut que cet homme parte, voilà ce que je dis.

— Personne d'entre nous n'est en sécurité en ce moment, a dit Lige avec le calme de la vérité.

— Si j'peux dire quelque chose », j'ai dit, pensant que c'était le bon moment, « j'ai cru comprendre que c'est le colonel Purton qu'a attaqué Tennyson et pas les hommes de Petrie.

— D'où tu tiens ça, Winona ? » a demandé Thomas McNulty.

Même John Cole a éclaté de rire, comme si j'avais énoncé la chose la plus folle qui soit.

« Pardonne-moi, Winona, il a dit. Mais elle est pas croyable, celle-là.

— Et si c'était vrai ? » a dit Thomas McNulty d'un air outré à l'intention de John Cole.

« C'est tout simplement impossible », a dit l'avocat Briscoe.

À cet instant, Peg est apparue sur le flanc de la maison chargée de deux lapins sur le dos. Avec ses longs cheveux noirs, son arme et ces lapins sans vie, on aurait presque dit une sauvage. L'avocat Briscoe lui a fait un petit signe. Sans prononcer un mot. Il se contentait de la regarder, la tête un peu inclinée d'un côté comme il le faisait souvent.

« Je vous laisse. Que Dieu prête vie à un vieil homme par cette chaleur », il a dit.

Il est reparti vers son boghei et il a mis en marche les chevaux assommés de soleil.

Rosalee pleurait en silence sur sa chaise.

## *Chapitre dix-neuf*

Comme si la menace de perdre Tennyson ne suffisait pas à Lige, John Cole s'est écroulé à cause de cette maladie qui l'assaillait de temps en temps. Il s'est écroulé au sens propre. Il est tombé alors qu'il rentrait des champs. Thomas McNulty et Tennyson ont dû le porter jusqu'à sa chambre tel un guerrier blessé. Il avait la blancheur d'un lis, et son grand corps mince était plié en deux comme un pantalon. Ils l'ont déposé sur le lit. Ils savaient que la seule chose à faire, c'était de veiller sur lui et d'attendre.

Nous étions déjà en train de récolter les feuilles de sable. Peg et moi avons donc été chargées de couper avec les grands couteaux les feuilles arrivées à maturité, que Lige et Thomas tiraient jusqu'au chariot. Il arrive qu'une feuille de sable soit aussi lourde qu'une pierre et nécessite force et jurons pour être moissonnée. Peg n'était peut-être que la moitié d'une fille en termes de poids, mais elle avait de la force, je vous le promets. Elle aurait pu affronter un puma et lui faire regretter d'être descendu de sa montagne.

Quand on tient une personne en grande estime, c'est un immense plaisir rien que de la contempler, de la voir simplement se déplacer dans l'air de la journée, de remarquer cette habitude qu'elle a de faire ci ou ça, sa façon de pivoter la main, et comment cette personne, cette personne que vous vénérez, redresse le menton ou lève les bras pour s'attacher les cheveux. Même sa colère peut constituer un étrange élixir. Sa force est comme une bonne parole qui se répand parmi les gens.

Comme je l'avais fait pour Peg, un pasteur qui s'appelait Jodocus Troutfetter a écrit une lettre au nom de Jas Jonski, même si, pour ce que j'en savais, Jas était pourtant allé à l'école à Nashville. Il rédigeait aussi sans cesse de longues listes pour commander ci ou ça au magasin de M. Hicks. Peut-être que ça n'est pas la même chose que de vouloir évoquer les affaires du cœur. Dire ce qu'on a sur le cœur est une tâche diaboliquement difficile. Aller droit au but, ça pouvait aller pour Peg, mais le révérend n'était pas de cette espèce. J'ai conservé la lettre parce qu'elle contenait quelque chose qui a réveillé une peur mortelle en moi. Je n'ai peut-être pas compris pourquoi sur le moment, mais maintenant, je le sais :

*Ma chère Winona Cole,*

*Cette lettre est rédigée par le rev. J. Troutfetter à la demande expresse de M. Jas Jonski, hab. à Paris, TENNESSEE, né en la cité de Nashville. J'ai beau savoir écrire, je crains de ne pas être en mesure d'exprimer la vérité par mes seuls moyens. Chère Winona, conformément à l'amour que je ressens pour vous, et en référence à notre récent désir de fiançailles officielles en l'église méthodiste de Paris, Tennessee, je vous déclare ici-même que mon souhait et mon amour demeurent intacts et que s'il s'est produit des événements de nature à déclencher des regrets en un cœur humain je déclare conserver le même souhait dans toute son amplitude & grandeur d'esprit pour RÉPÉTER et RÉITÉRER mes vœux de vous aimer et de vous épouser devant la congrégation de nos aînés, pasteurs, et membres de l'église susmentionnée.*

*« Car un homme peut pécher et pourtant être amené à faire le bien. »*

*De nouveau, je vous affirme que je n'ai que REGRETS pour tout le mal que vous croyez avoir subi, un mal pour lequel je n'éprouve que REPENTIR & CHAGRIN et j'espère que vous jugerez à nouveau possible de M'ACCUEILLIR EN VOTRE SEIN et de vous UNIR ainsi avec le sincère et plein de remords soussigné JAMES HENRYK JONSKI.*

Il avait apposé sa signature et griffonné de ce qui semblait être sa main : *Je t'en supplie Winona je t'aime pour de bon*. Peut-être que c'était pour lui l'argument suprême. Peut-être qu'il le pensait vraiment.

Il m'avait écrit sur mon lieu de travail, autrement dit, chez l'avocat Briscoe. J'avais lu cette lettre à ma petite table récemment installée dans la grange. Lorsque j'ai relevé les yeux de ces pages, l'avocat Briscoe me regardait, la tête inclinée. Il n'a rien dit, il n'a pas posé de question, pourtant il aurait pu, s'il pensait que ça le concernait. Si quelqu'un parvient à cacher le fait qu'un vent coupant comme une lame le frappe, alors c'est ce que j'ai fait. Je me sentais aussi petite qu'un roitelet. J'avais l'impression que le monde était un gros rocher en train de me broyer le corps. J'aurais pu céder et le laisser m'écraser. La prose religieuse était une lame destinée à m'anéantir. Un instant, j'ai cru devoir épouser Jas non parce que la moindre parcelle en moi le désirait, mais à cause de ces termes aussi officiels que dans un traité de paix entre Washington et les Sioux.

Le soir, j'ai donné la lettre à Lige pour avoir son avis, il l'a lue sur place, les rênes posées sur le dos de la jument qui tremblait du désir de rentrer.

« Le révérend Troutfetter. J'crois pas connaître ce gars », il a dit en pliant la lettre pour la ranger dans son enveloppe. « Tu liras ça à John Cole. Y saura quoi en faire. »

La terre tentait de se soustraire à la chaleur impériale de l'été. La jument avançait d'un pas lourd. À cent mètres de la maison, j'ai bondi par-dessus la barrière du chariot et j'ai couru jusque chez nous sur le chemin.

John Cole avait l'air maussade quand je lui ai demandé si je pouvais lui lire la lettre. Certes, il était si faible qu'il ne pouvait même pas redresser la tête. Thomas McNulty a ajouté une vieille veste de l'armée à son oreiller et John Cole a ainsi été paré pour me porter assistance.

Je craignais que Thomas écoute, parce qu'il avait un corps encore apte et j'avais en moi la terreur qu'il parte en ville sous le coup de la colère. La colère de Thomas McNulty était simple. Elle surgissait rarement, mais elle était comparable à l'ire légitime des anges. Il connaissait la menace irréfutable de ce monde. Il savait qu'en un lieu à ce point intriqué avec le mal, le bien ne pouvait qu'espérer dénouer quelques nœuds. Mais il était homme à croire à une véritable libération par des événements soudains. Il était prêt à donner sa vie pour ça. En fait, il s'y sentait même obligé et il avait déjà failli le faire en bien des occasions. Ma sécurité était le deuxième credo de sa religion. La santé de John Cole, à qui il apportait de la soupe, les nouvelles baies d'automne et de l'eau chaude pour le laver dans son lit, était le premier. Sans John Cole, il n'aurait pas vu d'intérêt à la vie. Ils avaient connu à bien des reprises le dénuement de l'anéantissement et de la ruine. Ils avaient enfin atteint le paradis verdoyant de Lige Magan, leur bon vieux camarade d'armes. Ou équivalent. Là où John Cole était, se trouvait aussi Thomas McNulty avec son cœur simple. Leur amour était le premier commandement de mon univers : « Tu souhaiteras d'aimer comme eux. » Nous croisons bien des âmes et des cœurs en chemin, nous y sommes condamnés, mais nous devons prier de rencontrer un ou deux Thomas et John dans le lot. Pour affirmer que la vie en vaut la peine, que l'amour en vaut la peine.

Thomas était en réalité assez content de me laisser avec John Cole, même très content. En réalité, il a dit qu'il fallait que je sois seule avec lui.

« J'vais nourrir ces braves mulets, il a dit. Leur donner de la bonne avoine pour le travail demain. »

Il était sur le point de partir, mais j'ai eu l'impression qu'il espérait que je me ravise, que je lui dise de rester, et comme je n'en faisais rien, il est sorti.

Alors j'ai lu la lettre à John. Il a hoché la tête tout du long. Il écoutait avec attention. Puis j'ai regardé son visage impassible et j'ai à nouveau pensé que ce garçon sans éducation ayant quitté la Nouvelle-Angleterre à pied, cet arrière-petit-fils d'une Indienne, aussi pauvre homme qu'il était beau, aurait pu diriger un pays si on le lui avait demandé. Il manquait à son crâne le centimètre de largeur qui lui aurait donné une apparence normale. Il avait une tête étroite comme une trouée entre deux bâtiments. C'était un personnage de l'ombre. Un paysage d'ombres. Avec moi doux comme un agneau et dans la bataille féroce comme un bison. John Cole, la quille du bateau que j'étais, Thomas incarnant les rames et les voiles.

« J'sais à quoi ça me fait penser », il a dit d'un ton aussi maussade que son visage.

J'entendais l'étrange moiteur de sa maladie tenter de bloquer les mots dans sa gorge. Il n'a rien dit pendant un long moment. Il luttait pour regagner la surface dans un profond lac encombré d'obstacles. Puis son visage s'est ouvert comme une trouée entre les arbres où filtre tout à coup un rayon de soleil.

« Ça m'fait penser à une confession », il a finalement dit.

Des semaines ont passé, puis le colonel Purton est arrivé à la ferme dans toute sa gloire militaire. J'aurais juré qu'il avait ajouté des médailles et des galons à son uniforme comme pour suggérer ses grandes inquiétudes, des inquiétudes pourtant clairement exprimées sur son étrange visage si sombre. On aurait dit un homme qui vient de se réveiller. Même ses paroles semblaient plus lourdes, plus lentes. Je me suis demandé s'il n'était pas souffrant, s'il n'aurait pas fait une crise d'apoplexie ou quelque chose comme ça. De toute évidence, son bras gauche ne lui était plus d'aucune utilité, et il agrippait de façon bizarre ses rênes dans la main droite. Il n'était jamais venu jusque chez Lige, mais bien entendu, Lige le connaissait. Lige aimait savoir qui étaient ceux avec qui il risquait de devoir parler. Le colonel était accompagné de vingt miliciens qui chevauchaient en une seule file tel un serpent noir. Au vu des récents événements, Lige Magan laissait maintenant un fusil sur le porche comme si ça avait toujours été le cas. Midi approchait, le soleil était à son zénith. La lumière inondait l'acre de terre en friche alors que la saison était pourtant bien avancée. Les hommes rentrés pour le repas auraient dévoré tout ce qui ressemblait de près ou de loin à la nourriture que Rosalee posait devant eux. Nous étions en pleine récolte et il y avait tant à faire, ce qui s'exprimait sur nos visages à l'air un peu hébété et stupide des moissonneurs.

Tennyson était parti la veille vers Paris à la nuit tombée. Lige Magan lui avait confié l'un des mulets, même si un mulet, c'est encore plus utile qu'un homme. Tennyson avait promis d'envoyer un garçon ramener le mulet en échange de vingt cents. Un bon mulet, ça valait de l'or. On l'avait accompagné jusqu'à la route des chariots. Toutes ses possessions tenaient dans les sacoches sur la croupe de la bête, son Spencer était caché sous un tissu. On ne savait pas ce qu'une école ferait d'un nouvel élève arrivant comme ça mais, en ces temps féroces, il fallait ce qu'il fallait.

Je n'ai pas besoin de détailler le chagrin de Rosalee à la perte de son frère, même si Lige Magan a lancé « Z'ont bâti Nashville pas loin de Paris ». Un bien piètre réconfort. Cette femme était envahie d'une infinité de sentiments, et elle avait beau faire de son mieux pour les contenir en son sein, elle menaçait d'exploser. Elle avait accepté la sage décision de Tennyson d'aller tenter sa chance à Fisk, le nom de l'école. Sans aucun doute, il était un merveilleux chanteur. En tant que personnes ayant autrefois gagné leur vie dans le spectacle à Grand Rapids, Thomas McNulty, John Cole et moi étions étrangement jaloux de l'aventure de Tennyson. Mais Paris était un lieu où les lames tournoyantes de notre histoire risquaient de le couper en morceaux. Alors que dans la Nashville anonyme, Tennyson pourrait prospérer et fleurir, car sans nul doute, il était une rose parmi les hommes. Nous avions regagné la maison en silence.

Nous étions privés d'un bon travailleur, le meilleur ouvrier de Lige, il fallait pourtant continuer à récolter le tabac.

Malgré tout, Lige a senti qu'il ne pouvait pas laisser le colonel et ses hommes étouffer dans la fournaise de la mi-journée, alors ils se sont entassés dans le salon jusqu'à ce que la pièce soit comble d'un mur à l'autre. Rosalee a proposé à boire ou à manger au colonel Purton, qui l'a implorée de procurer de l'eau à ses hommes et à lui.

Quand Rosalee est sortie, je l'ai entendue marmonner : « Quelle puanteur que ces gars. »

« Nous sommes comme des chatons sur le bûcher », a dit le colonel.

Même s'il ne ressemblait en rien à un chaton conçu par une chatte.

« On a été tristes que le shérif Flynn y parte vivre à Jacksonville, a dit Lige.

— Pour c'que j'en vois, j'suis maintenant la seule autorité dans ce comté oublié de Dieu, a dit le colonel, sauf si vous avez envie de prendre vos ordres auprès de renégats et de rebelles.

— Frank Parkman a donc pas vot' faveur ? a demandé Lige Magan.

— Frank Parkman ? Pas depuis qu'il a pris le jeune Wynkle King comme adjoint, non, monsieur, pas depuis ça.

— Ça a pas l'air d'une grande protection contre les maux de ce monde », a déclaré John Cole, récemment revenu de chez les morts, comme disait Rosalee, quoique encore faible.

« Et ça va finir comment, tout ça ? a dit Lige. Z'avez une idée ?

— Ça va finir que je reçois plus aucun ordre du gouverneur ni de personne. Ça va finir avec Aurélien Littlefair qu'est devenu juge de justice américaine, bon Dieu de Dieu. Ça va se finir avec tous les esclaves affranchis qu'ont intérêt à faire gaffe à leur cul. Femmes comme hommes, il a ajouté en acceptant une tasse d'eau de source des mains de Rosalee. Voilà comment ça va finir.

— Le Tennessee est-y pas dans l'Union et tout ça réglé d'puis longtemps ? » a demandé Thomas McNulty de sa voix la plus grave.

Le colonel s'est laissé aller autant qu'il le pouvait sur sa chaise au milieu de tant de monde.

« Non », il a répondu.

Certains miliciens ont ri, pas parce que sa réponse était censée être drôle, mais à cause du côté abrupt du colonel.

« Mais j'suis venu vous annoncer une autre nouvelle d'importance, a dit le colonel. Le jeune Jas Jonski a été tué. »

## *Chapitre vingt*

Je tremblais comme si toute l'histoire de Jas Jonski était une anguille électrique qui venait de me piquer.

Ai-je ressenti un instant du chagrin pour lui ? Oui. Peut-être même plus d'un instant. Mais je me demandais déjà, pourquoi le colonel Purton prend-il la peine de se déplacer pour nous dire ça ? Et là, la terreur a envahi chacun de mes recoins. En une seconde, Peg était près de moi. Je sentais presque son corps rajouté au mien par une longue couture. C'était comme si quelqu'un venait de me verser une tasse de poison dans la bouche. Je me suis écartée brusquement des hommes en sentant mon estomac se soulever. Je suis sortie vomir le contenu de mon estomac sur l'herbe desséchée. Ployée comme un arc, j'ai tout rendu. Je haletais comme un mulet qu'on a trop pressé.

« T'es aussi blanche que si t'étais une Blanche », a dit Peg, qui se tenait avec précaution près de moi, une main sur mon dos brûlant.

« Je... je peux pas parler », j'ai balbutié en vomissant encore.

Pas de doute, on n'est pas beau à voir quand on vomit.

Le colonel Purton est sorti nous rejoindre comme s'il se disait peut-être qu'il ferait bien de garder ce lièvre à portée de main, puisque le lièvre que j'étais pour lui *était* à portée de main. En vérité, j'ignorais ce qu'il avait en tête. Les ténèbres et autres noirceurs, telles étaient ses affaires. Progresser sans un bruit sur le chemin des ombres. Il a dit à Peg qu'il lui serait reconnaissant de le laisser échanger quelques mots en privé avec moi. Peg m'a lancé un coup d'œil pour me demander si ça allait, et sans ouvrir la bouche, j'ai répondu que oui. Je me suis assise sur une vieille souche en essayant de nettoyer du mieux possible le vomi sur mon visage. J'avais toujours les cheveux courts alors au moins, ils ne dégoulinaient pas de tout ça.

Le colonel m'a surprise en s'agenouillant face à moi comme s'il comptait me demander en mariage. Mais bien sûr ce n'était pas son intention. Ainsi il avait la tête à hauteur de la mienne. Je me suis dit que par ce geste, il voulait avoir l'air inoffensif. Je ne peux pas dire qu'il ait réussi.

« T'aimes bien mettre un pantalon, a dit le colonel. J'm'en rappelle. Mais je sais que t'es une fille. T'es Winona Cole, fille de John Cole. J'ai discuté avec l'avocat Briscoe, c'est lui qui m'a dit ça. Il en a pas dit beaucoup plus, l'a les manières prudentes d'un avocat. »

Il a déplacé le poids de son corps. Le sol était peut-être un peu trop dur et trop brûlant pour lui, et ses genoux plus tout jeunes.

« Jas Jonski l'a été tué la nuit dernière vers minuit. À coups de couteau. P't'être vingt coups. Couvert de sang, bien sûr. Mais c'est pas ça qui compte. D'après le docteur Tharpe, l'est peut-être mort au premier coup porté, y sait pas, y suppose. En tout cas, c'est une longue et fine lame en plein cœur qui l'a tué. Un geste très précis, tu vois, mam'zelle. Expert, on pourrait même dire. »

Il ne me quittait pas des yeux, il guettait ma réaction. Je ne souriais pas vraiment, mais ce n'était pas comme si je ne souriais pas du tout. Je me suis dit : « Winona, ne chavire pas. Tu ne dois pas oublier comme ce monde est dangereux, qu'ici est un endroit puissamment dangereux, mais tu dois y survivre.

Sois sage, Winona, et tu survivras. Il y a toujours des ennuis qui arrivent, ce n'est pas la peine d'espérer autrement. Mais il faut s'en affranchir. Pour ressurgir de l'autre côté. S'il y a un autre côté. »

« J'crois avoir entendu dire que t'aimes avoir un couteau sur toi ? C'est peut-être le cas d'beaucoup d'Indiens. T'en as un ? »

Je me suis penchée vers ma botte droite et j'ai sorti mon couteau pour le lui montrer.

« C'est en effet une longue et fine lame, il a dit. Je peux le regarder de plus près ? Ça te dérange pas ? »

J'ai hoché la tête, il a pris l'objet affûté puis il l'a approché de ses yeux. Là, il a cligné des paupières et j'ai deviné qu'il pensait avoir trouvé quelque chose.

« Tu vois ça, mam'zelle, la traînée rouge sur la lame. Tu la vois ? L'est pas facile à voir.

— Du sang, j'ai dit.

— Du sang, en effet, mais du sang qui vient d'où ? » il a demandé. « D'où, d'où ? » il a répété comme les hiboux autour de la maison.

« C'est moi qu'écorche les lapins pour Rosalee. M'les amène et j'les écorche. Peg aime pas ça, elle aime pas faire ça.

— Mais toi, ça te plaît. Tu es forte avec un couteau ?

— Assez, oui.

— Et tu penses pas que ça pourrait être le sang de ce Jas Jonski ? »

Il a dit ça d'un ton détaché, comme si nous étions en train de bavarder.

« Nan, j'le pense pas parce que c'est pas le cas. J'ai peut-être pas d'affection pour Jas Jonski mais j'voulais pas sa mort non plus. J'ai jamais tué personne.

— Tu as tué le Gros, de la bande à Tach Petrie. On me l'a dit. Tu l'as tué avec ton petit revolver de señorita.

— Ça, c'était dans une bataille. Au combat.

— Et tu crois pas que l'amour est un combat ? De mon expérience, l'amour est le plus grand combat de tous, sans aucun doute. »

Puis il a paru se détourner du fil de ses pensées.

« J'ai envie d'te croire, mam'zelle, mais dans mon métier, croire, ça vaut rien. L'avocat Briscoe dit que t'es une personne intelligente, je te l'accorde, y dit que t'es son meilleur gars. Alors même que t'es une fille. »

Puis le colonel Purton a émis un étrange rire métallique.

« L'avocat Briscoe me connaît mieux que personne.

— Ça oui, pas de doute, y se porte garant pour toi. Et j'te le dis, j'apprécie cet homme. Aussi droit qu'un fil à plomb de maçon. Pas de doute. Alors, mam'zelle, partons du principe que t'es innocente, et dans ce cas, demandons-nous, si ça n'est pas une intelligente et brillante petite Indienne en pantalon qu'a fait ça, qui d'autre ? J'vais te donner quelques noms. T'es proche de tous les gens ici présents », il a déclaré en désignant la maison dans son dos, « alors je m'attends pas à ce que tu dises du mal d'eux. Je vais te donner des noms, je vais observer tes jolis petits yeux marron et tu me donneras la réponse en te trahissant par un petit mouvement. Prête ?

— J'sais pas qui peut avoir fait ça.

— Bien, bien. Bon. Tennyson Bouguereau. Qu'est-ce tu dis de lui ? L'a été vu en ville hier au soir.

— C'est parce qu'y passait la nuit chez un ami avant de prendre le train pour Nashville ce matin de bonne heure.

— L'a pris un train pour Nashville ?

— Oui. Pour aller à une grande école là-bas. Grâce à l'avocat Briscoe. Y a peu de chances qu'y soit allé tuer un homme avant de prendre son train.

— L'avocat Briscoe, t'as dit ?

— Ouais, un garçon a ramené le mulet ce matin. L'a reçu vingt cents pour ça.

— Parce que tu vois, je me dis que si je trouve qui a tué Jas Jonski, je peux peut-être découvrir qui a tué d'autres gens, et qui pourrait en tuer d'autres à l'avenir. C'est comme ça que ça marche dans mon esprit. J'espère que ça te dérange pas que j'te parle à cœur ouvert. La paix et la mort, c'est ça, les deux missions de la milice. Et le shérif Parkman, si je peux l'appeler comme ça, c'est lui qu'a dit que t'étais forte avec un couteau.

— J'vois pas comment y peut savoir ça, j'ai dit.

— Y prétend que tu l'as menacé un jour, peut-être avec ce même couteau », il a dit en me le rendant.

Je l'ai aussitôt rangé dans ma botte.

« C'est vrai ?

— C'est même pas un p'tit peu vrai, j'ai dit. J'lui ai dit que... »

Mais ça m'a paru trop compliqué de dire ce que j'avais dit et pourquoi je l'avais dit ce jour-là à la pension de chevaux, puisque ça impliquait une proposition de baiser.

« Bon, essayons d'autres noms. Je vais te regarder droit dans les yeux alors que je les prononce. Lige Magan. Lige Magan en personne. Qu'est-ce que tu dirais de Lige Magan ? »

Il scrutait mes yeux comme un faucon dans le ciel.

« Pas grand-chose, j'ai dit.

— Je l'sais, si tu penses que j'approche de la vérité, tes yeux vont bouger un peu. Comme un lapin, ces lapins que t'aimes bien. Que t'aimes bien écorcher, comme tu dis. Avec ton couteau. À la campagne, on écorche les lapins, je l'sais. Et moi aussi, j'vais écorcher mon lapin. Bon. Laisse-moi prononcer le nom de c'vieux garçon, je le connaissais pas, mais c'est un ancien condamné, et j'ai entendu d'autres choses sur lui dont je sais pas quoi penser. Thomas McNulty. »

Il me regardait, il me regardait fixement. Je peux vous le dire, je verrouillais mes yeux.

« Bon, qu'est-ce que tu dis de... je dois d'abord mentionner

Rosalee Bouguereau, mais si j'obtiens un sursaut de ta part, là je… je crois que j'renonce à Noël. Ton sentiment sur John Cole. John Cole ? Pas de sursaut pour lui ? Je crois que ça devrait. Mais peut-être que les yeux des Peaux-Rouges sont pas comme ceux des Blancs. J'en sais rien. »

Son genou a craqué et le colonel s'est redressé en le frottant sous le tissu noir de son pantalon.

« En tout cas, c'était bon de te parler. J'vois que t'es intelligente. J'imagine qu'y faut présenter ses condoléances à la veuve d'un fiancé.

— L'était pas mon fiancé. L'a été mais l'était plus.

— Eh bien, je dois te prévenir, mam'zelle, que le shérif Parkman pense que t'es coupable de ce crime. Moi, je sais pas dire. »

Puis il s'est approché de Peg qui se croyait bien cachée dans les broussailles sur le flanc de la maison. Il lui a parlé et je n'ai pas entendu ce qu'ils disaient. Mais il n'a pas été aussi gentil qu'avec moi. Il s'est dressé face à elle en agitant le poing. Ensuite il a regagné la maison, il a rappelé ses hommes et ils sont tous partis dans un brusque nuage de poussière grise.

J'ai demandé à Peg ce qu'il lui avait dit.

« L'a dit qu'y savait qui j'étais, qu'y avait envie de me frapper mais qu'y faisait trop chaud pour ça, voilà ce qu'y a dit.

— P't'être qu'y croit qu't'as tué Jas Jonski.

— P't'être que j'l'ai tué. Puis l'a demandé est-ce que Winona Cole, toi, t'étais allée en ville hier soir et j'lui ai dit que tu dormais déjà à la tombée de la nuit, ce qu'était presque vrai.

— C'est vrai, j'ai dit. T'étais avec moi dans le lit.

— Ouais, c'est vrai, mais on a pas dormi tout de suite.

— Non, c'est vrai. »

« Y nous a posé la même question à tous, où t'étais à tel et tel moment, avec tous ces miliciens silencieux et orageux qui nous r'gardaient, qu'arrêtaient pas d'nous regarder, bon sang », a dit Thomas McNulty, l'air aussi sombre et effrayé qu'un poulet dont la fermière affamée s'approche en douce pour lui tordre le cou.

John Cole, pas encore complètement rétabli, faisait tout de même les cent pas dans le salon comme s'il pourchassait son ombre.

Je savais très bien pourquoi ils étaient à ce point désemparés. Ils m'élevaient et me protégeaient depuis dix ans. Quand Starling Carlton s'était emparé de moi pour ses petites affaires, Thomas s'était lancé à ses trousses et il avait parcouru tout le chemin entre le Tennessee et le Wyoming. On couvrait près de cinquante kilomètres par jour, Thomas était peut-être un peu plus lent et il était parti plus tard. Il ne m'a pas rejointe avant le Wyoming. Je me demandais à quel point il avait souffert sur la route sans savoir s'il me retrouverait jamais. Dix fois par jour, son cœur devait tambouriner à l'idée d'échouer. Et John Cole qui l'attendait chez Lige en se disant peut-être que Thomas l'avait abandonné, et Thomas le savait, et ce venin empoisonnait son sang. C'est un long chemin à parcourir sans douter de l'amour. Telle était la mesure de Thomas McNulty. Mais on ne peut protéger à jamais ses enfants. Le jour vient où l'enfant doit assurer sa protection tout seul. J'avais atteint ce jour depuis un moment, je le savais. Sans aucun doute. Là, tout ce que je voyais, c'était le visage torturé de Thomas et les pas forcés de John Cole dans le salon. Ce spectacle était terrible pour moi. Ils savaient que j'avais des ennuis. Ils le savaient. Le colonel Purton le leur avait dit, le shérif Parkman avait dans l'idée que j'avais tué Jas. C'est ce qu'il avait dit et répété à tous ceux qu'il avait interrogés. « Je le pense p't'être pas, mais lui oui », avait dit et redit le colonel. Lui, l'homme qui avait sans doute frappé Tennyson afin d'obtenir un ordre de mission pour attaquer Zach Petrie. C'était plus que probable. Quel dommage que Tennyson n'ait pas pu le voir et le dire sur le moment. Le colonel Purton avait de la chance, ou alors c'était juste comme ça que ça se passait.

Le moment était venu de régler les choses par moi-même. Mais maintenant, il y avait Peg dans la balance, ma belle, fine et parfaite Peg. Je ressentais la frayeur et la terreur de tous ceux que j'aimais, que je vénérais. Mon propre cœur vacillait dans ma poitrine. J'ai observé Peg, douce et dure dans le même instant, et je me suis questionnée sur la folle envie de Dieu que toutes ces choses m'arrivent alors qu'il aurait été si simple de m'ignorer, de passer à la fille suivante, voire de m'oublier ou de m'envoyer en enfer d'un coup de fusil de l'homme blanc. J'en aurais été presque heureuse, si ça avait pu soulager Thomas et John et ne pas briser le cœur de Peg. Mais certaines situations n'ont que peu d'issues, et aucune n'est bonne. C'était l'impression que j'avais. La peur terrible de la bisonne qui s'effondre, son chasseur aussi proche qu'une pensée avec le canon de l'arme d'où va jaillir le coup fatal. Cet étrange moment avant la mort. Les yeux exorbités de terreur et de colère. Voilà ce qui se produit, dans ce moment-là. Mais peut-être que la bisonne vivait alors son plus beau moment, un moment de lucidité absolue où tout ce qu'elle aimait était si simple, la prairie, les lupins, les herbes hautes, le long souffle de l'hiver avant la brusque abondance du printemps. Tout est simple un instant avant la fin.

« Vous êtes les gens à qui je tiens l'plus au monde, j'ai dit pour finir, alors j'vais vous demander de prendre place à cette table et essayer de vous expliquer ce que je compte faire. »

## *Chapitre vingt et un*

Le plus curieux, cette nuit-là, ça a été le gros orage qui a surgi de nulle part pour s'abattre sur la ferme. D'immenses lacs en suspens se sont déversés sur la terre sèche. De longs tourbillons de vent ont heurté les bois, et les bois tourmentés ont réagi en poussant des cris de protestation. Il y avait d'un côté la terreur que le maïs soit aplati et de l'autre le soulagement que le tabac soit presque déjà entièrement accroché aux grands bâtons dans la grange. Cette grange était mieux calfatée que la maison. Après le départ du colonel Purton, la terre avait décidé de s'offrir une bonne douche pour plaquer au sol la poussière de leurs chevaux, la pluie se frayant un chemin dans chaque trou et interstice de la toiture dont les bardeaux s'étaient incurvés sous le soleil d'été. Il y avait des ploc ploc partout dans le salon, sur la tête de Thomas et de John Cole, les bottes poussiéreuses de Lige, la tourte à la viande de Rosalee posée sur la table. Rosalee faisait courageusement mine de continuer comme si de rien n'était. Une femme à ce point ravagée par les présages et les pressentiments vivait trois fois plus mal ce genre de désastre. J'ai pensé : elle en a pourtant eu assez comme ça ces derniers temps, vraiment assez. Personne n'a rien dit sur le déluge, pas le moindre mot.

●

Quand, des années plus tôt, Thomas était allé se livrer aux autorités et qu'il avait été conduit à Leavenworth afin d'y être jugé pour désertion, c'était pour éviter qu'il y ait davantage d'armes, de hors-la-loi et d'hommes de loi près de là où je vivais. À l'époque, j'étais encore une enfant. Jusque-là, la seule règle qui gouvernait Thomas et John Cole, ça avait été la fuite. Depuis leur naissance, ils fuyaient le danger, et quand ils en rencontraient un nouveau, ils s'efforçaient de s'en libérer pour fuir encore. Mais j'étais alors sous leur protection, et la ferme de Lige un refuge à une époque où le danger était partout, il était donc inutile de fuir, mieux valait tenir sa position avec des cœurs fermés et quelques fusils. Et puis, fuir est une réaction d'homme jeune. Même s'ils n'étaient pas encore vieux en termes d'années, je savais que la fatigue de John Cole nécessitait des soins de la part de Rosalee et de Thomas, même si Lige lui avait aussi parfois essuyé le front, et Thomas portait sur lui quelque chose qui faisait penser au grand âge, même si ça n'était pas vraiment inscrit sur sa figure. Les hommes qui commencent durement dans la vie paient chaque cent d'une dette qui finit par se comptabiliser en dollars. S'il avait été beau dans sa jeunesse, il était maintenant une beauté hypothéquée. Les rats de l'âge le guettaient depuis l'ombre. Fuir n'était pas la solution, car ça ne ferait qu'attirer encore plus de soucis sur leur tête.

Je leur ai annoncé de ma voix la plus sévère qu'ils ne devaient rien entreprendre pour moi. Qu'ils devaient me laisser faire. Quand Thomas a levé une main en signe de protestation, j'ai brandi une épée de mots féroces. Peg a ri de ma férocité, mais à elle aussi j'ai dit de ne pas bouger. À part mon cas, il n'y en avait pas de plus précaire que le sien. Elle, la fille d'une bande de renégats.

Si quelqu'un avait été capable de faire flotter du miel dans les airs, ça aurait été Peg. Si quelqu'un avait pu découper une part de rivière sauvage pour la métamorphoser en un être vivant, ça aurait été Peg. Si quelqu'un avait pu poser les lèvres sur une étoile, ça aurait été Peg. Cette forme qui était la sienne, longue, douce, sucrée, féroce, dansante et perçante – un baiser fait fille. Avec de la douceur en son cœur et des membres qui semblaient irradier la lumière de cette étoile même, et ce visage comme celui d'une déesse, mais aussi la personne la plus aimée de toute l'histoire du monde. Lorsque je la désirais, que je l'admirais, je fondais, si bien que pendant les longues heures de la nuit il n'y avait plus vraiment de Winona.

Je savais que le moment était venu de parler à l'avocat Briscoe comme je ne l'avais encore jamais fait. Il aurait dit que dans chaque histoire il y a un homme bon. La grâce de l'avocat Briscoe, c'était d'être l'homme bon de sa propre histoire.

Alors que je chevauchais vers chez lui après l'orage, la moitié du Tennessee étalé sur la route boueuse, de grosses ornières en train de se creuser alors que les charrettes et autres véhicules tentaient de passer malgré tout, en dépit de toutes mes idées, j'avais une terrible envie de fuir. C'était le petit matin, mais le jour semblait lent et réticent à apparaître. Je me suis demandé ce que ça ferait de reprendre la vieille route du Wyoming à la recherche d'Indiens lakota comme moi pour m'accueillir. Peut-être avec Peg. Je songeais à ce trajet avec Starling Carlton, à comment il poussait les chevaux jusqu'à ce qu'ils soient presque morts de fatigue et, en effet, quand on avait atteint Fort Laramie, son cheval était à ce point épuisé et éreinté qu'il l'avait abattu. À condition d'être riche, il y avait maintenant des trains qui reliaient Paris à Saint-Louis puis traversaient l'étrange majesté des hautes plaines sur tant de kilomètres. Mais il n'y aurait que Peg et moi sur les pires montures de Lige, car il ne fallait pas rêver d'un Pégase ou d'un Bucéphale. Trois semaines de route et de créatures à abattre pour le dîner tandis que l'année plongeait vers sa fin, avec bientôt peut-être de la neige sur les hauteurs et l'arrivée de ce vent meurtrier dans les plaines. Sous les ténèbres austères des cieux et ces lunes inamicales qui nous surveillaient. Et ensuite, peut-être des Lakota pas très contents de voir une Chicacha qui ne parlait qu'anglais et ne connaissait rien de la vie d'un camp. Ils apprécieraient peut-être son talent à manier une arme à feu, peut-être. Mais y avait-il là-bas quiconque pour savoir encore qui j'étais ? Je pensais que non. Toutes ces années, toutes ces batailles, tout ce qui avait été arraché à ses origines, la faim, les atrocités, la terreur de cette vie.

Le dernier souffle de l'orage est parti et un rayon de soleil a filtré dans l'aube en train de se dissoudre.

Peut-être l'avocat m'attendait-il un peu. Par instinct de ce qu'il savait de moi et par son statut d'homme de loi. Il m'a fait asseoir et il a demandé à Lana Jane Sugrue de nous apporter du café. Nous entendions à l'extérieur de la grange Joe et Virg Sugrue réparer les conséquences de l'orage à coups de hache. Le nouveau toit trônait sur la nouvelle maison. Un vieil arbre était tombé, mais par respect pour le travail des hommes il avait épargné le chantier. Tous deux tapaient dans un rythme fraternel soutenu. Lana Jane Sugrue est revenue en souriant et elle a disposé les tasses.

« Et voilà, ma chérie », elle m'a dit avant de se retirer.

Quand elle a franchi l'immense porte de la grange, on aurait dit une souris qui traverse un lambris.

J'ai dit à l'avocat Briscoe que j'étais ravie que sa maison soit presque terminée. Il m'a remerciée pour le travail que j'avais accompli. Il a dit qu'il avait eu de la chance d'avoir un tel commis. Je l'ai remercié en retour. Mais cette petite conversation n'était qu'une introduction à autre chose.

« Le colonel Purton a dit qu'il avait votre oreille, j'ai dit.

— L'est passé discuter, a répondu l'avocat Briscoe.

— Vous savez donc que Jas Jonski est mort.

— C'est ce qu'y m'a dit.

— Et que le shérif Parkman pense que c'est moi qui l'ai tué. »

L'avocat Briscoe n'a rien répondu à ça.

« Monsieur Briscoe, serait-ce terrible pour vous si, en tant que vieille connaissance...

— Vieille connaissance ? Winona, tu es une amie.

— Une amie ?

— Je l'espère bien. »

Cela m'a grandement surprise, le soudain emploi de ce mot.

« Des circonstances m'ont rendue puissamment malheureuse », j'ai commencé, comme si, même à mes propres oreilles, je me trouvais lointaine – en Angleterre, ou personnage de roman. « Je n'ai confié ça qu'à Rosalee Bouguereau, jusqu'à présent. Mais j'ai maintenant peur que Frank Parkman vienne m'arrêter.

— Ça se pourrait », a dit l'avocat Briscoe.

Il a renoncé à sa tasse de café, il s'est levé et il s'est approché de son fameux cabinet à alcool, qui avait fort heureusement réchappé à l'incendie. Il en a sorti son meilleur whisky et il s'est servi un verre.

« Tu sais, il a dit, mes nerfs sont mis à rude épreuve en ce moment. Puissamment troublés par les circonstances, comme tu dis, ou presque. »

Il a pris une belle gorgée du liquide jaune étincelant.

« Bon, il a dit. Ton histoire.

— Vous savez que Jas Jonski a été mon... que je devais l'épouser.

— Il se peut que je l'aie su, oui. Bien sûr.

— Et puis j'ai plus voulu l'épouser et il m'a récemment écrit et John Cole a dit que Jas avait mis dans cette lettre plus que ce qu'y voulait.

— À savoir ?

— Une confession.

— De quoi ? »

J'ai convoqué ma mère en moi, je l'ai suppliée de me transmettre son courage légendaire. Mais je n'ai réussi qu'à pleurer. Ce n'étaient pas vraiment des larmes, plutôt de l'humidité que chassaient mes yeux. Au lieu de se pencher vers moi comme elle l'aurait fait, l'avocat Briscoe s'est redressé. Ce qui a tout aussi bien fonctionné. Lentement, mes yeux si stupides ont cessé de verser des pleurs. Lentement, je me suis calmée. Puis quelque chose d'autre s'est emparé de moi, une sorte de commandement féroce. Je me sentais tout à coup aussi libre qu'une esclave affranchie, et au milieu de cette liberté, c'était comme si je pouvais tout dire. « Mère, ai-je pensé, mère. »

« À l'époque où il me courtisait encore, y m'a fait du mal », j'ai dit, lentement, en essayant de trouver les bons mots. « Y m'a frappée au visage et y m'a abîmée.

— Si tu te souviens bien, je le sais, a dit l'avocat Briscoe. C'était terrible. Et pour un tel crime, à condition qu'il y ait preuve, il en coûte deux ans de travaux forcés. Mais j'ai alors conseillé de ne rien faire. Peut-être que je me trompais. Je pense maintenant que c'était le cas.

— Au cœur de tout ça, y a quelque chose de bien pire, qui m'a paru bien pire en tout cas, et qui m'a causé...

— Un grand malheur, il a dit.

— Oui.

— Winona, si nous faisons allusion à ce que je pense, Blackstone nous apprend que les Saxons punissaient ce crime de la peine de mort. Récemment, nous sommes devenus beaucoup plus tolérants à cet égard. Cette partie de l'ouvrage de Blackstone est très étrange à lire. Certains prétendent que le *raptus mulierum* ne peut être reconnu au sein du mariage, et on croit communément qu'une fiancée ne peut non plus s'en prévaloir, même si une telle circonstance reste envisageable en cas d'abus de confiance. C'est alors considéré comme un délit, également punissable de travaux forcés. Mais je n'ai jamais vu ce genre d'affaire aboutir. De surcroît, en tant que Sioux, tu es techniquement une prisonnière de guerre des nouvelles réserves du Wyoming et du Montana, et aussi, comme Indienne, on peut considérer que la loi ne s'applique pas à toi, que tu es indigne des lois civiles, donc sans recours possible. Ce sera donc une question de points de vue, d'opinions et des lois coutumières pour évaluer ce qui pourrait être retenu en ta faveur. Et ils vont être nombreux à prétendre qu'il n'y a pas eu viol. »

Puis il a pris une nouvelle gorgée de whisky. Il était étrangement animé par cette réflexion que je lui permettais de mener, comme je l'avais déjà si souvent vu en présence d'un client.

« Cependant, tout ce que je viens de dire est vain, parce que en vérité je pense qu'il y a eu viol. Je pense qu'il y a eu un viol terrible et violent, et te connaissant, Winona, une agression abominable faite à ton excellente et si originale nature. Si j'avais su ça à l'époque, j'aurais pu en toute connaissance de cause le tuer moi-même. »

Après ce discours enflammé, il s'est tu, puis il s'est à son tour mis à pleurer. Je n'avais jamais vu l'avocat Briscoe pleurer, même le jour de l'incendie de sa maison. J'ai regardé les larmes couler sur son visage rougeaud. Puis, après un effort suprême, comparable à celui de quelqu'un qui tente de refermer la porte d'une grange contre un vent fort, il a passé une main dans sa chevelure blanche.

« Bon », il a dit.

J'étais à peine capable de parler, mais il y avait tant de choses à dire que j'ai quand même essayé.

« En une autre occasion, Frank Parkman a su que je possède un couteau. C'est moi-même qui lui ai dit, et comme c'est un couteau qu'a été utilisé contre Jas Jonski, et que Frank Parkman était son ami, c'est sans doute pour ça qu'y me croit coupable. »

Je m'attendais à ce que l'avocat Briscoe me demande, l'es-tu ? Mais il s'est abstenu.

« Même s'il me l'a pas encore dit lui-même, y a que le colonel Purton qui me l'a dit, et, monsieur Briscoe, je sais que le colonel Purton est votre ami, un homme à qui vous offrez votre meilleur whisky quand il vous rend visite, mais c'est un homme à qui je fais pas autant confiance que je devrais, peut-être.

— Aucun homme n'est totalement digne de confiance », a dit l'avocat Briscoe de sa voix de sage. « Hélas, aucun homme. »

Son visage a dérivé vers des jours anciens, en tout cas j'en avais l'impression. Puis il a balayé tout ça, et il était de retour face à moi.

« Si le shérif Parkman émet un avis d'arrestation, il a dit, qu'il te met en prison et qu'un procès a lieu, je te défendrai au tribunal avec chaque atome de ce que je suis. Chaque atome. »

Il s'est à nouveau levé pour remplir son verre de précieux whisky et, s'adressant à son cabinet plutôt qu'à moi, il a dit :

« Pas de doute, Winona. Pas de doute. »

L'arbre à terre avait été déblayé, les ouvriers étaient là et la nouvelle maison ressemblait à un immense instrument qu'on fabrique à coups de marteau et d'hommes qui s'interpellent. Puisque travail il y avait, j'ai préparé la paie hebdomadaire, j'ai accroché au mur les commandes urgentes et j'ai envoyé les trois gars qu'on avait pour nettoyer le chantier dans toutes les directions récupérer des marchandises en retard ou égarées. Le travail chasse presque toutes les autres pensées, et j'ai retrouvé l'étrange et habituel réconfort des chiffres.

J'avais supplié l'avocat Briscoe de ne pas me renvoyer chez moi le soir. Il a décidé de se rendre à Paris pour voir ce qu'il pourrait y apprendre et il s'est mis en route. À la nuit tombée, il n'était toujours pas rentré. Lana Jane Sugrue faisait partie de ces gens de l'ancien temps qui se levaient avec l'aube et se couchaient au crépuscule pour éviter d'avoir à allumer une lampe ou une bougie. Elle ne manquait désormais ni de lampes ni de bougies mais elle avait conservé cette habitude. Elle a été heureuse de me céder un coin de son lit. En vérité, elle n'y prenait pas beaucoup de place, à peine un mètre de long sous le couvre-lit, comme une enfant. J'étais moi-même aussi creuse qu'un roseau après ma longue conversation avec l'avocat Briscoe. Alors j'ai été contente de m'allonger près d'elle et de me laisser gagner par le sommeil.

Le lendemain matin, l'avocat Briscoe a dit qu'apparemment le shérif Parkman était parti pour affaires à Nashville, il ignorait lesquelles. La mère de Jas Jonski avait déjà enterré son fils. L'avocat Briscoe avait appris de l'adjoint Wynkle King qu'on avait aperçu en ville cette nuit-là « la petite Peau-Rouge », m'appelait-il, « dont ce pauv'Jas y s'était entiché », et l'information semblait être sur toutes les lèvres. Il paraissait aussi que le shérif Parkman avait livré sa théorie sur le couteau à quiconque avait envie de l'entendre.

« Le Pony Express des ragots est lancé à plein galop, a dit l'avocat Briscoe. Mais ce ne sont ni la loi ni des preuves. Ils vont broder autour de ça, et tu seras bientôt vouée aux enfers, en ce qui les concerne. "Et là, on verra", comme dit le rat aveugle. »

## *Chapitre vingt-deux*

J'avais maintenant quelques jours devant moi pour laisser mon âme sombrer dans allez savoir quel abysse peut sombrer une âme épouvantée. Même mes rêves étaient entrelacés d'événements atroces. L'orage est parti vers l'ouest et l'Arkansas en empruntant de vieilles routes et des nouvelles, peut-être jusqu'à mon pays perdu et les ombres de ma mère et de ma sœur. Je rêvais d'avoir une seule pensée heureuse. L'air s'enhardissait et des fils étrangement dorés semblaient s'étendre sur le soleil. Dans mon état de crainte et de terreur, il me semblait chargé de bien mauvaises prophéties, ce grand ciel haut teinté d'un or un peu fou derrière la nouvelle maison de l'avocat Briscoe. Thomas et John Cole me manquaient, Peg me manquait, et Rosalee. La simplicité de notre vie stupide mais sacrée me manquait. Ce que la biche sent à la seconde où elle voit le chasseur avec son arme, je le ressentais pendant ces heures et ces jours qui s'étiraient. Comme toute créature, j'étais prête à fuir, mais où ça, je l'ignorais.

Les idées nobles ne m'apaisaient guère. Le temps vient où vous êtes réduit à ce que vous êtes, dépourvu de tout artifice. Vous avez l'impression de n'être plus que ça. J'avais dix-sept ou dix-huit ans et de grandes idées sur moi-même, mais comme elles avaient été si facilement et rapidement balayées. Je repensais à ce whisky que j'avais bu, à ces scènes que je n'arrivais pas à voir, à ce qui s'était passé dans l'obscurité. Au milieu de ténèbres tortueuses. Parfois, l'aperçu de quelques visages, parfois, à la lueur d'une torche, des bras, des jambes et des vêtements, un lieu clos, une rue, puis plus rien. Tout était noir. Comme j'étais dévastée, seule, solitaire même au milieu de mes pensées. Et au centre de tout ça, l'idée pénible que j'étais responsable de ce qui m'arrivait. J'avais été mise sur un piédestal par Thomas et John Cole, mais j'étais bien vite retombée à ce que j'étais en réalité. Et mon vrai moi ne semblait pas avoir même les mots nécessaires pour me révéler ma propre nature. Une minuscule chose déguenillée issue d'un peuple indésirable. Assise chez l'avocat Briscoe, je me demandais : si je me fais toute petite, est-ce que je finirai par disparaître ? Par devenir une chose si légère et si peu importante que la plus petite brise l'emporterait, comme cette enveloppe autour des nouvelles feuilles qui se déroule et dégringole dans les fosses du monde.

Puis Peg est arrivée.

Nous étions seules toutes les deux dans les quartiers provisoires de Lana Jane Sugrue. Ça n'avait beau être que pour un temps donné, elle avait arrangé sa chambre du mieux possible. Ce n'était en réalité qu'un recoin dans un coin de la grange, mais ses frères avaient accroché là de grands et vieux draps pour qu'elle puisse avoir une pièce à elle. On aurait presque dit un tipi. Même si Peg ne semblait pas du tout gaie, elle a souri en découvrant ça. Elle a applaudi comme une enfant et elle a éclaté de rire. Le bonheur d'être avec elle me transperçait comme des flèches. Ou bien des couteaux. Mais c'était un bonheur terriblement douloureux parce qu'au fond de moi j'avais l'impression d'avoir les jambes dans des sables mouvants dont je ne pourrais jamais me libérer.

« C'est vrai ce que j'ai dit y a deux nuits, a commencé Peg. Tu dormais du sommeil des innocents, mais peut-être deux heures après minuit, moi j'arrivais pas à dormir alors j'me suis glissée à l'écurie, j'ai pris un mulet et le plus discrètement que c'est possible j'suis partie à Paris punir ce garçon.

— Jas Jonski ?

— Y a pas d'autre façon de le dire, si j'le dis pas maintenant, j'dormirai jamais plus, et j'pourrai jamais vraiment respirer non plus, elle a dit. J'suis allée à Paris punir ce garçon. J'voyais la souffrance en toi. C'est la colère qui m'a portée. Un désir auquel je n'ai pas pu résister de faire justice pour cette fille que j'aime, justice pour Winona.

— Je suis Winona, là, devant toi.

— Je sais », elle a dit.

Puis elle a pris une bouffée d'air.

« J'me suis glissée dans cette foutue ville, j'm'y suis faufilée mais j'savais parce que tu me l'avais dit qu'il habitait à l'arrière du magasin de M. Hicks alors j'demande à deux crétins où s'trouve le magasin et pis dans le noir, j'vois la minuscule lumière de sa fenêtre alors j'm'avance dans le petit jardin de roses que M. Hicks semble avoir et les roses qui me piquent tout du long et j'regarde par la fenêtre. Là j'me rends compte que je suis même pas armée. J'ai même pas mon couteau et je me dis que je suis vraiment trop bête, j'ai rien pour me battre et là j'veux rejoindre mon mulet que bien sûr j'avais attaché dans les bois avant la ville, j'vais faire demi-tour, rentrer chez Lige et ramper jusqu'à notre lit et me plaquer contre ton dos comme seuls les anges en sont capables et sentir ton corps doux et chaud contre moi et là qu'est-ce que j'vois ? Un garçon pas du tout doux et chaud, ça non, mais Jas Jonski couché en travers de cet horrible petit lit et Dieu du Ciel du sang partout et par terre une scène froide à peine éclairée par une bougie qui vacillait et s'étouffait sur sa table et là j'me dis, quelqu'un a fait le boulot, quelqu'un a fait ce qu'y fallait. J'ai traversé toute la ville en silence en essayant de pas me faire voir mais j'étais contente que ce garçon y soit mort. J'suis revenue à toi, t'avais pas bougé, et même quand j'me suis glissée contre toi t'as pas bougé, t'as juste fait un petit bruit. Voilà, c'est mon histoire telle que j'te la raconte, c'est la preuve que t'as tué personne, c'est la vérité nue qu'on peut aller dire à tout le monde.

— Peg, ma Peg, c'est une histoire qui peut être racontée à personne, absolument personne. Tu racontes ça et tu prends ma place, c'est le même nœud coulant mais autour de ton cou cette fois, et c'est pareil pour moi, parce que te perdre, ça r'viendrait à me perdre. Peg, tu dois jamais raconter à quelqu'un ce que tu m'as raconté là. Jamais.

— Je t'ai entendue lire la lettre à John Cole et j'ai entendu ce qu'il a dit, et j'me suis dit que de toute façon on compte pour rien en ce monde, alors autant que j'sois juge et jury pour faire ce qu'y faut, c'est-à-dire ce qu'est guidé par l'amour.

— Peg, tu penses qu'on en a dit assez à ce sujet ? Ce que je te demande, c'est, est-ce qu'on est assez claires ? Des fois on dit amour et des fois on dit affection, on est ensemble comme si on l'avait choisi mais sans qu'on en parle, comme si j'étais une moitié et toi l'autre. Tu sais ce que je ressens à apprendre que t'es partie dans la nuit noire pour me rendre justice ? Tu sais à quel point ça me guérit, ça me chauffe le cœur, ça me donne encore plus de courage que cette ourse qu'a approché pour nous tuer dans la forêt ? Tu sais que quand je t'regarde, mon cœur gonfle de quelque chose, de fierté ou autre chose, d'un sentiment si grand que je crois que même les montagnes sont plus petites ?

— J'crois qu'on s'est trouvées, elle a murmuré, le visage à

un centimètre du mien. J'le crois, c'est tout. On s'est trouvées alors qu'on se cherchait même pas. C'est étrange, hein ? »

◐

Peg a dû partir car on s'était dit qu'on ne pouvait pas prendre la maison de l'avocat Briscoe pour un hôtel. Je lui ai donné mon revolver de señorita et mon couteau parce qu'au fond de moi je savais qu'il valait mieux que je ne sois pas armée. Je brûlais avec davantage de force. Les choses étaient plus claires, j'étais aussi solide sur mes jambes que Thomas McNulty qui tournoyait autrefois d'avant en arrière sous les feux de la rampe à Grand Rapids.

Pouvais-je vraiment continuer à vivre dans le cercle de temps de ma mère ? Ne devais-je pas au contraire suivre la ligne droite de l'homme blanc ? Je ne voulais plus que tout ça tourne en rond. Protégée par ma mère autrefois, c'était ce dont je rêvais parce que je portais une robe de plumes, de perles et de bonheur. Mais que faire du costume noir du chagrin ?

◐

Puis bien sûr, parce que ça ne pouvait pas se passer autrement, Frank Parkman, le shérif Parkman, est arrivé chez l'avocat Briscoe. Tout seul, sans adjoints, si sûr d'être en terrain légitime qu'il n'en éprouvait même pas le besoin. Il a tendu un papier à l'avocat Briscoe, que l'avocat Briscoe a lu avec attention avant de le lui rendre. Tout ça en plein air devant la nouvelle maison, avec les ouvriers qui regardaient depuis le toit où ils étaient en train de poser les cheminées. De jolis tuyaux de cheminée fabriqués en Nouvelle-Angleterre qu'il avait fallu deux semaines pour convoyer jusqu'au Tennessee. Qui devaient à jamais se dresser fièrement vers le ciel, disait l'avocat Briscoe, sans plus de dégâts causés à des objets aussi innocents que des conduits de cheminée. Et puis, il y avait ce bout de papier où était écrit ci et ça, et mon nom.

L'avocat Briscoe a dit qu'il était probable que je doive suivre le shérif Parkman. Je n'avais ni mulet ni cheval alors Virg Sugrue a reçu l'ordre de me conduire en boghei. De toute façon, l'avocat Briscoe, avec toute sa connaissance de la loi, n'avait pas l'intention de me laisser seule, quoi que le shérif Parkman fasse pour que ce soit le cas.

« L'aura tout le temps après pour ses droits, il a dit. L'a pas besoin d'avocat maintenant. J'veux juste l'interroger à cause de quelques soupçons que j'ai. Si elle répond, j'l'arrête pas. Mais si elle vient pas, alors on lui met les fers et on l'emmène, même sous ses insultes. »

Le shérif Parkman était plus fidèle à son tabac que jamais. Il avait sorti sa petite pipe en argile qu'il avait bourrée et allumée avec une Lucifer. Ce qu'il y avait d'étrange chez lui, selon moi, c'était aussi cette façon qu'il avait de rire de tout, un rire qui confinait presque à la folie. Peut-être qu'il s'attendait à ce que je sois effrayée et repliée sur moi, mais je n'étais ni l'un ni l'autre. Peg m'avait apporté des sous-vêtements propres confiés par Rosalee, et je lui étais reconnaissante pour ces articles amidonnés. Elle avait aussi apporté une robe qui se trouvait être la fameuse robe jaune, une robe qu'elle était prête à céder, tant elle n'en pensait rien. J'avais saisi la robe avec un petit rire ironique. J'avais aussi mon manteau de l'armée, un ancien manteau de Thomas McNulty, et deux vestes que Rosalee m'avait cousues dans le même tissu blanc que mes pantalons et mes chemises. J'avais très envie de porter un pantalon et une chemise, alors pourquoi pas ?

« Tu dois être en fille pour l'moment, avait dit Peg. C'est Lige Magan qu'a dit ça. T'as déjà vu Lige en colère ? Thomas McNulty demandait pourquoi diable que tu devais, mais Lige

Magan a dit que c'était comme ça, alors j't'ai apporté cette bon sang de robe. Y se sont disputés et disputés encore. John Cole était atterré, y disait que la mort valait mieux que ça. Rosalee pleurait en implorant la justice de Dieu. Y sont plus que des bateaux qu'ont pris l'eau et qui dérivent, prêts à s'fracasser dans des rapides. »

Je l'ai rassurée du mieux que j'ai pu et elle est partie.

J'étais habillée comme je viens de le décrire et j'ignore quel Dieu ou quels dieux m'offraient cette grâce, mais je n'avais pas peur.

## *Chapitre vingt-trois*

L'avocat Briscoe m'a serrée contre lui devant le bureau du shérif. Il ne m'avait jamais prise dans ses bras, et ça n'a duré que le temps du battement d'une aile d'oiseau. J'ai pourtant pu constater que le renflement de son ventre avait disparu. La reconstruction de la maison avait fait fondre la graisse du pauvre homme comme l'hiver celle de l'ours. Le shérif Parkman a refusé de le laisser aller plus loin et l'avocat Briscoe a dû prendre congé de moi.

« Envoyez un gars dès que vous avez besoin, il a dit au shérif. Sans faute.

— Monsieur Briscoe », a dit Frank Parkman d'un ton impassible.

J'ai remarqué qu'en présence de l'avocat Briscoe, il perdait sa jovialité.

Puis j'ai été pour de bon mise en cellule. Le jeune Wynkle King était en train de nettoyer du vomi avec un seau et une serpillière. À part ça, aucun signe de vie. Il lavait le sol, son arme tristement rangée dans son étui.

« Tu l'as donc arrêtée », il a dit.

Il ne m'a rien dit à moi.

« C'est c'qui m'semble bien », a dit Frank Parkman.

Il m'a ordonné de m'asseoir sur le banc puis Wynkle King

est parti en faisant cogner son seau. Le shérif Parkman a récupéré un tabouret dans le couloir, s'est assis à côté de moi et il a entrepris de bourrer sa pipe infernale. Il avait une arme et je me suis demandé si je ne pourrais pas en un instant la lui prendre et le tuer. Mais à quoi ça aurait servi ? Il serait mort, et moi une meurtrière.

« On va t'envoyer au tribunal au plus vite, tu vas voir ça un peu. Aucun intérêt à r'tarder les choses. Et j'crois bien que tu vas être pendue, voilà tout. C'est le juge Littlefair qui siège la semaine prochaine, c'qui va vraiment pas t'aider. Ici c'est pas un endroit où on reste. Pas de ça. »

Il n'y a jamais de neige dans les plaines de Paris, quel que soit le moment de l'année, pourtant cet endroit était humide et puissamment glacé. J'ai entendu Thomas McNulty crier dans le bureau. Les deux fois, ça a été suivi d'un rire. Sans doute que le shérif Parkman ne voulait personne auprès de moi à part l'avocat Briscoe. Rosalee Bouguereau m'a fait parvenir des douceurs et allez savoir pourquoi, le shérif Parkman a accepté qu'on me les apporte. La pièce maîtresse, c'était son ragoût de lapin. Sinon, j'ignore qui m'aurait nourrie. Passer la serpillière, c'était peut-être le seul talent de Wynkle King, quant au shérif Parkman, il devait croire que c'était la poêle qui pondait les œufs.

L'avocat Briscoe s'affairait pour rassembler des éléments et trouver des témoins. Si j'avais dit qu'il devenait de plus en plus lugubre à mesure qu'il progressait dans cette tâche, j'aurais trahi la promesse que je m'étais faite de garder l'espoir d'une issue favorable. Je ne cessais de m'interroger sur le juge Littlefair. Pas de doute, j'avais volé le fusil de Tennyson sous son nez, mais j'avais Peg pour alliée. Pendrait-il l'amie de Peg ? Je l'ignorais.

Le jour du procès approchait à grands pas sur ses pieds de glace. Pour finir, j'ai été conduite à cette cour de justice devant laquelle Jas Jonski et moi nous étions souvent promenés. Le shérif Parkman m'a fait l'honneur de m'enchaîner sur le trajet. Les habitants de la ville ont paru très heureux d'assister au spectacle.

Tout ce bruit, ces allées et venues, et même ces braillements dans le tribunal. J'ai été extraite comme une âme morte de la cellule en sous-sol. J'ai découvert l'étalage de visages, ces yeux brillants fixés sur moi. Puis le juge est entré par une porte au fond, Aurélien Littlefair dans son costume noir de funérailles, les poils sur son visage comme ceux du sanglier que j'avais mangé sous forme de tourte. Le tribunal était à la fois glacé et transpirant, les gens emmitouflés dans de gros manteaux. Je ne portais que la robe jaune mais je ne sentais pas le froid, sans savoir pourquoi. Les visages avides et les chuchotements excités me rappelaient ces jours à Grand Rapids où, petite fille, je me glissais sur le côté de la scène pour épier le public, l'oreille tendue vers l'étrange rugissement de cette mer comme un coquillage gigantesque.

Je savais que Jas Jonski était très apprécié en ville, où personne ne me connaissait vraiment, à part les gens qui semblaient maintenant être mes ennemis. Les jurés sont entrés et m'ont observée comme s'ils avaient honte mais bien sûr, ça n'était pas le cas – ils me jetaient des regards de biais, un peu comme de futurs amants. Avec probablement l'amour en moins, me disais-je. Je luttais dans ma tête pour ne pas être ce qu'ils croyaient voir – une toute petite Indienne vêtue d'une robe en haillons.

Mes adorables Thomas McNulty et John Cole étaient assis sur le banc le plus proche avec Lige et Rosalee. Thomas n'a pas manqué de me saluer. John Cole, toujours maigre comme un prisonnier, se retenait de se jeter vers moi. Il y avait six miliciens alignés le long du mur de gauche, et les huissiers armés de revolvers et de fusils avaient l'air terrorisés, comme avant une grande bataille. Je savais combien ce pauvre Thomas McNulty devait avoir eu peur d'approcher de l'endroit, car depuis sa propre incarcération, il avait à jamais l'âme brûlée au fer rouge du criminel. Rosalee avait récuré ses trois hommes à vif, et ils étaient rasés, sauf Lige, que j'imaginais dans ma tête implorer la clémence pour sa moustache. Thomas McNulty paraissait rajeuni, la beauté de sa jeunesse en partie restaurée par le rasoir de Rosalee, la pénombre du tribunal, ses joues cireuses comme la lune, ainsi que ses longs cheveux gris bien peignés et assombris par de la pommade. John Cole avec son étroit visage d'Indien était calme et silencieux, mais ce n'était que pour cacher les rapides qui dévalaient dans son esprit, je n'en doutais pas.

Le jury était composé de rustres et de nantis, des vieux vêtus de manteaux encore plus vieux, des jeunes à la mode de Knoxville, Memphis ou Nashville. Avec des pantalons de cavalerie, mais sans la bande jaune. Et des coupes de cheveux abominables réalisées par le barbier allemand près du square.

Le greffier du juge Littlefair a demandé le silence et tenté d'éteindre le feu des conversations. Qui s'est bientôt réduit à un bûcher fumant. L'avocat Briscoe était assis près de moi. J'aurais cru qu'Aurélien Littlefair dissimulerait son mépris à son égard, mais ce n'était pas le cas, à en juger par ses regards mauvais à cet homme qu'il détestait. Cet homme qui avait signé au colonel Purton un ordre de mise à mort, et commis sans doute bien d'autres crimes contre l'ancienne confédération.

Aurélien Littlefair s'est adressé au jury comme s'il s'agissait de ses tendres confidents. Les jurés le regardaient avec respect, avidité, et l'envie de comprendre tout ce qu'on leur disait. Le juge Littlefair a demandé à l'avocat Briscoe quelle était ma position quant au chef d'inculpation pour assassinat, et l'avocat Briscoe a répondu : non coupable. La salle s'est agitée tout en réprimant ses réactions et le greffier a brandi son fouet invisible pour la faire taire. L'acte d'accusation a été lu à voix haute, puis ont été détaillées pour les jurés les explications, issues possibles, conséquences et autres responsabilités. Ensuite, le procureur, un homme grand et voûté avec une épingle à cravate en or, des chaussures en cuir mais un agréable visage doux, a pris la parole. Il a déclaré ce qu'il entendait prouver, a énoncé qui il appellerait à la barre, et conclu qu'il ne doutait pas de tenir la coupable en cette cour. Je regrettais d'avoir regardé Thomas à cet instant, parce que son visage n'était que souffrance écarlate.

Quand l'avocat Briscoe a plaidé, ses paroles m'ont paru ramper sur le sol pour n'atteindre le jury que pâles et bien faibles, mais peut-être n'était-ce que mes impressions un peu folles. Il a dit tout le bien qu'il pensait de moi, il a rejeté les accusations, il a déclaré qu'il avait des témoins qui allaient tout expliquer, pas de doute, et ainsi les jurés comprendraient qu'en aucun cas je n'avais pu commettre ce crime, lequel devait être déposé devant la porte d'une personne encore inconnue. Je n'avais jamais vu l'avocat Briscoe « en action ». C'était un bon comédien. M. Noone de Grand Rapids aurait été satisfait de lui. Avec ses phrases rondes et ses regards graves. Je trouvais que son ventre plat lui allait plutôt bien, à ce détail près que son gilet en velours noir devenu trop grand pendait à la manière d'une peau supplémentaire.

Mais tout pouvait peut-être encore bien se passer. Je n'en savais rien. Je n'étais là qu'une fille en territoire ennemi, en tout cas c'était mon sentiment. Quand le beau procureur a parlé de moi, il avait l'air si convaincu que même moi, je tremblais sur mon siège comme s'il régnait vraiment sur mon âme un charançon aux pensées diaboliques. John Cole a été appelé pour témoigner en ma faveur, et il s'en est joliment sorti. Il aurait pu dire tout ce qui était nécessaire en un seul regard à la John Cole, mais il savait qu'il devait aller à l'encontre de ses manières habituellement succinctes. Il a raconté ma courte histoire comme demandé, ce que j'étais, et il a dit qu'il espérait un jour m'envoyer à l'université de Dartmouth où un Indien pouvait « apprend' des choses rares », il a dit.

Puis Peg a été appelée à la barre. On avait sans doute dû la faire attendre jusque-là dans le couloir. Elle portait cet immense tablier qu'elle adorait, j'ignore pourquoi. Les grandes portes se sont ouvertes en grinçant sous l'assaut des huissiers et elle est apparue, toute petite, l'air effrayé. J'étais sous le choc, non seulement parce que je craignais pour elle, mais parce que c'était toujours difficile pour moi de la voir sans éprouver un choc. Dans le même temps, je scrutais le visage d'Aurélien Littlefair pour guetter sa réaction. Il a fait un semblant de grimace mais sinon il est resté impartial, austère et muet.

L'avocat Briscoe a interrogé Peg, et elle a répondu de sa façon simple et étrangement chaleureuse. Elle a raconté son histoire, qu'elle m'avait vue m'endormir à la tombée de la nuit sans que je me réveille jusqu'au lendemain matin. Le procureur a souligné qu'elle ne pouvait pas le savoir, puisqu'elle-même dormait. À quelle distance étions-nous de la ville ? Pouvait-on sortir sans bruit un mulet de l'écurie ? Les chiens de la ferme de Lige aboyaient-ils ? N'êtes-vous pas très proche de l'accusée et ainsi encline à vous exprimer en sa faveur ? N'était-elle pas une Indienne comme moi, et les Indiens n'étaient-ils pas connus pour leur duplicité ? Ignorait-elle que la Déclaration d'indépendance faisait explicitement référence à ceux de son espèce comme à « ces sauvages sans pitié, dont la manière bien connue de faire la guerre est de tout massacrer, sans distinction d'âge, de sexe ni de condition » ? Peg a répondu qu'elle n'en savait rien, qu'elle n'avait jamais entendu dire cela. Le jury avait l'air profondément impressionné par sa sauvagerie, car on ne côtoyait plus les Indiens dans le comté de Henry, on était ravi que les Chicachas en aient été chassés tant d'années plus tôt. Peg a été chassée à son tour après avoir répondu à toutes les questions avec une douce et agréable modestie.

Puis sont venus témoigner à la barre les deux garçons qui disaient avoir vu « une Peau-Rouge » et lui avoir indiqué où se trouvait l'épicerie de M. Hicks. Quand le procureur a demandé si cette Indienne se trouvait dans la salle, ils ont dit « ouaip », et ils m'ont désignée.

Puis la preuve décisive du shérif Parkman a été révélée. Il a mentionné que j'avais un couteau dans ma botte ainsi qu'une énorme rancœur envers son ami Jas Jonski, que je refusais d'épouser et que j'avais tenté de rabaisser aux yeux du monde en faisant des histoires et en racontant des mensonges, que telle était l'ampleur de ma haine, alors que ça ne surprenait pas le shérif que j'aie tué Jas Jonski. Le juge lui a demandé s'il m'avait vue cette nuit-là près du cadavre ou aux alentours, mais le shérif Parkman n'était pas menteur au point de répondre oui. Il a tout de même dit que personne ne souhaitait autant que moi la mort de Jas Jonski, et que tous ses échanges avec moi lui avaient prouvé que j'étais sombre de caractère, à la fois sauvage et étrange.

Pendant tout ce temps, je ne pouvais regarder ni Thomas, ni John, Lige et Rosalee, dont chacun, peut-être même Rosalee, songeait sans doute à attenter à la vie de tout le monde dans le tribunal pour ensuite galoper jusqu'au Mexique.

Le procès n'a pris que deux heures de temps à la cour. Que les greffiers n'ont eu de cesse de transcrire. Je me suis dit que ces documents seraient peut-être ensuite recopiés puis classés dans les dossiers de l'avocat Briscoe, et qu'un jour une nouvelle assistante les trouverait, lui demanderait : qui était Winona Cole, que lui est-il arrivé ? Et là, l'avocat Briscoe irait à son cabinet chercher un whisky...

Le procureur a fait une brève plaidoirie, convaincu, a-t-il dit, de ma culpabilité irréfutable et entière, l'avocat Briscoe a tenté quelques citations latines, il a déclaré ne pas douter de mon innocence, ne pas douter non plus que le jury penserait de même.

Cette fois, il se trompait. Le jury s'est retiré pour délibérer mais il est revenu si vite que ça a laissé dehors les membres du public partis se dégourdir les jambes.

Aurélien Littlefair m'a lancé un regard, l'air de dire : ça t'apprendra à avoir volé ce Spencer. Ça t'apprendra à avoir volé Peg. Un instant avant que le représentant des jurés ne s'exprime, j'ai eu le fol espoir qu'il prononce de bonnes paroles.

« Quel est votre verdict ? a demandé Aurélien Littlefair.

— Coupable », a répondu le type, l'air surpris de sa propre importance.

Le juge a écouté calmement la décision du jury puis il a déclaré que je serais pendue à la première disponibilité du bourreau du comté, à savoir la semaine suivante.

Je ne tremblais pas, je ne frissonnais pas. J'entendais à la fois tout et rien. Je me demandais ce que ça ferait de sentir le nœud coulant autour de mon cou. Je me disais qu'une chose aussi fine que mon cou se briserait facilement. Je pensais au soldat qui avait tué ma mère à coups d'épée. Ce qui nous arrivait en Amérique était quelque chose de noble. Nous étions le peuple perdu de l'Île de la Tortue. La mort nous ouvrait les portes du paradis, sans aucun doute. Puisque ma sœur avait dû les franchir avant moi, je pouvais bien le faire à mon tour. Mais je savais que je pleurais sans bruit. J'entendais les sanglots de

Thomas McNulty. J'ai gardé les mains sur mes genoux cachés par la robe jaune.

La plupart des gens dans le public applaudissaient, criaient et riaient. Avec un regard définitif qui semblait dire « Eh bien, voilà, Briscoe », le juge a quitté son siège et disparu à travers le mur tel le fantôme d'une histoire.

## *Chapitre vingt-quatre*

Le shérif Parkman était tout excité par le verdict. Quand il m'a ramenée dans ma cellule, ça a de nouveau été le tabouret du couloir pour s'asseoir à côté de moi, comme si nous étions deux vieux amis.

On aurait dit un acteur qui sort de scène. Il avait même eu droit à des applaudissements. Il était tout sourire, il exultait. En comparaison, cette punition me paraissait encore pire que le verdict. J'ai posé sur lui un regard neuf. J'étais maintenant une autre Winona, une toute nouvelle personne. Un ou une condamnée à mort. Je sentais la peur tenter de jaillir pour m'étreindre. « Allez, allez », lui hurlais-je en pensée comme la fermière qui chasse les poules avec un bâton et une pluie de grains. Cette peur qui essayait de me gagner avec ses doigts empoisonnés, exactement comme Jas Jonski. Je me disais, ni l'un ni l'autre ne porteront plus jamais la main sur moi. J'aime mon Thomas, mon John, mon Lige, ma Rosalee, mon Tennyson, mon immaculée Peg.

« Tu t'souviens pas de c'qui s'est passé à la pension pour chevaux, hein ? » a dit un Frank Parkman bouillonnant d'enthousiasme. « J'me demande bien pourquoi », il a ajouté, comme si nous discutions depuis un moment et qu'il ne faisait que poursuivre la conversation. « J'crois pas avoir eu un aussi bon ami que Jas Jonski. Un garçon qu'aurait pas fait de mal à une mouche, qui connaissait les bonheurs de la vie. Un gars joyeux, tout comme moi.

— Vous parlez du jour où j'suis venue vous voir, que vous croyiez qu'j'étais un garçon et que vous avez demandé à m'embrasser ? »

C'était sans doute le diable qui me poussait à dire ça. Je savais que Frank Parkman ne pouvait être en paix avec sa conscience, qu'il n'avait pas accès à la compréhension de son cœur et de son esprit. Peu importait ce qui m'avait fait dire ça, il a gardé la tête baissée pendant une minute à observer le sol sans que son visage exprime rien, comme si je venais de lui retirer toute sa joie à l'idée du verdict. Il avait beau avoir le visage sombre parce que la cellule était sombre, je lisais en lui aussi facilement qu'une série compliquée de chiffres.

« T'es vraiment de la vermine, tu sais ? il a dit. Des sauvages sans pitié, voilà ce que dit cette bonne vieille déclaration sur vous aut'. C'est pour ça qu'on a fait c'te guerre. Pour éliminer la vermine que t'es d'la surface de la terre comme ces rats ou ces loups qu'vous êtes. »

Puis il a ri tout seul, comme s'il venait de faire un bon mot. Ayant retrouvé son assurance, il a aussi vite récupéré sa joie. Je compatissais presque pour lui, mais de loin. Il n'était guère qu'un garçon avec des responsabilités d'adulte. Shérif. Le départ de Flynn avait fait de ses rêves une réalité. Les soucis du shérif Flynn avaient été une aubaine pour lui, même si je continuais à trouver curieuse cette façon dont Flynn avait disparu de ma vie telle une rivière qui recouvre une tête en train de se noyer pour la faire couler à jamais. Je me souvenais de la gentillesse et de la bonté du shérif Flynn, de combien il nous avait surpris avec ses discours sur la justice et le droit. Nous autres en haillons mais tout ouïe dans cette pauvre ferme de tabac du Tennessee. « Si on devait tuer tous les Indiens, me suis-je dit, voilà ce qu'il faudrait mettre à notre place. Des hommes comme lui, des Américains. Mais pas ce garçon avec ses sourires et de la solitude en son cœur. » Puis il a gratté une Lucifer sur sa boîte de ce geste si masculin, et un globe de feu jaune est resté un instant en suspens dans l'air humide avant de s'effacer. À sa place, il n'y avait plus qu'un semblant de lueur, puis les volutes de ce tabac que Frank Parkman pompait comme un moteur. Il a de nouveau éclaté de rire, alors qu'il n'avait rien dit, et que je n'avais rien dit.

« Bon, il a finalement repris, au moins, je risque pas que t'ailles raconter ça dans le monde pisque tu vas être pendue, mam'zelle. J'irai te voir pendre. La ville adore les pendaisons. Aurélien Littlefair, c'était l'bon juge pour toi. Tu t'croyais si forte à t'occuper de tous ces chiffres pour l'avocat Briscoe. Un type de l'ancien temps. Regarde-toi, mam'zelle, avec tes cheveux noirs, ta robe jaune toute sale, ton vieux manteau et tes vêtements dégoûtants. Je sais pas ce que j'ai cru que t'étais, et je sais pas pourquoi j'ai voulu t'embrasser. »

Wynkle King est apparu, il a lui aussi attrapé un tabouret, comme le « vrai adjoint » de Frank Parkman qu'il était maintenant, et s'est gentiment assis à côté de lui. Si j'avais pu me couper les jambes pour ne pas être aussi proche d'eux, je l'aurais fait. Je regrettais de porter cette robe jaune plutôt que mon pantalon. Je sentais sur mes jambes nues mon duvet hérissé qui se détournait de ces deux garçons. Puisqu'il avait parlé de rat, ils étaient des rats pour moi. Mais des rats en pleine possession de leur pouvoir.

« C'est cette fille que c'pauvre Jas Jonski y voulait, il a dit à Wynkle King. Tu t'rends compte ? Qui l'a tué à cause de ça. J'te l'avais pas dit, peut-être ?

— C'est vrai qu't'as dit quelque chose là-dessus », a dit Wynkle King en riant comme s'il s'agissait là d'un trait d'esprit.

Il a gloussé car c'était quelqu'un qui gloussait, comme l'avocat Briscoe, mais avec un résultat très différent.

« Elle se rappelle pas c'qui s'est passé dans mon ancienne pension pour chevaux, nan, elle se rappelle pas, a dit le shérif Parkman.

— Qu'est-ce qui s'est passé là-bas ? a demandé Wynkle King avec un intérêt sincère.

— Tu t'en souviens pas, hein ? il a répété. Je parle pas de cette fois que t'as mentionnée que j'te serais reconnaissant de plus dire. »

Sur ce, il a éclaté de rire. Wynkle King n'a pas compris, et je n'ai pas parlé. Frank Parkman avait peut-être tendance à aimer les hommes, mais ce n'était pas le genre de chose que je jugeais, Thomas et John Cole en étaient bien la preuve.

Puis Frank Parkman s'est penché encore plus vers moi en faisant signe à Wynkle King de l'imiter. Comme si le monde entier écoutait, et qu'ils devaient se montrer intimes et affectueux.

« T'te souviens pas d'cette fois plus ancienne où j'te tenais par les épaules pendant que Jas Jonski, eh bien, y s'amusait avec toi ? On riait et on passait un sacré bon moment, on buvait, toi aussi, tu buvais, et oui, mam'zelle. Tu disais “Oh Jas, pas ça”, mais on savait bien c'que tu voulais. »

Frank Parkman est parti dans un éclat de rire tonitruant, et Wynkle a sursauté sur son tabouret. Wynkle King lui, ne riait pas. Il est même devenu très pâle, il avait tout à coup l'air malade, comme s'il risquait d'un instant à l'autre de devoir passer encore la serpillière, cette fois pour lui.

J'avais enfin la réponse à mon mystère. Qui sortait de la bouche même de ce diable. Je n'ai pas ressenti la moindre honte. J'ai ressenti la déflagration de la véracité, un peu comme une équation qui, de façon inattendue, se révèle exacte. Je me suis dit, Dieu du Ciel, qu'ils me pendent s'ils le veulent, ils ne pendront pas une âme coupable, mais une âme libre. « Nous tenons pour évidentes pour elles-mêmes les vérités suivantes : tous les hommes sont créés égaux. » « La vie, la liberté. » Je ne pensais pas pouvoir échapper à la corde. Je ne pensais pas que l'avocat Briscoe obtienne justice en appel comme il le promettait, pas tant qu'Aurélien Littlefair nous toiserait du haut de son estrade. Il avait fait incendier la maison de l'avocat Briscoe et il ne faiblirait pas à l'idée de pendre sa Peau-Rouge. Qui oserait affirmer que je n'avais pas tué Jas Jonski ? Personne, à part ce garçon qui riait juste à côté de moi, Frank Parkman. J'aurais pu tuer Jas Jonski. Si Frank Parkman m'avait fait ce discours plus tôt, si j'avais su la vérité de ce que j'avais vécu en ce monde, sur ce ton moqueur ou pas, j'aurais considéré juste de tuer Jas Jonski. Je me plaçais ainsi du côté des Saxons, en référence à ce qu'avait dit l'avocat Briscoe. La peine de mort. Mais je ne l'avais pas su, et j'étais restée longtemps perdue dans le brouillard, pleine d'idées flétries et sombres, au point que j'avais fini par confondre le brouillard avec la lumière du soleil. Tout à coup, il se dissipait, et le paysage derrière surgissait à la manière de ce délicieux Tennessee quand le printemps agite la tête, écarte les bras et s'étire. Il y avait dans ses mots à la fois le coup de fouet de la terreur, et le renoncement à ce fouet. J'ai pensé que si j'avais été une lionne, une ourse, voire une louve, puisqu'il m'avait traitée de louve, ce qu'on disait aussi de ma mère, j'aurais pu attraper entre mes pattes ces deux garçons hilares et leur arracher la tête d'un coup de crocs. Même à cet instant, j'aurais pu rassembler mes forces, non pour fuir, mais pour les soutirer à ce monde.

« Ouais, ça, pas de doute, tu vas êt' pendue », a dit Frank Parkman en faisant tomber par terre d'une chiquenaude le tabac consumé du fourneau de sa pipe. « T'as été vue en ville cette nuit-là, deux gars t'ont vue, mam'zelle, et c'est ça qui va t'faire pendre, même si... » Et là, il s'est tu, comme l'excellent tragédien qu'il aurait pu être. « On sait qu'c'est pas toi qu'as tué Jas Jonski. »

On était maintenant deux à être surpris, Wynkle King et moi.

« On sait quoi ? a demandé Wynkle King. Qu'est-ce que tu veux dire par là ?

— Tu t'souviens », m'a dit le shérif Parkman, et son insigne argenté a tinté quand il s'est approché encore plus près de moi, « de cette fois que t'as envie de me rappeler, quand t'es venue habillée dans l'écurie comme un sacrément joli p'tit prince ? Tu t'souviens qu'y avait un cheval noir qu'appartenait à la m'man de Jas Jonski ? J't'ai dit, je sais pas pourquoi elle est venue à cheval depuis Nashville au lieu de prendre le train ou la diligence. En fait, la raison, c'est que cette pauv' femme est folle comme un coucou, elle habite dans cette grande et vieille institution à Nashville qu'est l'asile du Tennessee et elle s'en échappe pour venir voir son fils comme une bonne mère, ce qui fait du grabuge parce qu'alors y faut partir à sa r'cherche à la lueur des torches. Elle aimait pas l'idée que son fils épouse une Peau-Rouge. Et tu sais pourquoi, mam'zelle ? Parce que des sauvages comme toi ont tué sa grand-mère, Jas y m'avait raconté, y l'ont attrapée et y lui ont coupé le nez et de façon plus générale y l'ont fait souffrir jusqu'à ce que mort s'ensuive. Là-haut, sur les terres du Nebraska. Alors quand Jas Jonski y lui écrit pour dire qu'y veut t'épouser, même si tu refuses, qu'y compte te dire ça par écrit, sa m'man pense, pourquoi un garçon civilisé y ferait ça ? T'écrire alors qu'y peut t'avoir quand y veut, comme y veut. Te prendre pour son bon plaisir sans bon sang de bon Dieu avoir besoin de t'épouser pour ça ? »

Je le dévisageais, je ne le quittais pas des yeux. Wynkle King non plus. Il entendait là un tout nouveau discours, sans aucun doute. Mais sa vessie devait le tourmenter parce qu'il a bondi, il a fait cette petite danse des enfants quand ils ont besoin de faire pipi, et il est parti en vitesse. Le shérif Parkman ne l'a même pas regardé. Il s'est encore approché de quelques centimètres – je sentais son haleine sur ma figure –, peut-être ravi de cette nouvelle intimité.

« Alors elle s'échappe encore de l'asile », a dit Frank Parkman comme s'il en éprouvait du délice, « elle saute sur ce cheval qu'elle trouve et elle file à travers le Tennessee en se guidant sans doute grâce aux hiboux, et là, toute desséchée et épuisée, elle arrive à Paris, la route lui a dévoré les joues et le visage, elle est plus qu'un fantôme, et dans un acte de ferveur, elle va chez son fils adoré avec la croyance de le libérer de ce qu'elle pense être une grande erreur, elle veut le faire entrer au royaume de la liberté, et pour ça, elle le poignarde, elle le poignarde encore, vingt coups. Puis Dieu du Ciel, elle lui découpe la poitrine avec le couteau et elle lui arrache le cœur, le cœur de son propre fils, qu'elle fait cuire sur le petit réchaud qu'il avait sur des tréteaux pour garder son café au chaud, et elle le dévore. Pour son bien, pour son bien, comme elle a dit. »

J'ai perçu un petit bruit dans l'ombre, mais je n'ai pas quitté Parkman des yeux.

« Alors moi, j'arrive pour voir ce qu'y s'passe, a repris Frank Parkman, mais si c'est pour voir ce genre de chose qu'un homme a des yeux, alors j'y comprends plus rien. J'ai jamais vu un spectacle aussi triste et aussi bizarre. Je t'le jure, mam'zelle. Jamais. Et j'espère bien jamais r'voir ça. Alors j'emmène cette pauv' femme, j'la nettoie comme je peux, je l'écoute me raconter tout ça, que Jas est libre maintenant, qu'y connaîtra jamais l'enfer, non, y sera un ange doré qu'on porte au paradis, qu'elle avait fait son devoir de mère, que maintenant elle pouvait mourir comme une femme satisfaite et apaisée. Et j'la ramène jusqu'à ce terriblement vieil asile où on lui met la camisole et tout ça, moi aussi, j'ai fait mon devoir pour Jas, j'ai épargné la corde à sa mère. J'envoie un gars avec un message au colonel Purton :

"Purton, Jas Jonski a été tué, je pense que je sais par qui, c'est cette Winona Cole, cette diablesse de Peau-Rouge." J'ai ramené cette pauvre folle à Nashville, ça m'a pris toute une longue nuit et une longue journée à la persuader d'avancer mètre par mètre jusqu'à là-bas. Mais z'étaient si contents de la revoir, cette femme prodigue. »

Je suis restée muette.

« Où il est, Wynkle ? » a dit Frank Parkman en regardant derrière lui et en découvrant tout à coup Wynkle debout telle une tache de graisse dans la pénombre. « C'est toi, Wynkle ? »

Wynkle King a surgi de l'ombre d'un air malheureux et il s'est rassis sur son tabouret comme si rien n'avait changé. Il n'avait pas bronché à l'annonce de mon viol, mais je me suis demandé s'il n'était pas victime d'une étrange agitation. Son visage tressautait, comme s'il réfléchissait.

« On va pendre cette fille alors qu'tu sais que c'est cette cinglée qu'a fait ça ? » il a dit tout à coup avec la force d'une souche d'arbre libérée par une rivière en crue. « C'est ça, qu'tu dis ? »

J'ai vu Frank Parkman grimacer, l'air un peu embêté. De toute évidence, il n'avait pas imaginé qu'on l'entendait. Puis il s'est repris et s'est ressaisi de façon presque désinvolte dans un effort désespéré pour éviter la catastrophe.

« Parce que pour toi, valait mieux pendre la mère de Jas Jonski ? » il a dit, comme si la réaction de Wynkle King était surprenante, quelque chose qui allait à l'encontre de sa morale, une situation que tout homme aurait pourtant dû facilement accepter. « Une pauvre femme souffrante, la m'man d'mon ami ? Faut que quelqu'un soit pendu pour ce crime. Alors pourquoi pas cette fille ? »

À nouveau, un silence. Dans ce silence, j'ai vu une souris filer de droite à gauche dans la cellule sans nous accorder la moindre attention, comme si elle n'avait à s'inquiéter de rien.

« Parce que c'est pas juste », a dit Wynkle King du ton innocent d'un enfant.

Avec un père comme le sien, peut-être qu'il savait de quoi il parlait. Ce père qui avait lui aussi dévoré de la chair humaine.

« T'as jamais su réfléchir, Wynkle », a dit Frank Parkman, presque avec humour. « Alors tu vas pas t'y mettre maintenant.

— Je t'autorise pas. Je peux pas te laisser faire. J'vais pas te laisser faire. Tu m'prends pour un salaud ? Alors tu m'connais mal, Frank Parkman.

— J'te connais assez bien comme ça, espèce de salopard de petit Confédéré de merde des collines.

— Et toi, t'es quoi, l'empereur de Nashville ? »

Wynkle King s'est levé, et le tabouret s'est renversé sur le sol froid. C'était un tabouret en bois brut où on voyait encore la trace des ciseaux. Le shérif Parkman s'est retourné pour faire face à Wynkle King. Il a lâché sa précieuse pipe puis, par accident, il a mis le pied dessus, ce qui l'a réduite en miettes et a ajouté à sa fureur. J'étais encore assise, ahurie. Je n'ai pas bougé d'un pouce. J'avais envie de mettre mes mains sur mon visage sans savoir pourquoi mais je les ai laissées sur mes genoux. J'avais déjà entendu des choses aussi terribles, mais il s'agissait de choses du passé, or, là, c'était une chose en train de se produire à quelques centimètres. Wynkle King n'a pas pu se retenir, il avait la main sur son arme, il l'a sortie de son étui comme si elle pesait très lourd. On aurait dit que son bras réussissait à peine à la soulever.

« Tu vas pas tirer sur un shérif, bon Dieu de Dieu », a dit le shérif, choqué, stupéfait. « Tu vas pas faire ça. »

Comme pour le prouver, Frank Parkman a attrapé son revolver avec maladresse. Puis il a levé l'arme luisante vers le torse de Wynkle King.

« Tu vas pas tirer sur un shérif », il a répété, et là, il y a eu un violent bang, le bang d'un coup tiré dans une petite pièce, capable de vous déchirer les tympans, et l'endroit qui résonne d'un bruit monstrueux. L'arme de Frank Parkman a plongé, il a voulu la redresser, il luttait contre la balle quelque part en lui. Wynkle King l'avait touché, mais avec ses toutes dernières forces, Frank Parkman a tiré, il a tiré un coup, et j'ai senti une balle me brûler.

◐

Je me suis réveillée dans la grande cour du pénitencier. Je savais précisément où j'étais. Je n'y étais jamais allée pourtant je le savais. L'immense masse grise du bâtiment se dressait derrière moi. Je portais l'habit d'un guerrier lakota. Comme j'étais heureuse de voir ça sur mon torse et mes jambes. Il y avait là bien des membres de mon peuple. J'étais intriguée, parce que ma mère était là, elle aussi, mais j'ai accepté l'étrangeté de ce possible. J'étais surprise de découvrir que je devais avoir vécu mille lunes. Elle me ressemblait tellement, pas en tant qu'ombre, mais en tant que personne vivante. C'était merveilleux, cette façon dont elle me souriait. Le grand chef Celui-Qui-Domptait-Les-Chevaux a souri à son tour, comme si tous ses efforts pour me récupérer avaient finalement porté leurs fruits. Les choses peuvent bien tourner au moment où on s'y attend le moins. Il y avait de nombreux soldats aussi, ainsi que deux mitrailleuses Gatling avec des hommes penchés dessus comme sur de grands télescopes.

Ces superbes Lakotas parlaient tous en même temps, certains étaient très vieux et d'autres très jeunes. Celui-Qui-Domptait-Les-Chevaux portait sur la poitrine un long collier de perles qui balayait le sol quand il se déplaçait.

« Es-tu vivant, mon oncle ? je lui ai demandé. Je croyais que tu avais été tué.

— Je n'ai pas été tué, mais cela peut encore se produire, il a dit. Nous n'en savons rien. Nous attendions ton arrivée.

— Où étais-je ?

— Sous terre. Tu étais sous terre, tu marchais. Maintenant, tu es là.

— Mère, j'ai dit à ma mère. J'étais si jeune quand les soldats sont arrivés, je voulais te dire combien je t'admire et comme je suis contente que tu sois célèbre pour ton courage. Sans ça, je ne pourrais pas vivre.

— Tu pourrais, elle a dit, mais c'est mieux d'en avoir. »

C'est tout ce qui a été prononcé en lakota. J'étais tout étourdie d'avoir parlé cette langue. Je me suis dit : je croyais ne jamais les revoir. C'était merveilleux.

« Ojinjintka, elle a dit, le moment est venu, alors quand je t'appellerai tu devras te lever et courir vers nous pour franchir le mur.

— Mais comment puis-je franchir un mur aussi haut ?

— Je serai là pour t'aider, avec ta sœur. »

Tout ça semblait normal. J'ai compris ce qu'elle voulait. Il devait y avoir deux cents âmes entre le grand mur et moi. Les premiers se sont couchés par terre, les autres sur eux un peu plus haut, etc. jusqu'à former une mer inclinée de dos, des beaux dos de Lakotas, tous vivants, entre le mur et moi. Et sur le mur je voyais ma mère, mais aussi ma sœur, j'étais très excitée de la revoir, et ces deux femmes face à face se tenaient les mains comme si elles voulaient me porter dans le siège ainsi formé, et elle était si belle, ma sœur, ma sœur vivante, puis ma mère a prononcé mon nom, *Ojinjintka, Ojinjintka*, et là, j'ai su, j'ignore comment mais j'ai su, je me suis mise à courir, j'ai grimpé sur le dos des premières personnes, et plus j'avançais, plus je m'élevais bien sûr, je courais maintenant à vive allure, mon cœur battait aussi vite que les ailes d'un colibri, et j'ai atteint les mains déployées de ma mère et de ma sœur.

◐

Quand je me suis réveillée, quand je me suis à nouveau réveillée, j'ai vu Thomas McNulty près du petit lit dans ma chambre obscure à la ferme de Lige. Je lui ai trouvé un air pensif, puis j'ai compris qu'il dormait. Ce n'était pas la première fois dans l'histoire du monde qu'une figure maternelle s'endormait près de son enfant couchée.

Au bout du lit étroit, Peg formait une petite boule aussi chaude qu'une louve. Elle portait la robe jaune en haillons. Et pour seule couverture, la lueur de la lune.

Que le monde soit un lieu étrange et perdu n'était pas la question. Qu'il n'y ait aucun endroit sur terre sans danger, c'était la découverte de chaque instant.

Que des âmes m'aiment et que des cœurs veillent sur moi était une évidente vérité.

L'auteur doit beaucoup à bien des livres pour cette histoire, notamment *Indian Boyhood* de Charles A. Eastman.

*Composition : PCA/CMB Graphic*
*Achevé d'imprimer*
*par CPI Firmin-Didot*
*à Mesnil-sur-l'Estrée, en juin 2021*
*Dépôt légal : juin 2021*
*Numéro d'imprimeur : 164581*

ISBN : 978-2-07-288137-4/Imprimé en France

**362407**